Schneeballe ins Herz

Karin Lindberg

Verlag:
Elaria
Sonnenstraße 23
80331 München
Deutschland

Lektorat: Dorothea Kenneweg
Korrektorat: Dr. Andreas Fischer
Covergestaltung: Olga Hopfauf

www.karinlindberg.info

ISBN: 978-3-96465-063-4

Schneebälle ins Herz

Bisher erschienen

Shanghai Love Affairs
Vertraglich Verliebt (1)
High Heels im Schnee (2)
Act of Law – Liebe verpflichtet (3)
Sommerherzen im Regen (4)

Romantische Komödien
Ein Abenteuer in den Highlands
Liebe süßsauer
Lilja und die Liebe
Ein Schokoholic will Meer
Wollsockenwinterknistern
Ein Vorurteil kommt selten allein
Herzklopfen inklusive
Kokosmakronenküsse
Lügen, Liebe, lange Beine
Cupcakequeen – zartschmelzend verführt
Die Stille der Sterne
Schneebälle ins Herz

Prescott Sisters
Der Maskenball
Die Entführung
Der Meisterdieb
Der Amerikaner
Der Bodyguard

Prolog

Schon nach der ersten Woche wusste Konstantin, dass er hier nicht bleiben wollte – oder konnte. Vermutlich beides.

»Hast du dir schon überlegt, was du als Nächstes vorhast?«, riss ihn die Stimme seiner Mutter aus seinen Grübeleien.

Er versuchte, ruhig zu bleiben, und atmete tief durch. »Ich bin doch eben erst aus Afrika zurückgekehrt. Wenn ich ehrlich bin, dann hatte ich vor, ein, zwei Wochen Urlaub zu machen, ehe ich mich entscheide.«

»Das heißt, du willst wieder weg?« Die perfekt gezupften Augenbrauen seiner Mutter schnellten in die Höhe.

Ihm war ganz klar, was dieser Blick bedeutete. Sie hatte auch nach Jahren nicht begriffen, dass seine Arbeit bei »Ärzte ohne Grenzen« alles andere als ein Spaziergang war, er sie aber für äußerst wichtig hielt und es liebte, den Ärmsten zu helfen und seine Fähigkeiten sinnvoll einzusetzen. Dennoch brauchte er eine Veränderung, denn die einzelnen Schicksale gingen ihm oft sehr nahe. Seit einiger Zeit spielte er daher mit dem Gedanken, sich eine Pause zu gönnen. Allerdings zweifelte er just in diesem Moment sehr stark daran, ob es so eine gute Idee war, diese in München einzulegen. Wenn er nicht mal ein paar Tage in der Nähe seiner Familie aushalten konnte, ohne am Rande eines Nervenzusammenbruchs zu landen, war es das vermutlich nicht.

»Weißt du, dein Papa könnte etwas Hilfe in der Praxis gut gebrauchen«, fuhr sie unbeirrt fort, als ob er das nicht schon tausendmal gehört hätte.

»Ich glaube, er hat das alles ganz gut im Griff«, presste Konstantin hervor und vergrub seine Hände in den Hosentaschen, damit sie nicht mitbekam, wie er sie zu Fäusten ballte.

»Wir würden uns so freuen, wenn du endlich wieder nach Hause kämst.« Ihr Tonfall wurde milder.

Nach Hause. Es fühlte sich für ihn nicht wie Nachhausekommen an. Es glich eher einem Spießrutenlauf, denn bei jedem Gespräch musste er unangenehmen Fragen seiner Eltern ausweichen und sich unterschwellige Vorwürfe anhören. Nein, das war nicht das, was man sich gemeinhin unter einem gemütlichen Heim vorstellte. Er jedenfalls nicht.

»Ich bin doch jetzt da«, war deswegen alles, was er dazu sagte.

Seine Mutter zog eine Schnute. Konstantin fand, dass sie dafür definitiv zu alt war, aber den Gedanken behielt er für sich. In seinen Augen war Maren Waichinger eine verwöhnte, unzufriedene Frau mit bitteren Zügen. Es war unter ihrer Würde, in ihrem erlernten Beruf zu arbeiten, obwohl der Tag für sie zu viele Stunden hatte. Das Ergebnis war erschreckend. Die Räume waren perfekt durchorganisiert, jede Vase, jeder Stuhl, jedes Buch lag an genau der Stelle, die sie dafür vorgesehen hatte. Dadurch wirkte die Grünwalder Villa alles andere als gemütlich. Die Atmosphäre war steril und ohne Leben. Konstantin fröstelte, als er daran dachte, dass er, wenn es nach seinen Eltern ginge, länger hierbleiben sollte.

»Du weißt genau, was ich meine. Aber gut, vertagen wir das Gespräch, mein Junge. Ich habe jetzt noch einen Termin.«

»Wo gehst du hin?« Er konnte einen erleichterten Seufzer nicht unterdrücken, denn er fragte nur aus Höflichkeit. Im Grunde war er einfach froh, dass die Inquisition ein Ende haben würde – zumindest, bis sie wieder nach Hause kam.

»Pediküre, danach gehe ich noch auf den Viktualienmarkt. Brauchst du was?«

»Nein, danke, ich muss mich erst einmal wieder an das Leben in Deutschland gewöhnen.«

Maren Waichinger kommentierte seine Aussage mit einem strengen Blick, der ihm klarmachte, dass sie ihm von ganzem Herzen zustimmte. Allerdings meinten sie beide etwas vollkommen anderes.

»Bis nachher«, verabschiedete sie sich, griff sich Mantel, Designertasche und Autoschlüssel, ehe sie die schwere Haustür hinter sich ins Schloss zog.

»Mein Gott.« Konstantin fuhr sich mit der Hand über das Gesicht, dann ging er die zweiundzwanzig Stufen über die große, geschwungene Treppe hinauf in sein Zimmer. Sollte er hier bleiben, müsste er sich schnellstens eine eigene Wohnung suchen. Doch allein der Gedanke, sich in München häuslich niederzulassen, löste ein Grummeln in seiner Magengegend aus.

Konstantin trat hinter seinen Schreibtisch und schaute nachdenklich aus dem Fenster in den grauen Novembertag. Dunkle Wolken zogen über den Horizont, vermutlich würde es bald regnen. Auf dem Gehsteig lief eine Frau mit Kinderwagen am Haus vorbei. Den Kragen ihrer Jacke hatte sie nach oben geklappt, das Baby war dick eingepackt. Alles wirkte fremd auf ihn, obwohl er hier groß geworden war. Nach einer Weile wandte er sich ab.

Sein Blick fiel auf eine Visitenkarte, die ihm sein Sitznachbar im Flugzeug in die Hand gedrückt hatte. Das hatte er beinahe vergessen. Er griff danach und starrte auf die österreichische Handynummer. »Rufen Sie mich an«, hatte ihn Dr. Gruber mehrfach und sehr eindringlich gebeten, nachdem sie sich einige Stunden unterhalten hatten. Sie waren beide ausgebildete Mediziner, arbeiteten jedoch unter grundverschiedenen Rahmenbedingungen.

Gestern noch hatte er nur milde über seinen Vorschlag geschmunzelt. Keine zehn Pferde würden ihn dazu bringen, ausgerechnet in einem Skiort als Arzt zu arbeiten. Er hatte keine Lust auf die Wehwehchen der Reichen und Schönen, und Schnee mied er ebenfalls, wenn es möglich war. Heute sah die Sache schon ein wenig anders aus. Es war klar, dass er zwar dringend Abstand zu seinem emotional oft aufreibenden Job in unsicheren Gegenden brauchte, gleichzeitig aber auch definitiv mehr Distanz zwischen sich und seine Eltern bringen musste.

Konstantin war ausgebrannt und fühlte sich leer. Es war an der Zeit, etwas Neues zu wagen. Vielleicht war es gar nicht so übel, sich für eine Weile um Menschen zu kümmern, die nicht tagein, tagaus ums Überleben zu kämpfen hatten, während er überlegte, wo es ihn als Nächstes hinziehen würde. München war keine Alternative, das hatte er spätestens nach dem Gespräch mit seiner Mutter begriffen. Neutral betrachtet klang das Angebot des Kollegen Gruber auch gar nicht so übel, und fünf Monate waren eine überschaubare Zeit. Er würde ja im Ort bleiben und wäre nicht zum Skifahren dort. Es zwang ihn niemand, auf die Pisten hochzufahren. Ob er danach wieder nach Afrika ging oder etwas anderes machte, würde er im Anschluss entscheiden. Er war seit Jahren nicht mehr in den Bergen gewesen, obwohl er es früher geliebt hatte. Es hatte sich vieles verändert, seit das mit Tobias passiert war.

Vielleicht war es wirklich an der Zeit, sich endlich seinen Ängsten zu stellen. Es würde ihm sicher guttun, nicht mehr länger davonzulaufen. Dennoch beschlich ihn eine unangenehme Spannung, während er Für und Wider ein letztes Mal gegeneinander abwägte.

Konstantin gab sich einen Ruck, zog das Smartphone aus der Gesäßtasche seiner Jeans und wählte Dr. Grubers Handynummer. Sein Herz schlug schneller, als das Freizeichen ertönte.

1

Der erste Tag der neuen Saison war für Lissi Reisinger wie Weihnachten und Geburtstag zusammen. Glücklich zog sie den Reißverschluss ihres Anoraks bis zum Kinn und trat in die kühle Morgenluft des dritten Dezembers. Die Pisten waren perfekt präpariert, die Schnee- und Wetterverhältnisse genau richtig. Es hatte schon vor einigen Wochen zu schneien begonnen, sodass über zweihundert Pistenkilometer am Arlberg zur Verfügung standen. Sogar die Sonne blitzte heute Morgen durch ein paar Wolken hindurch. Es war wundervoll, dass sie endlich wieder das tun konnte, was sie am meisten liebte. Die Bretter, die die Welt bedeuteten, würde sie in Kürze wieder unter den Füßen haben, allerdings meinte sie damit nicht die Theaterbühne, sondern ihre Skier. Das Knie spürte sie nach wie vor an jedem einzelnen Tag, es würde nicht mehr so werden wie früher, aber immerhin konnte sie noch den Beruf als Skilehrerin ausüben.

Lissi schloss die Augen und atmete tief ein. Herrlich. Sie konnte es kaum erwarten.

Üblicherweise waren die ersten Tage der Saison eher ruhig, die meisten Gäste reisten zu den Weihnachtsferien an.

Lissi schulterte ihre Skier und ging hinunter zum Schlegelkopflift, wo sie ihre ersten Kunden erwartete. Hier und da entdeckte sie Bekannte und Freunde. Alle trugen die gleiche Skilehrerkluft und strahlten voller Vorfreude. Endlich ging es wieder los. Fieberhaft hatte man in den letzten Wochen alles für den Winter vorbereitet, jetzt war man froh, dass einer erfolgreichen Saison nichts mehr im Wege stand und der Wettergott ihnen traumhafte Schneeverhältnisse geschenkt hatte.

Zwar hatten viele Hotels und Pensionen auch im Sommer geöffnet, weil die Berge zum Wandern immer beliebter wurden, dennoch wurde in dem kleinen Skiort Lech am Arlberg im Winter immer noch das Hauptgeschäft gemacht.

Zufrieden lächelnd marschierte Lissi weiter, es war wie erwartet noch nicht viel los, aber das würde sich bald ändern.

Gestern hatten die Skilehrer sich zum Abendessen getroffen, um sich auf den ersten Arbeitstag einzustimmen. Lissi war nicht lange geblieben, heute war sie froh, dass sie ausgeschlafen und frisch war. *Das geht nicht allen so*, dachte sie amüsiert, als sie in ein paar müde Gesichter blickte, die sich schon am Schlegelkopflift tummelten.

»Hey, guten Morgen«, rief sie und winkte Lukas und Sabrina zu, die beide ungefähr in ihrem Alter waren und ebenfalls als Skilehrer arbeiteten. Sie unterhielten sich angeregt. Als Lukas Lissi entdeckte, leuchteten seine Augen.

»Hallo Lissi«, grüßte er und vergaß ganz offensichtlich, was er hatte sagen wollen. Sabrina zwinkerte ihr zu, sie wusste ebenso wie sie, dass Lukas bis über beide Ohren in Lissi verknallt war. Leider war es eine einseitige Sache, denn obwohl er ein echt netter Kerl war, brachte sie ihm nur freundschaftliche Gefühle entgegen. Er hatte ihr seine Verliebtheit zwar noch nie offen gestanden, aber sogar ein Blinder mit Krückstock bekam mit, dass er mehr von ihr wollte.

»Wie sieht es bei euch aus? Was steht an?«, fragte sie die beiden und legte ihre Skier in den festgetretenen Schnee vor der kleinen Holzhütte, die als Treffpunkt fungierte.

Sabrina seufzte. »Ich habe gleich eine Gruppe aus Asien. Ich hoffe, keiner bricht sich den Hals. Ich werde also den ganzen Tag am Babylift zu finden sein.« Sie verdrehte die Augen und grinste. »Ich meine nur, falls mich jemand sucht.«

Sabrina kam nicht aus Lech, es war aber bereits ihr dritter Winter, in dem sie hier für die Skischule arbeitete. Eigentlich stammte sie aus Wien und verdingte sich dort als freie Texterin. Sie brauchte die Abwechslung, um im Kopf frisch zu bleiben, gab sie als Antwort, wenn man sie nach den Gründen fragte, warum sie ihre Zeit damit verbrachte, fremden Leuten das Skifahren beizubringen, anstatt witzige Slogans zu erfinden.

»Und du, Lissi?«, erkundigte Lukas sich hoffnungsvoll.

»Ich habe ein Ehepaar aus Amerika.«

»Ach, für dich ist das doch kein Problem, du bist doch so gut in Englisch.«

Sie zuckte die Schultern. »Ist doch nichts Besonderes.«

Sabrina knuffte sie in die Seite. »Du bist so eine Tiefstaplerin, unglaublich. Du warst doch schon oft drüben.«

»Ich habe ja nicht gesagt, dass ich kein Wort verstehe«, verteidigte sie sich lachend. »So, ich muss. Die beiden da hinten sehen mir sehr nach meiner Kundschaft aus. Habt einen guten Tag.«

»Lissi«, rief Lukas ihr hinterher.

»Ja?« Sie drehte sich noch einmal um.

»Vielleicht sehen wir uns ja nachher noch?« Er lief tiefrot an.

»Klar«, gab sie ausweichend zurück. »Bis dann.«

Das schlechte Gewissen nagte an ihr. Sie musste ihm endlich sagen, dass aus ihnen nie etwas werden würde. Sie kannten sich einfach zu lange. Sie hatten ja sogar die Schulbank zusammen gedrückt. *Was willst du eigentlich?,* fragte ein Stimmchen in ihrem Kopf. *Er ist nett, ehrlich und wäre keine üble Partie.* Aber ihr Herz machte keinen Hüpfer, wenn sie an Lukas dachte. In ihrem Magen kribbelte es nicht. Sie war einfach nicht in ihn verliebt. Und sie wusste genau, wie sich das anfühlte. Sie hatte aber auch nicht vergessen, wie es sich anfühlte, verlassen zu werden. Und das wollte sie nie wieder erleben.

Lissi schluckte und schob die trüben Gedanken beiseite, ehe sie sich an das Ehepaar wandte und sich vorstellte. Sie hatte keine Zeit, um über ihr nicht vorhandenes Liebesleben nachzudenken, und sie wollte auch nicht daran erinnert werden, dass sie an langen Abenden einsam war.

Kurz nach sechzehn Uhr machte sie sich zufrieden auf den Nachhauseweg. Die Dämmerung hatte bereits eingesetzt, die Häuser und Straßen waren weihnachtlich beleuchtet. Die Luft war klirrend kalt. Mit einem Wort, es war traumhaft. Lissi schulterte ihre Skier und marschierte los. Plötzlich heulte ein Motor hinter ihr auf. Sie schaffte es eben noch, zur Seite zu springen. Dabei rutschte sie mit ihren Skischuhen auf einer Eisplatte weg. Sie ruderte mit dem freien Arm und konnte sich gerade noch fangen, ehe sie in voller Länge auf den Boden aufgeschlagen wäre. Ihr Herz klopfte wild.

»Vollidiot«, schimpfte sie und schaute dem weißen Geländewagen verärgert hinterher. »Klar, Münchener Kennzeichen. Die Schickeria tut ja generell so, als ob ihnen die Welt gehörte.« Lissi schnaubte und setzte dann ihren Weg nach Hause fort. Dabei war ihr Tag bis dahin wirklich toll gewesen. Das amerikanische Pärchen war super entspannt und gut in Form, daher hatten sie viele Pistenkilometer hinter sich bringen können. Lissi spürte es in den Oberschenkeln, vor allem aber im rechten Knie, das nach drei Kreuzbandoperationen immer noch ihre Schwachstelle war und vermutlich auch immer bleiben würde.

»Hey Lissi«, hörte sie eine weibliche Stimme hinter sich. »Wie war dein Tag?«

Sie blieb stehen und drehte sich um. »Ah, Sabrina. Bis eben gut. Hast du den Idioten gesehen, der mich fast umgefahren hat?«

»Ja, habe ich.« Sie schüttelte den Kopf. »Was macht dich so sicher, dass es ein Mann war?«

»Nur Menschen mit zu viel Testosteron fahren so bescheuert Auto.«

Sabrina kicherte. »Na, wenn du es sagst. Sag mal, hast du Lust, nachher noch was mit uns trinken zu gehen?«

Lissi zögerte. »Ich würde ja gerne«, gab sie ausweichend zurück. »Aber bis ich zu Hause fertig bin … Nee, ich glaube, heute nicht.«

»Ach, komm. So viel kann doch noch nicht los sein. Wir müssen die paar Tage bis zu den Weihnachtsferien noch ausnutzen.«

»Morgen«, versprach sie.

»Na gut. Aber da nehme ich dich beim Wort und lasse keine Ausreden mehr gelten.«

»Sicher. Ich habe doch gesagt, dass ich morgen mitkomme. Also, dann euch erst mal einen schönen Abend. Ciao.« Lissi bog nach rechts ab, wo der Weg zur Pension ihrer Eltern führte, in der sie auch lebte. Sie hatte sich nach der Trennung noch nicht die Mühe gemacht, sich nach einer eigenen Wohnung umzusehen. Bis vor anderthalb Jahren war sie ohnehin nur selten zu Hause gewesen. Und jetzt war es bequem für sie, sie war ja sowieso jeden Tag dort, um zu helfen.

Nach ein paar Minuten erreichte sie die Pension »Schneeglöckchen«. Zu ihrer Überraschung stand der weiße BMW, mit dem sie vorhin beinahe auf Tuchfühlung gegangen wäre, auf dem Parkplatz. Der Kofferraum war offen.

Na super, dachte sie. *Der Idiot muss natürlich auch gerade bei uns gebucht haben.* Sie verdrehte die Augen und stellte sich einen gestriegelten Kerl vor, dessen Ego mindestens so aufgeblasen war wie sein Bankkonto. Genau der Typ Mann, der sie überhaupt nicht interessierte.

Vor dem Eingang hob sie ihre Skier von den Schultern. In diesem Moment ging die Tür auf, und ein Mann kam heraus. Es musste der Fahrer des Geländewagens sein, wobei er ganz anders aussah als in ihrer Vorstellung. Er trug einen einfachen grauen Wollpullover und ausgewaschene Jeans. Und seine Haare waren alles andere als gestriegelt, obwohl sie kurz waren, standen sie in alle Richtungen ab. Dazu pfiff er gut gelaunt vor sich hin. Er war so in Gedanken, dass er sie beinahe umgerannt hätte, wenn sie nicht hastig Platz gemacht hätte. »Hey«, rief sie. »Haben Sie keine Augen im Kopf?«

Ihr war klar, dass ihr Tonfall sehr verärgert klang. Wenn er wirklich ein Gast war, sollte sie ihren Unmut runterschlucken und so tun, als ob nichts wäre. Leider war sie eine miserable Schauspielerin, und nur, weil er ein Kunde war, musste sie sich noch lange nicht alles gefallen lassen.

»Oh, Entschuldigung«, gab er zurück und blieb stehen. Lissi nahm sich einen Moment und musterte ihn in Ruhe. Er hatte kantige Gesichtszüge, die Wangen waren unrasiert, am bemerkenswertesten fand sie jedoch den eindringlichen Blick aus seinen blauen Augen. Ihr entgingen auch die hauchfeinen Lachfältchen darum nicht. Ja, er war attraktiv, das war nicht zu leugnen. Aber er war ganz augenscheinlich auch sehr von sich überzeugt. Und dieser von sich überzeugte Kerl sah sie gerade an, als ob sie die einzige Person auf Erden wäre.

Lissi spürte Hitze in sich aufsteigen, es war ihr unangenehm, so ungeniert begutachtet zu werden. Aber hatte sie nicht eben genau das Gleiche getan? Verlegen trat sie von einem Fuß auf den anderen, was in den Skischuhen vermutlich reichlich dämlich aussah. Sie ärgerte sich, dass sie so unbeholfen reagierte. Diesen Ärger ließ sie direkt an ihm aus. »Ihnen ist schon klar, dass Sie mich eben um ein Haar umgefahren hätten? Haben Sie den Führerschein vielleicht im Lotto gewonnen?«

Die Mundwinkel um seine sinnlichen Lippen zuckten, und eine Augenbraue schnellte in die Höhe, als könnte er nicht fassen, was sie da eben von sich gegeben hatte. Wenn Lissi ehrlich zu sich war, dann konnte sie selbst nicht glauben, dass sie einen Gast dermaßen herunterputzte. *Egal*, versuchte sie sich und ihren rasenden Herzschlag zu beruhigen. In spätestens einer Woche war der Kerl wieder weg, und kein Hahn krähte mehr danach, ob sie ein wenig übertrieben auf seinen ungehobelten Fahrstil reagiert hatte.

Konstantin konnte ein Schmunzeln nicht unterdrücken. »Leider muss ich Ihnen sagen, dass ich noch nie im Lotto gewonnen habe.«

Er sah, wie sich ihr Mund öffnete und dann wieder schloss. Ihre grünen Augen sprühten Funken. Unter ihrem schwarzen Helm blitzten haselnussbraune Locken hervor, die verspiegelte Skibrille hatte sie nach oben geschoben. Sie trug eine blaue Jacke mit dem Logo des Skiclubs und einem anderen, das er nicht kannte. Er hatte schon einige mit dem gleichen Outfit gesehen und schlussfolgerte daraus, dass sie in Lech als Skilehrerin arbeiten musste.

Er spürte, dass der Spaß bei ihr langsam aufhörte, deswegen sagte er ernst: »Es ist ja nichts passiert. Also, was auch immer ich verbrochen habe, es tut mir leid.«

Sie atmete scharf ein, als ob sie überlegte, was sie ihm jetzt noch an den Kopf werfen könnte. Zu seiner Überraschung kam keine Unmutsäußerung. Sie straffte sich und fuhr in einem sehr gefassten Ton fort, der doch ein wenig bemüht, aber sehr höflich, klang. »Klar. Ich lebe noch. Also Schwamm drüber. Ich wünsche Ihnen einen schönen Aufenthalt.« Sie nickte ihm zu, trug dann ihre Skier hinein und verschwand aus seinem Sichtfeld.

Er sah der jungen Frau eine Weile hinterher und überlegte, ob ihm noch mehr seltsame Begegnungen dieser Art bevorstanden. Irgendwann wurde ihm bewusst, dass er sich nur mit einem Pulli bekleidet bei minus zehn Grad in der Kälte aufhielt und vermutlich ziemlich blöd aus der Wäsche schaute. Außerdem hatte er keine Lust, sich gleich am ersten Tag eine Grippe zu holen, deswegen räumte er seine letzten Habseligkeiten aus und brachte sie auf sein Zimmer im dritten Stock. Er war sich noch immer nicht sicher, ob er das Richtige tat, aber nun war er hier, also würde er es auch durchziehen. So schlimm konnte es schon nicht werden, und der erste Arbeitstag war ganz okay gewesen, eigentlich sogar ganz entspannt, was vermutlich daran lag, dass bisher nur wenige Gäste im Ort waren. Er konnte sich also in Ruhe eingewöhnen, ehe es dann zu Weihnachten brechend voll wurde. Seine Arbeitszeiten waren perfekt, denn gerade an den Feiertagen wollte er unbedingt beschäftigt sein. Diese Tage waren immer die schlimmsten, das war ursprünglich auch einer der Gründe gewesen, warum er überhaupt nach Afrika gegangen war. Er hatte dort ein anderes Leben führen können, weit weg von allem, was ihn an seine Vergangenheit erinnerte. Aber davonlaufen konnte man nicht für immer, das hatte er endlich begriffen.

Er stieß einen resignierten Seufzer aus und begann damit, seine Sachen auszupacken. Groß war das Zimmer nicht, aber es reichte für ihn, obwohl die Einrichtung ihre besten Tage längst hinter sich hatte. Aber er wollte sich nicht beschweren, er war weitaus weniger komfortable Unterkünfte gewohnt. Hier hatte er alles, was er brauchte, ein Bett, ein Badezimmer, einen Schreibtisch, Kleiderschrank und sogar einen Fernseher. Wobei er letzteren wohl eher selten einschalten würde. Wenn er Lust auf Abwechslung hatte, konnte er genauso gut sein Netflix-Abo auf dem Notebook aktivieren. Nein, langweilen würde er sich wohl kaum, zumindest nicht, was das betraf. Ob er Frieden finden würde, stand auf einem anderen Blatt.

Eine gute Stunde später hatte er sich für seine Begriffe häuslich eingerichtet, außerdem knurrte sein Magen. Die nette Pensionsbetreiberin Johanna hatte ihm vorhin schon gesagt, dass es gegen sieben Abendessen geben werde, er aber, sofern er schon früher Hunger hatte, jederzeit in die Küche gehen und sich etwas holen könne.

Konstantin schlüpfte in ein Paar Pantoffeln, die ihm Johanna bei seinem Eintreffen in die Hand gedrückt hatte. »Die sind handgefilzt, die halten schön warm«, hatte sie gesagt, und er hatte schlecht ablehnen können. Eigentlich war er nicht der Typ, der in Hausschuhen herumlief, aber er wollte auch nicht unhöflich sein. Außerdem war er lange nicht mehr an einem Ort gewesen, wo es einen echten Winter gab, und mit seinen Straßenschuhen im Haus unterwegs zu sein, war auch unpassend. Also waren die Pantoffeln vielleicht gar keine so üble Idee.

Auf dem Weg nach unten begegnete er dem Hausherrn. »Guten Abend, Georg«, grüßte er.

»Ah, der Herr Doktor. Haben Sie sich schon bei uns eingelebt?« Er mochte den örtlichen Dialekt sehr gern. Ja, das war definitiv schon mal ein Pluspunkt.

»Aber sicher doch«, gab er freundlich zurück.

»Na wunderbar. Wir sehen uns dann ja noch.« Damit verschwand er hinter einer Tür, an der ein Schild mit der Aufschrift »Privat« hing. Er musste nicht Einstein sein, um zu verstehen, dass die Reisingers in der Pension ihre Wohnung hatten.

Im Gastraum war außer ihm noch niemand, er nahm Platz, griff nach der Tageszeitung, die in der Mitte des Tisches lag, und fing an, darin zu blättern. Aus der Küche drang Geschirrklappern an sein Ohr. Außerdem duftete es verführerisch. Vermutlich wurde hier deftig gekocht – gut, dass sein Magen sich mittlerweile wieder an das europäische Essen gewöhnt hatte.

»Oh, Herr Doktor«, hörte er Johannas Stimme und blickte auf.

»Ja, bin ich zu früh? Ich kann auch noch mal nach oben …«

»Nein, nein«, unterbrach sie ihn gut gelaunt. »Natürlich nicht. Hätte ich nur gewusst, dass Sie schon unten sind, hätte ich Ihnen schon mal den Salat gebracht.«

»Ach, kein Problem.« In dieser Sekunde knurrte sein Magen.

Johanna lachte. »Herrje, haben Sie heute überhaupt schon was gegessen?«

Er zögerte. Nein, außer dem Frühstück, das er in München in aller Herrgottsfrühe zu sich genommen hatte, hatte er wirklich nichts im Bauch. Im Laufe des Tages vergaß er oft zu essen, er war daran gewöhnt, dass es manchmal länger dauerte, bis er zu einer Mahlzeit kam.

»Na, dachte ich es mir doch. Sie müssen besser auf sich aufpassen, Herr Doktor«, sagte Johanna mit mütterlicher Strenge in der Stimme. »Sie sind ja sowieso schon so dünn.«

Konstantin lächelte. Er war mit seinen fünfundachtzig Kilo ganz zufrieden. Er mochte die Hausherrin, sie war herzlich, und ihr gut gemeinter Tadel störte ihn nicht. Im Gegenteil, er hätte sich gewünscht, dass seine Mutter mehr wäre wie sie. Wenn sie ihn rügte, standen immer unausgesprochene Vorwürfe im Raum. Beschuldigungen, von denen alle in der Familie wussten, doch niemand traute sich, sie ihm an den Kopf zu werfen. Konstantin schüttelte sich kaum merklich, er wollte jetzt nicht daran zurückdenken. Aber er kam nicht umhin, sich immer wieder damit konfrontiert zu sehen. Was hatte er sich nur dabei gedacht, für eine Saison in einem Skiort anzuheuern? Es war doch klar, dass ihn diese Umgebung nicht kaltlassen würde.

»Konstantin?«, riss ihn Johannas Stimme aus seinen Grübeleien.

»Ja?«

»Ich hatte gefragt, was Sie trinken möchten?«

»Eine Apfelschorle hätte ich gern.«

»Gut, die bringe ich Ihnen gleich. Und den Salat auch.«

»Danke Ihnen.«

Johanna drehte sich noch einmal um. »Ach, lass ma doch das dämliche ›Sie‹. Ich bin die Johanna und fertig. Du wohnst ja jetzt quasi bei uns.«

Konstantin stand auf und ging zum Tresen. »Gerne. Aber wenn das so ist, dann hole ich mir auch die Apfelschorle und mein Essen selbst. Ich muss wirklich nicht bedient werden.«

»Mah, wie schön. Endlich mal ein Bursche, dem man nicht alles hinterhertragen muss.« Sie kicherte. »Aber das ist schon in Ordnung. Bei so netten jungen Männern mach' ich gerne einen Extraweg.«

2

Lissis Haare waren nass, sie stand in ein Handtuch gewickelt in ihrem Zimmer und telefonierte mit ihrer besten Freundin.

»Der Kerl ist so süß«, schwärmte Franzi.

Als ob gutes Aussehen für einen Mediziner ein wichtiges Kriterium wäre. Lissi verdrehte die Augen. »Kann er denn auch was?«

»Da kannst du Gift drauf nehmen.«

Lissi grinste. »Meinst du das buchstäblich, sodass er mich dann retten kann, um mir zu zeigen, was er drauf hat?«

»Du wieder. Wenn er nur ein halb so guter Doktor ist, wie er aussieht, dann wird er diesen Winter hier wirklich viele Leben retten.«

»Genau, Franzi. Ich glaube, du schaust zu viele Serien. Und das, obwohl du Arzthelferin bist.«

»Ha ha. Sehr witzig. Glaubst du, ich merke nicht, dass du dich über mich lustig machst?«

»Mache ich gar nicht.«

»Na, wie auch immer. Ich suche ja keinen Mann, ich bin glücklich verlobt. Dankeschön. Ich hatte da nur an dich gedacht.« Franzi klang ein wenig verschnupft, aber Lissi wusste, dass es nur gespielt war.

»Ich suche auch keinen.«

»Was auch immer. Ich wollte dir nur von meiner Neuentdeckung berichten.«

»Komm, sei nicht sauer, Franzi.«

»Bin ich nicht.«

»Klar, und mein Name ist Hase.«

»So, Hasi. Ich muss. Sepp kommt gleich nach Hause, und das Essen ist noch nicht fertig. Wann sehen wir uns eigentlich endlich mal wieder?«

»Bald«, versprach Lissi. »Komm doch einfach morgen Abend mit in die Schneggarai, da wollte ich mit Sabrina was trinken gehen.«

»Ja, ich schau mal, ob ich das schaffe.«

»Ganz schön anstrengend, so ein Fast-Eheleben, hm?«, scherzte Lissi.

»Nein, gar nicht. Du kommst schon auch noch auf den Geschmack. Bis ich heirate, hast du jemanden kennengelernt. Und dann werfe ich dir den Brautstrauß zu.«

Lissi hütete sich zu sagen, dass sie an einem Mann wie Sepp, der sich alles hinterhertragen und sich von vorne bis hinten bedienen ließ, kein Interesse hatte. »O Gott. Das klingt ja beinahe wie eine Drohung. Habt ihr die Hochzeit verschoben?«

»Na, komm, Süße. Mai ist noch lange hin. Ein halbes Jahr. Genug Zeit also, um dich zu verlieben.«

»Als ob ich während der Saison Zeit hätte, einen Mann kennenzulernen.«

»Hey, wenn nicht in der Saison, wann dann?«

»Du weißt genau, dass ich mit Gästen nichts anfange, außerdem reisen die auch irgendwann wieder ab. Ich bin hier zu Hause, und ich möchte auch nicht weg.«

Franzi seufzte. »Apropos weg. Du musst endlich mal über Stefan wegkommen.«

Nur seinen Namen zu hören, versetzte Lissi einen Stich. Dabei war es schon zwei Jahre her, dass sie sich getrennt hatten. Aber er hatte sie verlassen, als es ihr psychisch wegen ihres Karriereendes ohnehin schon so schlecht gegangen war, und hatte damit noch eins draufgesetzt. Das konnte sie ihm einfach nicht verzeihen. »Ich bin längst über ihn weg«, log sie.

»Klar.«

»Ach, Mensch. Hör auf.«

»Schon gut, schon gut. Ich sag' nichts mehr.«

Für einen Moment herrschte Stille in der Leitung. »Hallo?«, fragte Lissi irgendwann. »Bist du noch dran?«

»Ja, bin ich.«

»Was ist denn noch?«

»Dann hast du also echt kein Interesse an dem Arzt?«

»Franzi!«, stöhnte sie. »Du bist ja bald schlimmer als meine Mutter, und die triezt mich schon dauernd, dass meine biologische Uhr immer lauter tickt.«

»Tja, dann brauch ich es ja wohl nicht mehr zu erwähnen.«

»Hat dir schon mal jemand verklickert, dass du eine unerträgliche Nervensäge bist?«

»Ja, du. Ständig. Aber im Ernst, statistisch gesehen …«

»Sag jetzt nichts Falsches«, unterbrach Lissi ihre Freundin. »Ich will nichts mehr darüber hören, und mit dem Arzt fange ich garantiert nichts an, also spar dir deine müden Verkupplungsversuche. Wir werden uns vermutlich die ganze Saison kein einziges Mal über den Weg laufen. Ich bin auf der Piste, und er arbeitet im Ärztehaus.«

»Okay.«

»Mehr hast du dazu nicht hinzuzufügen?«

»Nee. Eigentlich nicht.«

»Wieso bist du dann immer noch dran?« Lissi grinste. Das hatten sie früher schon immer so gemacht. Nach der Schule hatten sie stundenlang telefoniert, bis ihr Vater raufgekommen war und sie gezwungen hatte aufzulegen, damit sie nicht länger die Leitung belegte. Seit ihrer Kindheit hatte sich in der Hinsicht technisch zumindest vieles weiterentwickelt, mittlerweile konnten, wenn es sein musste, alle gleichzeitig telefonieren. Zum Glück hatte ihre Freundschaft alle Veränderungen unbeschadet überstanden. Sie mochten sich auch heute noch genauso gern wie früher. Franzi war jemand, auf den sie sich immer hundertprozentig verlassen konnte, egal was kam. Dafür war sie ihr dankbar. Mit dem Erfolg als Skirennläuferin waren auch ein paar falsche Freunde gekommen, glücklicherweise war sie – abgesehen von Stefan – auf niemanden reingefallen.

»Ich leg' jetzt auf.«

»Du zuerst.«

»Ciao.«

»Ciao.«

Lissi ließ das Handy sinken und schlüpfte in ihre Kleidung. Dann machte sie sich auf den Weg nach unten. Es waren zwar noch nicht viele Gäste im Haus, aber sie wollte ihrer Mutter trotzdem zur Hand gehen.

Sie lief von der elterlichen Wohnung in die Küche der Pension und staunte nicht schlecht, als sie ihre Mutter und den Fahrer des BMW in eine Unterhaltung vertieft hinter dem Herd stehen sah. Er hatte einen Teller mit grünem Salat in der Hand und hielt mit der anderen eine Gabel. Er lehnte mit der Hüfte an der Arbeitsfläche und sah dabei verflucht attraktiv aus. Und, was sie noch mehr irritierte, beinahe so, als gehörte er zum Inventar. Irgendwas stimmte hier nicht. Wer war der Kerl, dass er sich aufführte, als wäre er Teil der Familie?

»Ah, da bist du ja«, säuselte ihre Mutter und rührte mit einem Kochlöffel die Suppe um. Ihre Wangen waren gerötet, ob vom Kochen oder der Unterhaltung war Lissi nicht klar.

Seltsam. Sehr seltsam.

»Äh, hallo?«, sagte Lissi, weil ihr nichts Besseres einfiel. Sie spürte den neugierigen Blick des gut aussehenden Rowdies auf sich.

»Hast du den Herrn Doktor schon kennengelernt?«, fragte ihre Mutter jetzt.

Lissis Knie wurden so weich wie Schokolade in der Sonne.

Dieser Typ war der neue Arzt?

Shit. Das bedeutete, dass er nicht in spätestens einer Woche wieder verschwunden sein würde. Dass er hier mit ihrer Mutter in der Küche stand und locker plauderte, konnte nur eins heißen. Ihr wurde flau im Magen.

»Hat er ein Zimmer bei uns?«, fragte sie schrill, wofür sie sich gerne eine Ohrfeige verpasst hätte.

»Er hat auch einen Namen«, mischte sich der Arzt mit einem amüsierten Lächeln ein. Seine Stimme hatte eine angenehm dunkle Klangfärbung. »Ich bin Konstantin.« Er stellte den Teller beiseite, wischte sich die Rechte an der Jeans ab und streckte sie ihr entgegen.

»Das ist meine Tochter Lissi«, klärte ihre Mutter ihn auf.

Lissis Kopf war wie leergefegt, dabei war sie sonst ein sehr schlagfertiger Mensch. »Freut mich«, brachte sie gerade noch so hervor.

»Ebenfalls.« Sein Händedruck war angenehm, fest und kraftvoll. Irritiert stellte sie fest, dass sie anfing zu schwitzen und ihr Herz schneller klopfte. Um ihren Puls in diese Höhen zu treiben, musste sie sonst eine ganze Piste in engen Slalomschwüngen hinunterfahren.

Hastig zog sie ihre Finger zurück und räusperte sich. »Wohnen Sie in unserer Pension?«

Gott. Eine dämlichere Frage hatte sie ja kaum stellen können. Wäre er sonst hier?

Sein überhebliches Grinsen zeigte ihr, dass ihm ihre Nervosität nicht verborgen geblieben war. Warum zum Teufel benahm sie sich in seiner Gegenwart wie eine Idiotin?

Ganz klar, es musste daran liegen, dass sie sich für ihr vorausgegangenes Verhalten schämte. Sie hätte ihn nicht so heftig anmotzen dürfen.

»Er hat das Zimmer im dritten Stock für die Saison gemietet«, hörte sie ihre Mutter sagen.

Für den ganzen Winter? Ihre ohnehin schon weichen Knie drohten nun vollends unter ihr nachzugeben. Um ihre Unsicherheit zu überspielen, nahm sie ein Glas aus dem Schrank und füllte es mit eiskaltem Leitungswasser.

»Dann bist du das auf den Bildern im Flur?«, hörte sie ihn hinter sich.

»Ja, das ist unsere Lissi. Sie war so erfolgreich, wir sind super stolz auf sie. Überall auf der Welt hat sie gewonnen!«, schwärmte ihre Mutter.

Wie immer, wenn ihre Karriere als Profisportlerin angesprochen wurde, spürte Lissi ein sehnsuchtsvolles Ziehen. Ja, es war richtig gewesen aufzuhören, ihr Körper hatte es ihr überdeutlich gezeigt. Aber sie hatte sich das Karriereende anders ausgemalt, sie hätte den Abgang vom Podest gern selbst geplant. Sie hatte mit einem Sieg aufhören wollen, nicht mit einem Flug im Rettungshubschrauber.

Lissi schluckte und rang sich ein Lächeln ab, ehe sie sich umdrehte. »Ja, die meisten Bilder sind von mir.«

»Und auch die zwei olympischen Goldmedaillen«, ergänzte Johanna Reisinger mit vor Stolz geschwellter Brust. »Kennst du dich ein bisschen im Skirennsport aus, Konstantin?«

Lissi entging nicht, dass sich die beiden duzten. So weit war es also schon. Wahnsinn. Dabei war er gerade erst angereist.

»Ski-Alpin? Nein, tut mir leid. Nicht wirklich.«

»Ach, das macht ja nichts«, sagte ihre Mutter jetzt und stellte Teller für die Suppe bereit. »Lissi, geh du doch mit Konstantin raus. Iss mit ihm, erzähl ihm ein bisschen über Lech. Er kennt sich hier gar nicht aus, hat er mir berichtet.«

Sie unterdrückte ein Augenrollen. Was ihre Mutter damit bezweckte, konnte sie sich gut vorstellen. Oder sie wollte einfach nur, dass ihre Tochter höflich zu dem neuen Gast war. Sie war sich nicht sicher. Ihre Mutter machte gerade nicht den Eindruck, als führte sie etwas wie einen Verkupplungsversuch im Schilde. Lissi wagte es, Konstantin einen verstohlenen Blick zuzuwerfen. Er war total entspannt, knabberte ein Salatblatt und wirkte beinahe schon amüsiert.

Hatte Mama doch etwas in der Richtung zu ihm gesagt? Überraschen würde es sie nicht.

Lissis Wangen brannten. Diese Unsicherheit war ungewohnt und störte sie immens. »Von mir aus«, brummte sie nur.

»Na«, tadelte Johanna Reisinger und schöpfte Nudelsuppe in zwei Teller. »Sei nicht ungezogen.«

Lissi hob eine Augenbraue, erwiderte aber nichts. Ihre Mutter hatte ja recht. Sie wusste selbst nicht, was mit ihr los war. »Dann kommen Sie, Konstantin.«

»Geh, Lissi. Du brauchst ihn doch nicht zu siezen.«

»Nein, wirklich nicht«, pflichtete Konstantin ihr bei.

Sie gab sich geschlagen. »Na schön. Dann komm, Konstantin. Wenn meine Mutter jemanden aus der Küche rauswirft, folgt man diesem Befehl besser gleich.«

»Und nach der Suppe gibt's heute Wildgulasch mit Spätzle. Ich hoffe, ihr habt Hunger.«

Sieht so aus, als müsste ich mir hier bei all den üppigen Mahlzeiten ein Sportprogramm überlegen, um in Form zu bleiben, dachte Konstantin, während er Lissi in den Gastraum folgte. Der alte Holzboden knarzte unter seinen schweren Schritten. Über den runden Eichentischen hingen grüne Lampen. Es war mollig warm, so warm, dass er sich vornahm, morgen im Haus keinen dicken Wollpullover zu tragen. Kein Wunder, dass Lissi nur ein dünnes T-Shirt anhatte. Sie war groß, sicher über eins siebzig, hatte lange Beine und sehnige Arme. Und einen sehr knackigen Hintern, dessen Form er in der engen Jeans sehr gut erkennen konnte. Nicht überraschend, wenn sie mal Profisportlerin gewesen war. Das konnte noch nicht lange her sein. Schnell wandte er den Blick ab.

Sie stellte die Teller ab und drehte sich zu ihm. »Bitte. Setz dich. Einen Guten wünsche ich.«

»Danke.« Da Besteck schon eingedeckt war, blieb ihm nicht mehr, als ihr ebenfalls einen guten Appetit zu wünschen, bevor er anfing, seine Suppe zu löffeln.

»Köstlich«, lobte er.

»Danke. Meine Mutter ist eine sehr gute Köchin.«

»Schmeißt ihr den Laden hier ganz allein?«

»Wir haben ein Zimmermädchen, und für die Küche haben wir auch eine Hilfe, die kommt aber erst nächste Woche. Es ist ja momentan noch ruhig, da schaffen wir das auch so. Es sind ja nur achtzehn Zimmer.« Sie zögerte einen Augenblick.

»Was ist?«

»Wegen vorhin. Es, äh, es tut mir leid. Ich wollte nicht unhöflich sein. Aber es hat mich schon sehr erschreckt, als du mich mit deinem Geländewagen beinahe umgefahren hast.«

»Ach das. Jetzt verstehe ich.« Er ließ den Löffel sinken. »Das tut mir schrecklich leid. Mir war das Handy runtergefallen …«

»Jetzt sag mir nicht, dass du beim Autofahren Nachrichten schreibst?«

Er verzog seinen Mund. »Das wäre unverantwortlich, da hast du recht. Allerdings scheint es tatsächlich so, als ob ich einen Moment abgelenkt gewesen wäre …«

Lissi stöhnte und verdrehte die Augen. Sie war hinreißend, wenn sie sich aufregte. »Herr, wirf Hirn vom Himmel.«

Konstantin lachte. »Meinst du für mich?«

Sie schüttelte den Kopf, sagte jedoch nichts weiter dazu. Sie aßen einen Moment schweigend. »Und du warst also Skirennläuferin?«, fragte er irgendwann.

Lissi hielt inne und guckte ihn über den Rand ihres Suppentellers hinweg an. »Ja. War ich.«

Eigentlich hatte er mit einer etwas ausführlicheren Antwort gerechnet. »Warum hast du aufgehört?« Als er ihre Reaktion bemerkte, bereute er seine Frage sofort. Verdammt. Er hätte auch erst Google bemühen können. Ihrem Gesichtsausdruck nach zu urteilen, hatte sie ihre Karriere nicht freiwillig beendet.

»Es war an der Zeit«, gab sie ausweichend zurück.

»Tut mir leid, ich wollte nicht neugierig sein. Ich dachte nur … wegen der Bilder an den Wänden und so.«

Sie tupfte sich den Mund mit ihrer Serviette ab. »Schon in Ordnung. Es ist ja kein Geheimnis. Nach dem dritten Kreuzbandriss in sechs Jahren ging's einfach nicht mehr.«

Konstantin nickte. »Verstehe. Tut mir leid.«

»Und du? Was hat dich nach Lech verschlagen? Ich habe gesehen, du hast ein Münchner Kennzeichen, ich nehme an, das ist kein Mietwagen?«

Er verzog seine Lippen zu einem schmalen Lächeln. »Nein. Kein Mietwagen. Das Auto ist auf meine Eltern zugelassen.«

Sie runzelte die Stirn. »Echt?«

Er atmete kaum hörbar aus. »Ja, ich habe momentan keinen festen Wohnsitz. Da war es das Einfachste.«

Sie formte ein lautloses O mit ihrem sinnlichen Mund. Überhaupt war Lissi Reisinger sehr hübsch, ihre haselnussbraunen Locken umrahmten ihr herzförmiges Gesicht. Die Wangen waren gerötet und brachten ihre grünen Augen noch mehr zum Leuchten. In Skikluft war sie schon attraktiv gewesen, aber jetzt konnte er nicht anders, als sie immer wieder anzustarren. Es war seltsam, üblicherweise ließ er sich nicht von Äußerlichkeiten beeindrucken. Konstantin wandte den Blick ab und legte den Löffel beiseite. Er hatte keine Lust, sein Leben vor ihr auszubreiten. Sie offenbar auch nicht.

»Ja«, sie stand auf und räusperte sich. »Ich bringe mal die Teller weg und sehe nach, was der Hauptgang macht.«

»Puh, ich glaube, ich muss anfangen, auf meine Linie zu achten, wenn es jeden Tag mehrere Gänge gibt.«

Sie lachte und entblößte eine Reihe weißer gerader Zähne. »Komm, einen Salat und eine Suppe. Das kann ein Mann doch wohl vertragen.«

»Na, ich verstehe schon. Die Gäste sind den ganzen Tag auf der Piste, da verbraucht man ja ordentlich Energie. Ich bekomme nicht so viel Bewegung.«

»Soll ich jetzt Mitleid mit dir haben?« Ihr spöttischer Blick entging ihm nicht.

»Nein, sicher nicht. Ich glaube allerdings, ich sollte mir vielleicht auch einen Ausgleich zum Job suchen.«

»Klar, es gibt den Sportpark. Da kannst du ganz normal trainieren, Kardio und Geräte, außerdem gibt es Indoor-Tennis und Squash-Plätze, eine Kletterwand, ja sogar ein Volleyballfeld.«

»Wow«, machte er.

»Ja, wer da nichts findet, … dann weiß ich auch nicht.«

»Könntest du mir den Sportpark vielleicht zeigen?«

»Natürlich, aber man kann es kaum verfehlen. So groß ist Lech ja nicht.«

In dem Moment ging die Tür auf, und zwei Paare, die offensichtlich befreundet waren, betraten den Gastraum. Lissi begrüßte die Neuankömmlinge, nahm ihre Getränkebestellung auf und verschwand mit den leeren Suppentellern in der Küche.

3

Am nächsten Morgen half Lissi ihrer Mutter, das Frühstück für die Gäste vorzubereiten. Wenn sie volles Haus hatten, bauten sie ein kleines Buffet im Gastraum auf. Da bislang nur fünf Zimmer belegt waren, füllten sie die Teller für die Tische separat mit Wurst, Käse, Schinken, Konfitüre und Butter. Dazu gab es gekochte Eier und frische Brötchen. »Ich bringe schon mal was an Tisch eins«, sagte ihre Mutter und verschwand.

Lissi wollte noch drei weitere Platten aus dem Schrank nehmen, öffnete eine Tür und fluchte wie ein Kutscher, als das obere Scharnier aus den Angeln brach und ihr die halbe Tür entgegenkam. »Mann!«, schimpfte sie.

»Was ist denn los?«, wollte ihre Mutter wissen.

»Das! Das ist los. Hier fliegt alles auseinander.«

In diesem Moment kam ihr Vater in die Küche. »Lissi, was machst du denn da?«

»Mann, Papa. Ich mache gar nichts! Hier war wohl was locker.« Ihr Vater nahm ihr die Schranktür ab und fixierte sie notdürftig.

Während sie ihn dabei beobachtete, wuchs ihr Unmut. »So geht das nicht weiter, Papa. Das weißt du auch.«

»Bitte, das war doch nur eine Kleinigkeit.«

»Die du halbherzig in Ordnung gebracht hast.«

»Ich bin kein Handwerker. Ich ruf' nachher den Alfons an.«

Lissi seufzte. »Du weißt doch sehr gut, dass eigentlich die ganze Küche überholt werden müsste. Die Einrichtung ist so alt wie ich. Ein Wunder, dass hier überhaupt noch was geht.«

Georg Reisinger machte ein finsteres Gesicht und legte die Hände auf seinen mächtigen Bauch. »Da haben wir es wieder. Ihr jungen Leute meint immer, dass man alles wegwerfen muss. Immer muss alle neu, neu, neu. Die Küche ist doch noch in Ordnung.«

Lissi rollte mit den Augen. »Das ist nicht wahr. Die ganze Pension ist in einem vorsintflutlichen Zustand.«

»Jetzt übertreib mal nicht. Natürlich ist es kein so feines Hotel wie die Bergrose, aber es ist sauber und warm.«

»Papa, du weißt, dass das heute nicht mehr ausreicht. Die Bäder in den Zimmern müssen unbedingt renoviert werden, und die Teppichböden haben ihre beste Zeit auch längst hinter sich. Außerdem hätten die Wände dringend einen neuen Anstrich nötig.«

»Und wer soll das bezahlen? Badezimmer zu erneuern kostet ein Vermögen!«

Lissi wusste gar nicht mehr, wie oft sie dieses Gespräch schon geführt hatten. Wenn sie jetzt vorschlug, dass man einen Kredit aufnehmen könnte, wäre der Ofen ganz aus. Ihr Vater war strikt dagegen, der Bank auch nur einen Cent zu schulden.

»Ich habe was gespart«, fing sie an.

»Das kommt mir nicht in die Tüte, dass wir deine Preisgelder für Fliesen ausgeben. Also nein, wo kämen wir denn da hin!«

»So geht es aber auch nicht weiter. Andere Hotels sind jetzt schon ausgebucht, zum Saisonstart. Wir sind noch nicht mal halb voll.«

Darauf wusste Georg Reisinger offenbar auch keine passende Antwort. »An unserer Einrichtung liegt's bestimmt nicht.«

»Wir müssen was machen, Papa. Wirklich.«

»Es war doch nie klar, ob du überhaupt wieder heimkommst. In der ganzen Welt warst du zu Hause. Wir haben immer gedacht, dass du bestimmt mal einen Auswärtigen heiratest, da wärst du doch nie zurückgekommen.«

»Ach, Mensch. Ich bin jetzt hier, und ich geh auch nirgendwo hin. Ich fühle mich wohl in der Pension. Wie lange willst du das denn noch machen? Die Mama hat immer gesagt, wenn die Kinder groß sind, dann reisen wir. Und jetzt? Ihr seid immer hier, nicht mal im Sommer willst du weg.«

Das Gesicht ihres Vaters rötete sich zunehmend. Sie wusste, dass ihn diese Gespräche aufregten, aber irgendwann mussten sie geführt werden.

»Ich bin eben gern in Lech. Ich habe alles, was ich brauche.«

Lissi rieb sich die Stirn. »Nee, Papa. So geht es nicht. Nach der Saison muss was passieren. Entweder nimmst du Geld von mir, oder es wird ein Kredit angefragt. Es geht hier auch um meine Zukunft.«

Einen Augenblick sah ihr Vater sie blinzelnd an. »Du willst also wirklich das Schneeglöckchen weiterführen? Was ist mit dem Skifahren?«

»Weißt du, man kann auch Leute fürs Büro einstellen. Wenn ich tagsüber weg bin, kann eine Angestellte am Empfang sitzen. Das ist doch alles machbar.«

Er schnaubte. »Fremde Leute willst du also auch noch hier reinbringen?«

Lissi atmete tief durch. Sie wusste, dass sie zu weit gegangen war. Vielleicht konnte sie ja in einer ruhigen Minute mit ihrer Mutter sprechen. Wenn Johanna Reisinger ihrem Mann die Meinung geigte, hörte der Sturkopf wenigstens zu. Sie als Tochter hatte da immer die schlechteren Karten. »Ach, Papa«, sagte sie deshalb nur und schaute aus dem Fenster.

Sie war überrascht, als sie Konstantin in Laufkleidung, mit Mütze und Handschuhen aufs Haus zu joggen sah. Ihre Mundwinkel bogen sich nach oben. Er hatte also heute schon mit seinem Sportprogramm angefangen. Untrainiert wirkte er nicht, in den eng anliegenden Lauftights konnte sie wohlgeformte Oberschenkel und kräftige Waden erkennen. Schnell wandte sie den Blick ab. Die Waden des Herrn Doktor konnten ihr so was von egal sein. Mit fahrigen Handbewegungen machte sie sich daran, weitere Platten fürs Frühstück anzurichten. Ihren Vater ignorierte sie. Da er ebenfalls stumm blieb, hielt sie es nicht für nötig, das Gespräch an der Stelle weiterzuführen. Sie bekam aber mit, dass er sich einen Kaffee eingoss und wieder aus der Küche verschwand. Gut, sollte er doch. Das würde ihm nichts nützen. An das Thema Modernisierung mussten sie ran, – ob er es nun wollte oder nicht.

Konstantins Lungen und Oberschenkel brannten gleichermaßen, als er die Pension Schneeglöckchen nach einem einstündigen Lauf wieder erreichte. Die Höhenluft hatte ihm mehr zugesetzt, als er angenommen hätte. Nicht nur die. Obwohl er versucht hatte sich einzureden, dass ihn nicht alles hier in den Bergen an damals erinnern würde, konnte er die Gedanken nicht ausblenden. Aber er wollte sich auf das Positive konzentrieren, die klare Luft, die wundervolle Aussicht und das eigentliche Ziel seines Frühsports: seine Kondition. Er war nicht schlecht in Form – das hatte er zumindest gedacht, bis er immer wieder kleine Steigungen hatte nehmen müssen. Morgen würde er sicherlich vor Muskelkater kaum gehen können, aber da musste er nun durch, und mit der Zeit würde er sich daran gewöhnen. Vor dem Haus machte er noch ein paar Dehnübungen, bis es ihm zu kalt wurde.

Nachdem er sich drinnen die Laufschuhe von den Füßen gestreift hatte, dehnte er sich noch einmal die Waden und Achillessehnen. Dabei nahm er sich die Zeit, die Aufnahmen von Lissi genauer anzuschauen. Auf den meisten Bildern war sie in Aktion, wie sie in Schräglage an den Toren vorbeiraste. Sie war ein Siegertyp, das zeigte auch ihr Gesichtsausdruck. Voll konzentriert und fokussiert. Er fand es beeindruckend, wie zielstrebig sie diesen Sport ausgeübt hatte. Sicher hatte sie viele Opfer dafür bringen müssen. Immerhin, überlegte er, während er nun vor einem Bild stand, auf dem sie in eine olympische Goldmedaille biss und strahlte, es hatte sich für sie gelohnt. Es war sicher das Ziel eines jeden Sportlers, ganz oben auf dem Treppchen zu landen. Er bewunderte sie dafür, dass sie es geschafft hatte, ihre Träume zu verwirklichen.

»Ah, guten Morgen«, hörte er eine tiefe Stimme hinter sich. »Ja, unsere Lissi war schon ein Ass. Und hübsch ist sie auch. Wenn du mal Ski fahren willst, die Lissi nimmt dich bestimmt mal mit rauf. Dann brauchst du auch nicht hier unten im Ort herumzujoggen.«

Konstantin wandte sich um und blickte in Georgs Gesicht. »Der stolze Papa«, gab er zurück, weil er nicht auf das Skifahr-Thema eingehen wollte.

»Das Talent hat sie ganz sicher von ihrer Mutter, ich bin nicht so ein guter Sportler.« Er lachte und klopfte sich auf den Bauch. »Ich esse lieber, wie man sieht.«

Konstantin schmunzelte. »Deine Frau ist ja auch eine ganz hervorragende Köchin.«

»Ja, leider, könnte man sagen, aber nein, ich bin ja froh darüber. Hast du gut geschlafen da oben? Ist alles in Ordnung mit dem Zimmer?«

»Wie ein Baby. Das muss die gute Luft hier sein. Aber wo du es ansprichst, bei der Heizung war eine Dichtung locker. Ich habe sie wieder festgedreht und auch gleich entlüftet.«

Georg biss sich auf die Unterlippe. »Ah, danke. Dann hast du also handwerkliches Talent? Ich hab ja leider zwei linke Hände.«

»Ach, es geht schon.«

»Wie wäre es denn, wenn du mir da ein bisschen behilflich sein würdest, dafür könnte ich dir mit dem Zimmerpreis noch was entgegenkommen.«

»Ja, klar, wieso nicht?« Er war zwar nicht in Geldnöten, aber zu einem Preisnachlass würde er auch nicht Nein sagen.

»Kannst du mit einer Schneefräse umgehen?«

Konstantin hob eine Augenbraue. »Kann wohl nicht so schwer sein.«

»Super. Ich wusste doch, dass du ein patenter Bursche bist.«

»Ähm«, er verstand nicht ganz, was er meinte, aber das würde er schon noch herausfinden. »So, ich muss mal duschen, wäre blöd, wenn ich am zweiten Tag schon zu spät komme.«

Mit schweren Beinen nahm Konstantin den Weg nach oben, zog seine Klamotten aus und sprang unter die Dusche. Er genoss es, das warme Wasser über seine verspannten Muskeln laufen zu lassen, denn er hatte gelogen. Er hatte keineswegs gut geschlafen, sondern sich die ganze Nacht von der einen auf die andere Seite geworfen. Das lag vermutlich nicht nur an der viel zu weichen Matratze. Er machte sich da nichts vor, und er hatte auch nichts anderes erwartet. Natürlich kehrten mit dem Schnee auch die Alpträume zurück.

Auch nach dem Frühstück war Lissi noch sauer auf ihren Vater, aber der hatte sich verkrümelt, und sie musste los. *Ist vielleicht auch besser so,* dachte sie, als sie in ihre Kluft stieg und sich auf den Weg in den Skiraum machte.

Heute würde sie einen neuen Kunden treffen, den sie für den Rest der Woche begleiten würde. Laut seiner Anmeldung konnte er Ski fahren, er wollte aber in puncto Carving noch etwas dazulernen. Ihr sollte es recht sein, immerhin war das ihr Job.

Sie pfiff leise vor sich hin, während sie die fünfhundert Meter zum Schlegelkopflift lief. »Hey Toni. Wie geht's?«, rief sie einem älteren Kollegen zu, der vor der Holzhütte, dem Treffpunkt, wartete.

»Grüß dich, Lissi. Es muss ja, aber schön, dass es endlich wieder losgeht.«

Ihr fiel auf, dass sein Gesicht schmaler wirkte als noch vor ein paar Wochen. Kein Wunder, er hatte den Tod seiner Frau sicher noch nicht verarbeitet. Er tat ihr leid, denn er war so ein guter Kerl. Aber solche Dinge passierten, gegen Krebs war kein Kraut gewachsen.

»Ja, da hast du recht. Ich habe es vermisst. Und schau, was für ein Prachtwetter wir heute haben. Welche Kunden hast du?«

Er rückte sich die Pudelmütze gerade. Toni war einer der wenigen, die nicht mit Helm fuhren. Er sagte immer, er sei zu alt für so einen Schnickschnack. »Hab ein Ehepaar aus Graz, die kommen jedes Jahr und bleiben für eine Woche. Am ersten Tag frischen wir die Technik immer a bissel auf.«

»Das ist doch schön, da wünsch' ich dir einen guten Skitag, mein Lieber.«

»Danke dir. Und du? Wie geht's dem Knie?«

»Wenn ich brav meine Übungen mache, dann ist es gut. Das erinnert mich daran, dass ich schon ein paar Tage nicht mehr im Studio war.« Sie lächelte schief.

»Ja, recht so. Fleißig warst du ja schon immer. Also, dann.« Er hob die Hand zum Gruß und ging auf ein Pärchen zu, das schon von Weitem winkte.

»Pfüati, Toni«, rief sie ihm hinterher.

Eine Viertelstunde später saß sie mit ihrem Kunden im Schlegelkopflift. Er war ungefähr in ihrem Alter und hieß Alexander. »Wollen wir gleich mal rauf aufs Kriegerhorn?«, schlug sie vor. »Du hast gesagt, du warst schon mal hier?«

Alexander war perfekt ausgerüstet, er trug hochfunktionelle, sehr teure Skikleidung und einen Helm mit verspiegeltem Visier. Offenbar legte er großen Wert darauf, auf der Piste nicht nur durch sein Können zu glänzen. »Ja, können wir machen.«

»Wo kommst du eigentlich her?«

»Ich wohne in Frankfurt, bin Broker.«

»Oh, das ist ja spannend«, log sie.

»Ja, es ist wirklich ein nervenaufreibender Job, deswegen mag ich das Skifahren ja so gern. Hier kann ich mich richtig relaxen.« In dieser Sekunde ertönte ein schriller Klingelton. »Entschuldige«, sagte er und ging ans Handy.

Mit einer geübten Bewegung klemmte sich ihr Kunde das Telefon unter den Helm. »Hallo?«

Lissi schaute in die andere Richtung. So, so, er kam zum Entspannen in die Berge. Solche Typen kannte sie zur Genüge. Es würde sie nicht wundern, wenn er mehr telefonierte, als dass er Ski fuhr. Aber ihr sollte es egal sein, sie wurde ja nicht nach Kilometern, sondern nach Stunden bezahlt. Komisch war es trotzdem. Sie wollte nicht lauschen, aber gezwungenermaßen bekam sie doch mit, dass es darum ging, ein Aktienpaket für einen großen Investor zu verkaufen. So ein Leben konnte sie sich nicht vorstellen, auch nicht, mit einem Mann wie ihm.

Als sie an der Bergstation ankamen, fuhren sie gleich weiter mit dem nächsten Lift. Auf dem Weg dorthin musste er das Gespräch beendet haben, als sich die Sitzbügel in der Kriegerhornbahn schlossen, verstaute er sein Handy wieder in der Innentasche seiner Jacke. »So, jetzt hab ich sicher Ruhe«, meinte er und strahlte sie an. »Sag mal, bist du eigentlich *die* Lissi Reisinger?«

Er hatte keine Ahnung, wie oft sie genau diese Frage gestellt bekam. Seltsamerweise bereitete es ihr Vergnügen, sich blöd zu stellen. »Was meinst du mit die Lissi Reisinger?«

»Na, die Skirennläuferin.«

»Ach, das tue ich doch schon eine ganze Weile nicht mehr.«

»Also, dann bist du es?«

Sie zuckte die Schultern. »Ja, ich bin es. Leibhaftig.«

Er zwinkerte ihr zu. »Man ist ja nicht alle Tage mit einer Olympiasiegerin unterwegs.«

»Ist lange her«, gab sie lakonisch zurück.

»Komm, wir knipsen ein Selfie.«

Ohne auf ihre Antwort zu warten, zückte er wieder sein Smartphone, beugte sich zu ihr und hielt seinen Arm so weit wie möglich von sich gestreckt. *Ein Wunder eigentlich, dass er keinen Selfie-Stick dabeihat*, dachte sie leicht genervt. Sie lächelte dennoch für die Kamera, im Prinzip hatte sie nichts dagegen, dass man Fotos mit ihr schoss. So viele Fans hatte sie auch wieder nicht, dass sie es als störend empfand. Sie war nie die Nummer eins im Kader gewesen, und durch ihre häufigen Verletzungen war sie auch nie sehr lange ganz oben mitgefahren. In Österreich hatte man es nicht leicht, die Konkurrenz war groß, und die wirklichen Superstars hatte sie nie erreicht. Im Vergleich zu Lindsey Vonn oder Marlies Schild war sie nur ein kleines Licht, wenn man die Fangemeinde betrachtete. Es wunderte sie daher ein wenig, dass Alexander sie kannte. »Verfolgst du das Geschehen im Skirennsport?«, wollte sie von ihm wissen, während er mit seinem Telefon beschäftigt war.

»Ist es okay, wenn ich es auf Instagram poste?« Er hob seinen Kopf und lächelte sie an.

»Ja, mach nur.«

»Danke dir, das ist echt toll. Ich liebe Skifahren einfach, als Kind habe ich auch trainiert, wir haben in der Nähe von Garmisch gewohnt. Aber dann sind meine Eltern nach Düsseldorf umgezogen. Beruflich. Tja, damit hatte sich das dann für mich erledigt, aber ja, die Leidenschaft fürs Skifahren blieb.«

Ein Pluspunkt für ihn, dachte sie. *Vielleicht ist er ja doch ganz nett.*

»So, da sind wir«, wechselte sie das Thema, als sie oben ankamen. »Bist du startklar? Ich muss grad noch meine Stiefel schließen.«

»Ich auch.«

Lissi fuhr mit Alexander an den Rand der Piste, sie zogen die Schnallen an ihren Skischuhen enger. Er schob sein Visier nach unten und sie ihre Brille vom Helm über die Augen. Wie zu erwarten zückte er schon wieder sein Telefon und knipste ein paar Bilder. Sie nahm es ihm nicht übel, die Aussicht von hier oben war atemberaubend. Obwohl sie unzählige Male hier gewesen war, genoss sie es immer wieder aufs Neue. Der Himmel war tiefblau, der Schnee auf den Bergen glitzerte und strahlte im reinsten Weiß, das man sich vorstellen konnte. Hier oben konnte man buchstäblich bis ans Ende der Welt sehen. Es war traumhaft und die Luft klar und eiskalt.

»Dann wollen wir mal«, murmelte sie, als er fertig war. »Ich würde vorschlagen, wir fahren die Piste zum Steinmähder runter, machen erst mal große Schwünge, bis wir ein bisschen aufgewärmt sind. Dann schauen wir uns deine Technik an. Ist das in deinem Sinne, Alexander?«

Er nickte mit einem verschmitzten Grinsen. »Du bist die Chefin.«

»Sehr gut. Dann also los.«

Bis zum Mittag gab sie richtig Gas, sie wollte sehen, was er wirklich draufhatte. Alexander war ein guter Skifahrer, auch wenn seine Technik nicht mehr ganz auf dem neusten Stand war. Aber er entpuppte sich als gelehriger Schüler. Allerdings telefonierte er nahezu bei jeder Liftfahrt. Das empfand sie als störend, aber sie sagte nichts.

»Sollen wir mittagessen gehen?«, schlug sie ihm kurz nach zwölf vor. Es war gut, wenn sie nach ein paar Stunden eine Pause einlegten, dann konnte er etwas Kräfte sammeln, ehe sie mit der Gondel vom Rüfikopf nach Zürs hinauffuhren. Die Pisten dort waren technisch anspruchsvoller, dafür war das Gebiet dort noch vielfältiger und abwechslungsreicher.

»Sehr gern. Wie wäre es mit dem Montana? Da können wir heute schön draußen sitzen.«

»Du scheinst eine Vorliebe für Olympiasieger zu haben«, witzelte sie, während sie ihre Schnallen an den Skistiefeln wieder schloss. Das Hotel und Restaurant Montana wurde von einem ehemaligen Skirennfahrer betrieben, der, wie sie, auch schon auf dem olympischen Treppchen gestanden hatte. Die beiden kannten sich gut, auch wenn er ein paar Jahre älter war als sie und sie nicht zur gleichen Zeit für Österreich an den Start gegangen waren.

»Das Essen schmeckt einfach super dort.«

»Gut, dann geht unsere Reise dorthin.«

Zehn Minuten später saßen sie an einem Tisch in der Sonne. Die Temperaturen waren zum Mittag hin so mild wie im Frühling. Alexander studierte die Speisekarte, Lissi brauchte das nicht. Sie kannte sie so gut wie auswendig, über die Jahre hatte sich außer dem täglich wechselnden Skifahrerteller wenig verändert. Und das war gut so. Die Gäste liebten das Montana so, wie es war: gutes Essen, guter Wein, gute Aussicht.

»Willst du nichts?«, fragte er, als er die Karte zuklappte.

»Doch, natürlich.«

»Ah, verstehe. Du kennst das Menü. Was kannst du empfehlen?«

»Kommt drauf an, wie groß dein Hunger ist.«

»Was nimmst du?«

»Den Chefsalat. Ist mit Hühnchen und gebratenem Speck.«

»Das klingt gut. Magst du ein Glas Wein dazu?«

»Nein, danke. Ich bin ja bei der Arbeit.«

»Darf ich?«

Sie lachte. »Natürlich, es ist doch dein Urlaub. Wenn du danach noch fit bist?«

Offenbar fühlte er sich davon angespornt. »Na schön, dann nehme ich ein Skiwasser.«

Nachdem sie ihre Bestellungen aufgegeben hatten, widmete er sich wieder dem Smartphone. Zwar telefonierte er nicht, aber er tippte eifrig Nachrichten oder Emails. Aus der Ferne hörte sie einen Hubschrauber, da war wohl irgendwo was passiert. Es blieb nicht aus, Skifahren war kein ungefährlicher Sport. Das wusste sie aus eigener Erfahrung. Meist flogen sie mit den komplizierteren Verletzungen gleich weiter ins Spital nach Innsbruck, dann landete dieser Patient also vermutlich nicht bei Konstantin in der Praxis. Wie es ihm hier wohl erging? Vielleicht sollte sie Franzi mal fragen …

Nein. Was dachte sie da überhaupt? Wenn sie sich bei ihrer Freundin nach ihm erkundigte, würde sie sich gleich irgendwas Absurdes zusammenreimen. Das erinnerte sie daran, dass sie ihr auch noch nicht erzählt hatte, dass der »sexy Arzt« bei ihnen in der Pension wohnte. Sie konnte sich das anzügliche Grinsen auf Franzis Gesicht direkt vorstellen, wenn sie davon erfuhr. Lissi verzog ihren Mund, ihre Freundin war zwar ein Goldstück, aber sie konnte mit ihren Kuppelversuchen manchmal auch ganz schön nerven.

In diesem Moment wurde das Essen serviert, und Alexander schaffte es danach tatsächlich, sein Telefon für eine Weile liegen zu lassen. Sie plauderten über das Skigebiet und welche Abfahrten man von hier aus noch nehmen konnte, ehe sie nach einer Tasse Kaffee wieder aufbrachen.

Am Nachmittag spürte sie, dass er am Ende seiner Kräfte war. Sie fuhr das Tempo also ein wenig herunter und setzte mehr auf technische Übungen, bis sie ihn um fünfzehn Uhr am Schlegelkopf »ablieferte«.

»Darf ich dich noch zu einem Kaffee oder einem Glas Wein einladen?«, fragte er, während er das Visier seines Helms hinaufschob.

»Nein, danke. Aber das ist sehr nett von dir.«

»Abendessen?«

Er war nicht hässlich, er war gebildet und konnte humorvoll sein. Aber Lissi hatte kein Interesse an einem Urlaubsflirt. »Tut mir leid, ich gehe nicht mit Kunden aus.«

Für eine Sekunde wirkte er enttäuscht, dann lächelte er sie an. »Sehr schade, sehr schade. Aber da kann man wohl nichts machen. Falls du es dir anders überlegst, ich hab' ein Zimmer im Hotel Arlberg.«

Sie hob eine Augenbraue. »Alles klar, einen schönen Abend noch. Dann sehen wir uns morgen um zehn. Ciao.«

Ohne auf seine Antwort zu warten, machte sie sich auf den Nachhauseweg. Sie hatte für einen Moment überlegt, ob sie ihm mitteilen sollte, dass es unverschämt war, wie er sie angebaggert hatte. Leider hatte sie Gespräche wie diese sehr häufig mit Männern seines Schlages, daher war sie nicht überrascht gewesen. Es war müßig, diesen Typen zu verklickern, dass man kein Interesse an einer Bettgeschichte hatte, die zu nichts führte.

»Arbeite nicht mehr so lange«, meinte Konstantin zu Franzi, die hinter dem Empfangstresen saß und Papierkram erledigte.

»Auf Wiedersehen, Herr Doktor«, verabschiedete sie sich. »Keine Sorge, ich muss nur noch eben Behandlungsraum Zwei aufräumen, dann bin ich auch weg.«

»Du kannst mich ruhig Konstantin nennen, wenn keine Patienten mehr da sind.«

Sie blinzelte und schaute zu ihm auf. »Wirklich?«

»Na klar.«

»Das tue ich gern, also ich bin die Franzi.« Sie stand auf und reichte ihm ihre Hand.

»Super. Dann also einen schönen Abend, Franzi.«

»Gleichfalls, danke. Ich muss noch kochen, wenn mein Sepp von der Arbeit kommt, hat er immer riesigen Hunger.«

Ob sie es sagt, damit ich mir keine Hoffnungen mache?, überlegte Konstantin und verkniff sich ein Schmunzeln. Deshalb musste sie sich nicht sorgen, er hatte noch nie etwas mit einer Mitarbeiterin angefangen, und das würde auch so bleiben. Sie war zwar nett, aber so nett nun auch wieder nicht. Egal, es war in jedem Falle besser, wenn die Fronten geklärt waren. So kam es nicht zu Missverständnissen. Zufrieden verließ er die Praxis und setzte sich die Mütze auf den Kopf. Es war zwar ein milder Tag gewesen, aber die Temperaturen zogen, sobald es dunkel wurde, sehr an. Nach und nach verstand er, wie der Hase hier lief. Heute war es ruhig gewesen, er hatte sich bestens mit allem vertraut machen können. Den Arzthelferinnen schien es auch zu gefallen, dass sie nun einen jüngeren Boss hatten – zwar nur für diese Saison, aber das schien sie nicht zu stören. Auf dem Nachhauseweg ließ er sich

Zeit, nicht nur, weil er seine Beine noch vom morgendlichen Lauf spürte. Er genoss die frische, klare Luft. In Afrika hatte er sich oft nach der Kälte gesehnt. Zwar war es nach wie vor seltsam für ihn, hier zu sein, doch langsam begriff er, worauf er sich eingelassen hatte. Kurzentschlossen kehrte er bei der *Krone* ein und bestellte sich ein Bier. Er war überrascht, als er in einer ruhigen Ecke Georg Reisinger entdeckte, der sich über einem Glas Rotwein mit einem Anzugträger unterhielt. Die beiden sahen beschäftigt aus, er wollte nicht stören.

»Darf ich Ihnen noch eins bringen?«, fragte die junge Bedienung im Dirndl ihn mit einem höflichen Lächeln, nachdem er sein Bier ausgetrunken hatte.

»Nein danke, zahlen bitte.« Er zückte einen Zehn-Euro-Schein und stand auf.

»Wünsche Ihnen noch einen guten Abend.«

Er verabschiedete sich und stapfte mit den Händen in den Hosentaschen zurück in die Pension Schneeglöckchen. Konstantin ging gar nicht erst in sein Zimmer hinauf, denn er hatte riesengroßen Hunger. Er begrüßte Johanna, die in der Küche hinter dem Herd stand.

»Ah, guten Abend. Wie war es in der Praxis?«, fragte sie ihn.

»Sehr gut. Noch ruhig, aber so konnte ich schon mal alles kennenlernen. Jeder organisiert sich ja anders.«

»Verstehe. Heute gibt es eine Rinderkraftbrühe und danach Spinatknödel mit Käsesoße. Ist vegetarisch, ich hoffe, das ist in Ordnung.«

»Aber klar, ich brauch nicht jeden Tag Fleisch.«

»Super, dann setz dich doch schon mal. Ich bring's dir gleich.«

Auf dem Weg in den Gastraum schenkte er sich ein Glas Wasser ein. Zwei Tische waren besetzt, er grüßte und nahm auf einer Eckbank Platz.

Weil ihm langweilig war, zog er sein Telefon hervor und surfte ein bisschen im Netz, las die wichtigsten Nachrichten des Tages. Er hörte, dass sich Schritte näherten, und hob den Kopf.

»Hui«, stieß er hervor, als er Lissi entdeckte, die mehrere Teller Suppe balancierte. Ihre Blicke trafen sich. Er verlor sich in ihren grünen Augen und vergaß zu atmen. Sie trug die haselnussbraunen Locken offen, ihre Wangen waren von einem rosigen Hauch überzogen, und ihr sportlicher Körper steckte in einem perfekt sitzenden Dirndl, das ihre weiblichen Vorzüge stark betonte. Halleluja, was für ein Anblick!

Plötzlich stolperte sie und stieß einen spitzen Schrei aus. »Ahh!« Sie konnte ein Unglück, bei dem sich die Suppe direkt über ihn ergossen hätte, gerade noch verhindern. Die Gäste am Nebentisch verfolgten das Schauspiel mit großen Augen. Konstantin sprang auf und wollte gerade eingreifen, aber sie hatte wieder alles unter Kontrolle. Lediglich ein wenig der Brühe war über den Rand geschwappt, aber ein schlimmeres Missgeschick hatte verhindert werden können.

»Gerade noch mal gutgegangen. Guten Abend erst mal.« Sie lächelte mit geröteten Wangen. »Hier bitte, deine Vorspeise.« Sie stellte den Teller vor Konstantin ab. »Ich wünsche dir einen guten Appetit.«

»Hallo Lissi«, gab er zurück. »Isst du heute nicht mit mir?«

Sie schüttelte den Kopf. »Denke nicht.«

Ohne etwas Weiteres zu sagen, ging sie an den Nebentisch, um den anderen Gästen ihre Vorspeise aufzutragen. »Einen Guten«, wünschte sie auch ihnen. »Um ein Haar hätte es heute nur das Hauptgericht gegeben«, scherzte sie und hatte die Lacher auf ihrer Seite.

Charmant war sie, das musste man ihr lassen. Konstantin griff wortlos nach einem Löffel. Ein seltsames Gefühl machte sich in ihm breit. Aus irgendeinem hirnverbrannten Grund hatte er angenommen, dass sie ihm beim Essen wieder, wie am Abend zuvor, Gesellschaft leisten würde. Er hatte sich darauf gefreut, ein wenig mit ihr zu plaudern, mehr über das Örtchen Lech und seine Leute zu erfahren. Und über sie.

Wie dumm von ihm. Natürlich hatte Lissi zu tun und würde sich nicht fortan immer zu ihm setzen, nur damit er eine Unterhaltung hatte.

»Lissi«, sagte er zu ihr, als sie auf dem Weg zurück in die Küche noch einmal an seinem Tisch vorbeikam.

»Ja?« Sie schaute ihn fragend an, leider war sein Kopf mit einem Schlag wie leergefegt, er konnte an nichts mehr denken als an die kleinen goldenen Sprenkel, die die Farbe ihrer grünen Augen noch intensivierten. Er räusperte sich, und weil ihm partout nicht mehr einfallen wollte, was er hatte sagen wollen, starrte er sie einfach nur an.

»Konstantin?«, sie runzelte die Stirn.

»Ähm, ja, entschuldige. Ach ja, wie war das noch gleich mit dem Sportpark?«

Gott, wann war es ihm das letzte Mal passiert, dass er vergessen hatte, was er sagen wollte, weil ihm die Frau, die vor ihm stand, die Sinne verwirrte?

Das musste ungefähr in der Zehnten gewesen sein, als er in Sylvia aus der Parallelklasse verknallt gewesen war und er sie hatte fragen wollen, ob sie mit ihm zum Abschlussball ging. Aber das war lange her, und er längst kein Grünschnabel mehr, der sich unsicher und schüchtern verhielt.

Tja, was war hier dann das Problem?, fragte er sich und ärgerte sich über sich selbst. Es lag sicher nicht daran, dass er in Lissi verschossen war, er kannte sie ja gar nicht. Zudem suchte er nicht nach einer Partnerin, er kam gut alleine klar. Seine letzte Liaison lag noch gar nicht weit zurück. Mit Carola war es nett gewesen, solange es unverbindlich geblieben war. Sie war eine Kollegin, mit der er über einige Wochen zusammengearbeitet hatte. Als sie plötzlich anfing, über Beziehungsfragen und Pläne für die Zukunft zu reden, hatte er schnellstens die Flucht ergriffen. Er war noch nicht bereit, sich langfristig zu binden.

»Ich bin heute leider schon verabredet, aber morgen könnte ich es dir zeigen. Ich muss sowieso mal wieder hin.« Damit brachte sie ihn ins Hier und Jetzt zurück. Er legte den Löffel beiseite und wischte sich die Hände an seiner Jeans ab.

»Ach ja? Hast du nicht genug Training auf der Piste?«, versuchte er zu scherzen.

Offenbar war es ihm gelungen, sie ein wenig aus der Reserve zu locken, denn sie lächelte. Sie sah bezaubernd aus. »Sollte man meinen, aber nein, ich muss immer wieder gezielte Übungen wiederholen, wegen meines Knies.«

Konstantin nickte. »Verstehe«, sagte er. »Aber bitte, ich möchte dir keine Umstände bereiten. Mir ist klar, dass du vielbeschäftigt bist.«

»Geh, sei nicht albern«, tadelte sie ihn mit ihrem süßen Akzent. »Wir machen das morgen. Ich nehme dich gerne unter meine Fittiche.« Sie zwinkerte, dann wurde sie plötzlich rot. »Äh, sorry, das sollte jetzt nicht …«

»Kein Problem«, unterbrach er sie mit einem aufmunternden Lächeln. »Ich bin dir sehr dankbar.«

»Gut, also, dann bleibt es dabei. Lass es dir schmecken.« Damit verschwand sie wieder in der Küche. Während er ihr hinterherstarrte, fragte er sich, mit wem sie heute wohl verabredet war. Sie hatte nichts von einem Freund erzählt. Verheiratet war sie, soweit er das einschätzte, auch nicht, denn sie trug keinen Ring und immer noch ihren Mädchennamen. Aber für einen ganz normalen Abend war das Dirndl doch viel zu sexy.

Mist.

Was tat er da eigentlich?

Es ging ihn nichts an, und es sollte ihn auch nicht interessieren, mit wem sie sich traf.

Konsterniert rührte er in seiner Suppe, ehe er weiterlöffelte. Er benahm sich wahrscheinlich so schräg, weil er noch niemanden im Ort kannte. Auf seinen beruflichen Reisen war er stets in einem Team unterwegs gewesen, da ergaben sich soziale Interaktionen von selbst. Insofern war das hier schon anders.

Konstantin war zwar kein Mensch, der ständig Leute um sich herum brauchte, im Gegenteil, er konnte gut alleine sein, aber hin und wieder ein Gespräch zu führen, hatte ja noch keinem geschadet.

Ja, sagte er sich. *Das muss es sein. Es ist nur natürlich, dass ich Anschluss suche, und das hat nichts mit Lissis hübschen grünen Augen zu tun.*

4

»Wie war es mit deinem Kunden?«, fragte Sabrina mit leuchtenden Augen. Lissi, Sabrina und Franzi saßen im *Ambrosius*, vor ihnen standen drei Aperol Sprizz.

»O Gott«, stöhnte Lissi und verdrehte die Augen. »So ein Managertyp.«

Franzi grinste. »Und du stehst nicht auf Manager?«

»Nee, sicher nicht. Der hing wirklich die ganze Zeit am Telefon. Wozu fährt man dann in den Urlaub, wenn man nicht mal da abschalten kann?«

Sabrina zuckte die Schultern. »Aber fesch war er schon.«

»Wenn man auf Kerle steht, die immer die neusten Klamotten haben müssen.« Lissi hob eine Augenbraue. Für sie waren Männer, die länger im Bad brauchten als sie, wirklich nichts.

Franzi lachte. »So schlimm war es bestimmt nicht.«

Sabrina trank einen Schluck. »Nein. Sie übertreibt. Aber offenbar muss für die Schneeprinzessin der rechte Mann noch gebacken werden.«

»Ihr seid unmöglich«, schimpfte Lissi mit einem schiefen Grinsen. »Das ist nicht wahr.«

»Wie sieht denn dein Traumtyp aus?«, hakte Franzi nach.

»Das wäre schon mal der erste Punkt. Ein bestimmtes Aussehen müsste er nicht haben.«

»Also darf er fett sein und mit Glatze, solange er nur nett ist?«, neckte Sabrina sie weiter.

»Na komm, das will wohl niemand von uns. Er soll nicht oberflächlich sein, das meine ich.«

Franzi seufzte. »Ja, natürlich. Wir suchen alle den einen Frauenversteher, der eine Granate im Bett und ein Gott in der Küche ist. Nebenbei soll er natürlich auch noch beruflich erfolgreich sein.«

Lissi nahm einen Schluck von ihrem Aperol. »So ungefähr.«

»Okay«, stieß Sabrina kichernd hervor. »Damit ist wohl klar, dass du für immer und ewig Single bleiben wirst. So einen Mann gibt es nämlich nicht.«

Franzi nickte. »Da muss ich leider zustimmen, Lissi. So wird das nichts. Man muss schon ein paar Abstriche machen.«

»Ach ja? Welche zum Beispiel?«, wollte Lissi wissen. »Und, nur fürs Protokoll: Ich komme wirklich gut ohne Mann zurecht.«

Sabrina und Franzi tauschten einen Blick aus, der Lissi klarmachte, dass sie das ganz anders sahen. Sie waren jedoch schlau genug, ihre Meinung für sich zu behalten.

In diesem Moment kam Alexander durch die Tür. Er sah sich kurz um, zog seine Mütze vom Kopf und schlüpfte aus der Winterjacke mit einem dicken Fellkragen.

»O nein«, flüsterte Lissi und machte sich ganz klein.

»Was ist?« Franzi sah sich um.

Lissi wollte ihr einen Tritt unter dem Tisch verpassen, aber konnte sich gerade noch zurückhalten.

»Das ist er«, sagte Sabrina.

»Dein Kunde? Der Manager aus Frankfurt?«, fragte Franzi interessiert.

»Eher Börsenmakler oder so was«, flüsterte Lissi. »Und jetzt hört auf über ihn zu reden, er schaut schon her.«

Das Lokal war gut besucht, aber an der Bar waren noch ein paar Plätze frei.

»Soll er sich doch zu uns setzen, dann kann ich mir mal selbst ein Bild davon machen, wie eitel der Kerl ist«, schlug Franzi vor.

»Bitte nicht. Ich wollte einen ruhigen Abend mit euch verbringen«, jammerte Lissi.

Ausgerechnet jetzt sah Alexander zu ihnen. Lissi nickte ihm zu, machte aber keine Anstalten, ihn zu ermutigen, zu ihnen zu stoßen. Er schien es zu verstehen, setzte sich mit einem Lächeln an die Bar. Gott sei Dank.

»Puh«, stieß sie hervor. »Abgewehrt.«

Franzi seufzte und trank einen großen Schluck. »So wird das nie was.«

Nun konnte sich Lissi einen Tritt nicht mehr länger verkneifen.

»Au«, schrie ihre Freundin leise auf. »Wofür war das denn?«

»Dafür. Und stell dir mal vor, ich habe keine Lust auf eine Affäre mit einem Gast. Der ist doch in einer Woche wieder weg.«

Sabrina nickte. »Wo sie recht hat …«

»Okay.« Franzi biss sich auf die Unterlippe. Plötzlich leuchteten ihre Augen auf. »Dann hätte ich da noch Nummer zwei im Angebot.«

Lissi runzelte die Stirn. »Was …?«, zu mehr kam sie nicht, dann sah sie Konstantin, der gerade ins Ambrosius kam. Er schaute sich nicht lange um, sondern ging zielstrebig zur Bar und setzte sich neben Alexander auf einen der freien Hocker. Im Gegensatz zur schicken Designerjacke trug Konstantin einen abgetragenen Dufflecoat und eine graue Mütze, die aussah wie selbstgestrickt. Langsam zog er beides aus und legte es auf den freien Platz neben sich.

»Ladys, klärt mich mal auf«, forderte Sabrina.

»Das ist er«, raunte Franzi.

Lissi sagte nichts, klappte jedoch ihren offen stehenden Mund wieder zu. Sie verstand auch nicht, warum sie so überrascht war, ihn hier zu sehen. Lech war nicht groß, viele Kneipen gab es auch nicht. Und doch …

»Wer?«, hakte Sabrina nach. »Lasst euch doch nicht alles aus der Nase ziehen, bitte.«

»Na, der neue Doktor.«

Sabrina formte ein lautloses »O« mit ihren Lippen. »Na, Lissi. Wer die Wahl hat, hat die Qual. Sehr heiß.«

»Sehr witzig. Jetzt tut doch mal nicht so, als ob die Kerle bei mir Schlange stünden.«

Franzi und Sabrina brachen in Gelächter aus. Sie lachten so laut, dass sich einige der Gäste – inklusive Konstantin und Alexander – zu ihnen umdrehten. Lissi wurde unangenehm heiß, ihr war klar, dass sich auf ihrem Hals vermutlich hektische Flecken ausbreiteten.

»Wenn ihr dann fertig seid …«, zischte sie und fächelte sich Luft zu.

»Fehlt eigentlich nur noch Lukas«, gackerte Franzi.

»Ihr seid schlimm.« Lissi nickte Konstantin zu. Er neigte seinen Kopf und grinste. Hoffentlich kapierte er nicht, dass es gerade um ihn ging. Sogar aus der Entfernung konnte sie die feinen Lachfältchen um seine Augen erkennen, nur mit Mühe schaffte sie es, ihren Blick abzuwenden. Eben noch rechtzeitig, dass man es nicht als Starren bezeichnen würde.

»Schon gut, wir hören jetzt auf«, sagte Sabrina und legte ihr eine Hand auf den Unterarm. »Magst du noch einen?«

»Nein, lieber nicht. Ich bekomme von Alkohol immer so schnell Kopfschmerzen. Lieber noch ein Wasser.«

»Ich nehm' noch einen«, verkündete Franzi und stand auf. »Ich geh mal zur Bar und bestelle für uns.«

»Dann kann ich ja mal kurz durchatmen, solange die Nervensäge sich um unsere Getränke kümmert«, scherzte Lissi. Sie schaute ihrer Freundin hinterher, die sich natürlich direkt zwischen Alexander und Konstantin platzierte. Sie schüttelte den Kopf, um ihr zu bedeuten, dass sie ja keine Dummheiten machen sollte. Franzi zwinkerte ihr verschmitzt zu.

»Manchmal möchte ich das Weibsbild umbringen«, brummte Lissi.

Sabrina kicherte. »Ach, Hunde, die bellen, du weißt schon.«

»Na, bei ihr weiß man nie.« Lissi schaute wieder zur Theke. Dort unterhielt sich Franzi gerade sehr angeregt mit Konstantin, der ein Bier vor sich stehen hatte. Alexander nippte an einem Glas Champagner. Nicht überraschend für Lissi, Bier war für einen Mann wie ihn vermutlich zu profan.

Sehr zu ihrem Leidwesen sah sie, dass auf dem Tablett kurz darauf noch mal drei Aperol Sprizz balanciert wurden. Franzi hatte natürlich ihren Wunsch ignoriert, beim Wasser bleiben zu wollen. Dabei war ihr das erste Getränk schon zu Kopf gestiegen. Sie vertrug einfach keinen Alkohol.

»Musste das unbedingt sein?« Sie stieß ein konsterniertes Seufzen aus, als ihre Freundin zum Tisch zurückkehrte.

»Die beiden sind wirklich ausgesprochen nett, wenn du mich fragst.« Franzi überging ihren Kommentar geflissentlich und kam direkt wieder zum nervigsten Thema aller Zeiten.

»Wenn du nicht sofort damit aufhörst, gehe ich«, drohte Lissi.

Sabrina hielt sich eine Hand vor den Mund, um nicht zu lachen.

»Gott, du bist ja empfindlich heute. Na schön, dann langweile ich euch halt mit meinen Hochzeitsvorbereitungen.«

Lissi lächelte. »Schon besser. Solange es nicht um meine eigene potentielle Hochzeit geht, spreche ich ja gern über so was.«

Irgendwann verabschiedete sich Lissi von den beiden und bezahlte. Der Abend war, nachdem sie das Thema »Männer für Lissi« abgehakt hatten, sehr lustig und entspannt gewesen, aber sie war müde und wollte ins Bett. »Ich muss früh raus«, sagte sie und unterdrückte ein Gähnen.

»Wir ja auch«, stimmte Sabrina bei. »Wir treffen uns einfach bald wieder. Das war so schön mit euch. Ich bin echt froh, dass es jetzt wieder losgeht. Es ist wie nach Hause kommen für mich.«

»Schön, dass es dir hier bei uns so gefällt. Ich könnte mir ja gar nicht vorstellen, in Wien zu leben. Viel zu groß und unpersönlich. So, meine Süßen, ich bin auch müde.« Franzi schnappte sich ihre Jacke und stand auf.

Die drei umarmten sich vor der Tür, dann ging jede in ihre Richtung.

»Hey, warte mal«, sagte eine dunkle Stimme hinter Lissi.

Sie zuckte zusammen. Konstantin.

»Sorry, ich wollte dich nicht erschrecken.«

»Ich dachte, du wärst schon los?« Ihr Herz schlug Kapriolen, während er fortfuhr: »War noch eine kleine Runde spazieren und beim Bankomaten.«

»Schon gut, ich hab' bloß nicht damit gerechnet, dass hinter mir jemand ist.«

»Darf ich dich begleiten?«

Lissi blinzelte und spürte, wie ihre Mundwinkel sich nach oben bogen. »Wäre irgendwie blöd, wenn ich jetzt Nein sagen würde. Immerhin haben wir den gleichen Weg.«

Konstantin vergrub seine Hände in den Jackentaschen. »Dann los, ehe ich hier festfriere. Meine Güte, ist es immer so kalt bei euch?«

Ihr glockenhelles Lachen tönte durch die Nacht. »Vielleicht bist du bloß nicht richtig angezogen.« Damit gingen sie los. Lissi spürte die zwei Drinks jetzt sehr deutlich, außerdem trug sie absolut die falschen Schuhe für dieses Wetter. Aber sie hatte es vorhin so eilig gehabt und das Dirndl und die Pumps einfach angelassen, um nicht viel zu spät zu kommen.

»Das sagt die Richtige«, neckte er sie.

»Huch«, stieß sie hervor, als sie auf einer Eisplatte wegrutschte.

Konstantin reagierte blitzschnell. Er griff nach ihrem Arm und hielt sie fest. Plötzlich stand sie vor ihm und fand sich in seiner Umarmung wieder.

»Hab dich«, sagte er mit rauer Stimme.

Lissi blickte zu ihm auf, obwohl sie über eins siebzig war und Absätze trug. Konstantin musste um die eins neunzig groß sein, außerdem hatte er verdammt breite Schultern. Und, musste sie feststellen, er roch sehr gut. Männlich herb und ein bisschen nach Duschgel. »Danke«, krächzte sie.

»Ich glaube, ich führe dich besser, sonst brichst du dir noch die Haxen.«

Sie schluckte und trat einen Schritt zurück. »Erzähl bloß keinem davon«, murrte sie, ließ es sich aber gefallen, dass er sie bei sich unterhakte und langsam weiterging.

»Wem schon? Ich kenn' ja keinen hier.« Sein Tonfall klang amüsiert.

»Ich vertrag einfach nichts«, plapperte sie drauflos. »Franzi hat mir ungefragt noch einen zweiten Aperol Sprizz bestellt, obwohl Wasser wirklich besser gewesen wäre.«

»Ach, so eine bist du?«, fragte er belustigt.

»Was meinst du?«

»Du bist eine der Frauen, die man zu ihrem Glück zwingen muss?«

Lissi schnaubte undamenhaft. »Gott, hat sie dir schon eine Gehirnwäsche verpasst?«

»Wer?«

»Na, Franzi, oder wie kommst du sonst darauf, dass man mich zum Glück zwingen müsste? Und betrunken zu sein, würde ich nicht als Glück bezeichnen, eher als Unglück.«

»Das war nur so dahingesagt. Also stimmt es?«, hakte er nach.

»Wenn du damit meinst, dass man mich zum Trinken zwingen muss, weil ich am nächsten Tag keine Kopfschmerzen haben will, dann ja.«

Er gluckste. »Das meinte ich nicht. Du bist also eine pflichtbewusste Person, das habe ich schon gemerkt.«

»Ist das schlimm?« Sie blickte von der Seite zu ihm auf. Im Laternenlicht wirkten seine Augen beinahe schwarz, dennoch entging ihr das Funkeln darin nicht.

»Überhaupt nicht«, sagte er rau. »Wieso fragst du?«

Sie schüttelte kaum merklich den Kopf. »Du kannst nicht ernst nehmen, was ich sage. Ich bin betrunken.«

»Ach was, du bist vielleicht ein bisschen beschwipst.«

»Beschwipst genug, dass ich Mist rede. Wobei«, sie legte sich einen Finger an die Lippen.

Als er nichts darauf erwiderte, plapperte sie weiter. »Ich hoffe, Franzi hat dich nicht genervt?«

»Wann? Vorhin?«

»Ja. An der Bar. Sie kann manchmal ein wenig … übertreiben.« O Gott, es war Lissi peinlich, aber sie wollte es dennoch wissen. »Was hat sie überhaupt gesagt?«

»Sie hat gesagt, dass du eine ganz tolle Frau bist und …«

»Ich möchte tot umfallen.« Lissi schlug sich eine Hand vors Gesicht, in diesem unachtsamen Moment rutschte sie noch einmal weg. Konstantin reagierte prompt und zog sie noch enger an sich. »Bitte nicht«, meinte er grinsend.

»Ich drehe ihr den Hals um.«

»Ach was, Lissi. Sie hat ja recht.«

Überrascht riss sie ihre Augen auf, schaute aber stur geradeaus. Sie hatte keine Ahnung, was sie darauf erwidern sollte. Wenn sie klug war, dann würde sie am besten auch einfach die Klappe halten, ehe sie etwas sagte, das sie morgen bereute.

»Meinst du das aufs Skifahren bezogen?«, fragte sie, weil sie es nicht lassen konnte.

Sie sah aus dem Augenwinkel, dass er den Kopf schüttelte. »Nein, eigentlich nicht. Ich sagte doch schon, dass ich keine Ahnung von Ski-Alpin habe.«

Die Antwort stellte sie nicht ganz zufrieden, da er aber keine Anstalten machte, es weiter auszuführen, entschied sie sich dafür, nicht genauer darauf einzugehen. Es war nicht ihre Art, nach Komplimenten zu fischen. Vermutlich war der Alkohol schuld daran, dass sie so dämliches Zeug redete.

»So, da sind wir«, meinte sie nach einigen Minuten, in denen sie schweigend nebeneinander hergelaufen waren. »Dürfte noch auf sein, wir schließen erst nach Mitternacht zu.«

»Muss dann immer jemand so lange aufbleiben?«

Lissi seufzte. »Ja, ich habe meinem Papa schon tausendmal gesagt, dass es moderne Schlüsselsysteme gibt, da muss man nicht auf- und zusperren, da geht alles elektronisch, das könnte man alles einprogrammieren. Aber das will er nicht. Zu teuer, brummt er dann jedes Mal. Es ist müßig.«

Konstantin zog die Tür auf und ließ ihr den Vortritt. »Bitte.«

»Danke schön. Dann gute Nacht und danke noch mal, dass du mich sicher nach Hause gebracht hast.«

»Vielleicht revanchierst du dich ja mal«, schlug er mit einem Augenzwinkern vor.

»Na, ich weiß nicht. Obwohl«, sie nagte an ihrer Unterlippe. »Ich könnte dir natürlich mal das Skigebiet zeigen, wenn du einen Tag frei hast.«

Das Grinsen verschwand aus seinem Gesicht. »Ich bin nicht so ein guter Skifahrer. Das ist, glaube ich, nicht das Richtige.«

»Ich habe bisher noch alle sicher nach unten ins Tal gebracht«, gab sie erheitert zurück, aber als sie sah, dass er nicht darauf reagierte, räusperte sie sich. »Ja, äh, also, dann eine gute Nacht.«

»Schöne Träume«, wünschte er und stampfte die Stufen nach oben.

Seltsam, was habe ich falsch gemacht?, fragte sie sich, als sie die Tür abschloss und in ihr Zimmer trat. Auf dem Weg war er so gut gelaunt gewesen, und dann plötzlich … Vielleicht war er auch einfach müde, beantwortete sie es für sich.

Konstantin war zufrieden, als er die Praxis am nächsten Abend nach einem langen Arbeitstag verließ. Die Sorge, dass er sich mit Schnupfen und Sportverletzungen unterfordert fühlen würde, war unbegründet gewesen. Es stellte sich indes genau der Effekt ein, den er sich erhofft hatte. Bei der Arbeit musste er nicht mehr jeden Tag um Leben bangen, sondern konnte Menschen helfen, ohne dass er emotional zu sehr unter Druck geriet. Er war froh, dass er den Schritt nach Lech gewagt hatte. Ein kleines Stimmchen in seinem Hinterkopf sagte immer wieder, dass er auch die Nähe von einer gewissen Dame genoss und sich schon den ganzen Tag darauf gefreut hatte, sie wiederzusehen. Er verdrängte den Gedanken so schnell, wie er gekommen war, denn zwischen ihnen würde es kein Techtelmechtel geben. Sie war nicht der Typ für eine unverbindliche Bettgeschichte, Es war also egal, ob er sie anziehend oder interessant fand oder nicht.

In der Pension ging er schnurstracks in den Gastraum, drei Tische waren besetzt. Es roch verführerisch und war, wie immer, mollig warm. Er grüßte höflich, dann legte er ab und spitzte in die Küche.

»Guten Abend«, sagte er zu Johanna, die am Herd stand. Dann entdeckte er noch einen jungen Mann, der im Stehen einen Teller Suppe löffelte. Er sah gut aus, er war groß und sportlich. War das Lissis Freund? Leider wirkte der Typ mit seinem wachen Blick und dem freundlichen Lächeln sehr sympathisch.

Leider? Er musste dringend aufhören mit dem Quatsch.

»Ah, guten Abend, Konstantin. Darf ich vorstellen? Das ist mein Sohn Erik.«

Sohn. Sie hatte »Sohn« gesagt, nicht »Schwiegersohn«. Konstantin atmete aus. Viel Zeit, um sich zu sammeln, blieb ihm nicht, denn Erik stellte den Teller weg und streckte ihm seine Rechte hin. »Servus, freut mich.«

Konstantin erwiderte den Händedruck. »Ebenfalls, ich bin Konstantin.«

»Mama hat mir schon von dir erzählt. Und du willst also in Lech bleiben?«

»Zumindest mal für den Winter«, gab er zurück.

»Das sagen alle.« Johanna lachte. »Und dann kommt es doch anders.«

Erik verdrehte die Augen. »Nicht jeder ist wie du«, verkündete er mit einem spöttischen Grinsen. »Meine Mutter ist damals nach Lech gekommen, um in einem Hotel zu arbeiten. Dann hat sie meinen Vater kennengelernt.«

»Ah, verstehe«, machte Konstantin. Gleichzeitig spürte er eine seltsame Erleichterung darüber, dass es sich bei Erik um Lissis Bruder und nicht um ihren Freund handelte.

»Du hast sicher Hunger, setz dich doch, ich bring dir gleich was.« Johanna begann einen Teller mit Suppe zu füllen. »Erbsenschaumsuppe. Nachher gibt's Tafelspitz mit Kren und Bratkartoffeln.«

»Wunderbar. Das klingt super lecker, ich kann es kaum abwarten. Die Suppe kann ich doch gleich mit rausnehmen«, schlug er vor.

»Erik, magst du dem Herrn Doktor nicht ein bisschen Gesellschaft leisten?«

»Ja, sicher. Mach' ich gern.«

Kurz darauf saßen die beiden im Gastraum und unterhielten sich über Lech, die Ortsstrukturen und die Dorfgeschichte. »Und, bist du auch Rennen gefahren?«, fragte Konstantin, während sie das Hauptgericht aßen.

»Ja, aber ich war lang nicht so gut wie die Lissi«, gab Erik zu. »Zwar war ich auch auf einem Skigymnasium, aber irgendwie hab ich es nicht an die Spitze geschafft. Ist auch nicht schlimm. Irgendwann waren die Mädchen für mich interessanter als die Skier.«

Konstantin lachte. »Verstehe.«

»Und du?«

»Also mit Skirennlauf hab' ich nichts am Hut.«

»Aber mit Frauen schon?«, scherzte Erik.

»Das hast jetzt du gesagt.« Sie verstanden sich auf Anhieb, Erik war ein lockerer und witziger Typ.

»Guten Abend«, sagte Lissi, die gerade mit dem Dessert aus der Küche kam. Sie servierte und setzte sich dann zu ihnen an den Tisch. »Na, worüber plaudert ihr?« Sie trug heute eine weite Bluse und eine eng anliegende Jeans. Es sah wunderschön aus, wie ihr die haselnussbraunen Locken über die Schultern fielen.

Erik warf Konstantin einen Blick zu, der vermutlich bedeutete, dass er nichts Falsches von sich geben sollte. Er musste kurz überlegen, worüber sie geredet hatten. »Ich meinte, dass ich das Dessert heute lieber ausfallen lasse, weil ich ja noch ein wenig Sport machen will.« Er hielt es für besser, Lissi nichts über die tatsächliche Unterhaltung zu verraten. Sie sollte nicht denken, dass er ein Hallodri war, der nichts außer Röcken im Kopf hatte.

»Richtig. Daraufhin meinte ich, dass ich gerne mal Tennis spiele«, erklärte Erik.

Konstantin hob eine Augenbraue, das war ja interessant. Dann hatte er womöglich einen zukünftigen Sportpartner aufgetan. »Wie ich auch«, stimmte er deshalb zu.

Lissi lachte. »Mir scheint, da haben sich zwei gefunden. Dann kann ja Erik dir den Sportpark zeigen.«

Ihr Bruder legte die Serviette beiseite. »Sorry, heute nicht. Muss noch ins Büro, Eva wartet eigentlich schon. Meine Frau«, erklärte er an Konstantin gerichtet. »Wir haben nächste Woche die Steuerprüfung im Haus, da müssen wir zusehen, dass auch wirklich alles gut aufgeräumt ist.«

»Verstehe«, gab Konstantin zurück.

»Wir haben zwar einen guten Steuerberater, aber man bereitet sich da besser gründlich vor, dann sind die von der Finanzbehörde auch schneller wieder weg. Eine ganz einfache Rechnung. Dass die auch jetzt zum Saisonstart kommen müssen. Dafür hätten wir im Sommer oder im Herbst besser Zeit gehabt.«

Lissi nickte. »Das ist denen doch egal.« Sie wandte sich an Konstantin. »Und du willst jetzt gleich noch sporteln?«

Konstantin zuckte die Schultern. »Ich muss.« Dann rieb er sich den Bauch. »Sonst ist der nicht mehr lange so flach.«

Erik wackelte mit den Augenbrauen. »Ja, man muss schon was tun. So, ihr Lieben.« Er stand auf und klopfte auf den Tisch. »Pfüat euch, ich muss los.«

»Schönen Abend«, rief ihm Konstantin hinterher.

»Ciao, Brüderchen. Grüße an deine bessere Hälfte.«

Konstantin stand ebenfalls auf. »Ich bringe eben mal mein Geschirr in die Küche, dann könnten wir so in einer Viertelstunde los, oder klappt es bei dir nicht?«

»Nein, nichts da. Ich bringe das Geschirr weg, wo kommen wir da hin.« Sie gab ihm einen spielerischen Klaps auf die Finger. »Fünfzehn Minuten klingt gut, ich habe schon alles zurechtgelegt.«

»Super, dann bis gleich. Und danke.«

Konstantin klopfte ihr auf die Schulter, dann verließ er den Gastraum.

Wie verabredet trafen sie sich vor der Tür. »So, dann wollen wir mal, was hast du vor?«, wollte Lissi von ihm wissen.

»Vermutlich klingt das für eine ehemalige Leistungssportlerin reichlich lahm, aber ich wollte erst etwas laufen und dann ein paar Geräte benutzen.«

»Klingt gar nicht lahm, wieso denn? Der Sportpark ist super, die haben wirklich alles da.«

»Dann sollte ich mir vielleicht gleich mal eine Saisonkarte besorgen, gibt's da so was?«

»Logisch, du bist ja nicht der Einzige, der hier arbeitet und sich nebenbei fit halten will.«

»Stimmt, hätte ich auch drauf kommen können. Ich war ja diese Woche schon mal laufen, aber jeden Morgen ist das sicher auch nicht machbar. Am Abend ist man doch flexibler, wenn man mal eben ins Studio kann.«

»Absolut, bin da ganz bei dir.«

»Und was trainierst du dort?«

»Es ist sicher ähnlich, ein bisschen Koordination, Kräftigung und so weiter. Auch nicht weltbewegend.«

Er merkte, dass sie sich ein wenig verspannte. »Das Knie?«, fragte er, weil sie es schon mal erwähnt hatte vor einigen Tagen.

»Ja. Berufskrankheit sozusagen«, gab sie einsilbig zurück.

Konstantin musste kein Genie sein, um zu merken, dass sie nicht darüber sprechen wollte. »Heute ist es nicht so kalt«, wechselte er das Thema.

»Ja, soll auch Schnee kommen in den nächsten Tagen.«

»Das ist jetzt vermutlich nicht ganz so überraschend.«

Sie lachte. »Nein, wir freuen uns hier über jede Flocke, obwohl wir uns da bislang in diesem Winter ja nicht beschweren können. Es hat Jahre gegeben, da war im Dezember bis auf den Kunstschnee noch alles grün.«

»Vor ein paar Jahren wart ihr doch mal eingeschneit.«

»Ja, das kann natürlich auch passieren. Die Straßen sind nach starken Schneefällen immer wieder mal zu. Meistens nur für ein paar Stunden, bis die Lawinengefahr beseitigt ist. Wir haben da sehr gute Leute.«

»Ja, ich hab's schon gehört. Die werden gesprengt?«

Sie nickte. »Das ist eine Wissenschaft für sich. Ja.«

»Das, was ich meine, ist schon eine Weile her, ich habe das nur aus den Zeitungen mitbekommen, da war doch fast eine Woche alles dicht, oder täusche ich mich?«

Lissi fasste sich an die Mütze. »Ja, das ist natürlich auch schon vorgekommen. Ich glaube, der Winter, den du meinst, ist schon mehr als zehn Jahre her. Das war Wahnsinn.«

»Tja, so alt bin ich.« Er grinste.

»Passiert den Besten von uns. Wie alt bist du genau?«

»Dreiunddreißig.«

»Das geht ja gerade noch«, neckte sie ihn.

»Da bin ich jetzt aber froh. Und du?«

»Wie, du hast mich noch nicht gegoogelt?«

Konstantin lachte. »Ups. Erwischt. Nein, habe ich nicht. Sollte ich wohl mal machen.«

Sie schüttelte den Kopf. »Nein, musst du nicht. Das war mehr als Scherz gemeint. Irgendwie geh ich zu oft davon aus, dass mich jeder kennt.«

»Ich glaube, es kennen dich sehr viele. Vor allem diejenigen, die Ahnung vom Skisport haben.«

»Ja, kann sein. Aber ich bin zum Glück mehr als nur das.«

»Eben, vermutlich habe ich deswegen nicht über Google herausfinden wollen, wer du bist, sondern unterhalte mich lieber persönlich mit dir.« Konstantin spürte, dass Lissi verlegen war, aber er meinte es wirklich so.

»Ah, da sind wir ja schon«, sagte sie und deutete nach vorne.

»Sieht von außen ganz unscheinbar aus.«

»Hat es aber in sich«, scherzte sie. »Ich habe dir ja schon von den Vorzügen berichtet. Ach, und eine Bowling-Bahn gibt es auch.«

»Cool.«

»Bist du gut darin?«

»Es geht so. Und du?«

»Ich bin eine Niete.«

»Das klingt spannend, kann ich mir kaum vorstellen.«

»Doch, ich kann vielleicht Ski fahren, aber so eine Kugel über den Boden rollen, da mache ich keine gute Figur.«

»Ich finde, wir sollten das mal testen.«

»Vielleicht«, gab sie ausweichend zurück. »In der Hauptsaison ist das immer nicht so einfach, da gibt es so viel zu tun …«

»Entschuldige, ich, äh, natürlich hast du zu tun«, sagte er hastig, als ihm klar wurde, dass er mit seiner Einladung einen Schritt zu weit gegangen war. Das Problem war, dass er sich in ihrer Gegenwart wohlfühlte. Zu wohl vielleicht. Jedenfalls hatte sie offensichtlich kein Interesse, ihre Bekanntschaft auf eine Freundschaft auszuweiten, das musste und würde er akzeptieren.

5

Lissi ging Konstantin seit einigen Tagen konsequent aus dem Weg. Am Abend kümmerte sie sich lieber um die Wäsche, als in der Küche bei ihrer Mutter auszuhelfen, und am Morgen sah sie zu, dass sie erst nach unten kam, wenn er aus dem Haus war. Leider löste sich ihr Problem dadurch nicht in Luft auf. Aber auf dem Weg zum Sportpark hatten bei ihr die Alarmglocken geschrillt. Laut und deutlich. Sie mochte Konstantin, sie verbrachte gern Zeit mit ihm, und sich mit ihm zu unterhalten, brachte Spaß. Sie wusste, dass das die ersten Anzeichen dafür waren, dass sie sich zu ihm hingezogen fühlte. Das wollte sie nicht und dem würde sie nicht nachgeben, nur weil er nett, gutaussehend und witzig war.

Seufzend stieg sie in ihre Skistiefel und machte sich dann auf den Weg zur Schlegelkopf-Talstation. Der Manager aus Frankfurt war abgereist, dafür hatte sie über das Wochenende ein sechsjähriges Mädchen, für das sie gebucht worden war. Emily war niedlich und für ihr Alter schon flott unterwegs. Sie stammte aus Niederösterreich und träumte davon, selbst mal Skirennläuferin zu werden. Emily wartete bereits mit ihren Eltern, als sie den Treffpunkt erreichte.

»Guten Morgen«, grüßte Lissi.

Emily nieste, dann sagte das Mädchen »Hallo«.

»Na, hast du dich erkältet?«

»Es ist nichts«, tat die Mutter es ab. »Nur ein kleiner Schnupfen. Guten Morgen, Lissi.«

»In Ordnung. Bist du dann bereit, Emily?«

Sie nickte eifrig. »Ja, unbedingt.«

Lissi wandte sich noch einmal an die Eltern. »Alles klar, dann wieder bis um drei?«

Frau Berger stimmte zu. »Ja, wir fahren heute ins Tal, haben da noch was zu erledigen.«

Lissi konnte sich denken, was das war. Weihnachten stand vor der Tür, vielleicht hatten sie noch nicht alle Geschenke besorgt.

»Alles klar. Dann gute Fahrt.«

»Tschüss, mein Schatz.« Die Mutter gab ihr einen Kuss auf die Wange, der Vater ebenso. »Tschüss, mein Engel.«

Emily winkte den beiden noch kurz hinterher.

»Dann komm«, sagte Lissi. »Ach, nee. Putz mal lieber erst deine Nase.«

Sie kramte ein Taschentuch aus ihrer Jacke, hielt es dem Mädchen hin und wischte ihr den Schnodder ab, da die Kleine Handschuhe anhatte. Lissi wusste, es ging schneller, wenn sie Emily half, anstatt in einem langwierigen Prozess Handschuhe aus- und hinterher wieder anzuziehen. *Was tut man nicht alles*, dachte sie amüsiert.

Einige Minuten später saßen sie im Lift. »Heute fahren wir noch mal bei der Weibmäderbahn, da können wir dann auch wieder die Gondel nehmen.«

»Au ja«, rief Emily, musste aber gleich wieder niesen.

»Ach, Mensch. Dich hat es ja wirklich ganz schön erwischt, hm?«

Im Laufe des Vormittags wuchs sich die Erkältung zu einer üblen Grippe aus. Beim Mittagessen hing das Kind mit glasigen Augen am Tisch. »Emily, lass mich mal fühlen.« Lissi fasste ihr an die Stirn. »Du glühst ja. Mist. Was machen wir jetzt mit dir?«

»Ich will schlafen«, krächzte sie und legte sich auf die Sitzbank.

»O je«, sagte Lissi mehr zu sich selbst als zu der Kleinen. »Und deine Eltern sind unterwegs. Das ist nicht gut.«

Das Mädchen gab außer noch einem »Will schlafen« keinen Mucks mehr von sich. Es war mehr geröchelt als gesprochen.

Lissi griff sich an den Kopf und überlegte. »Hast du einen Schlüssel für euer Zimmer? In welchem Hotel seid ihr noch mal?«

»Weiß nicht. Berg … irgendwas mit Berg.«

Hoffnung keimte in Lissi auf. »Bergrose?«, hakte sie nach. Dann konnten Eva oder Erik sie reinlassen, auch ohne Schlüssel.

»Kann sein.«

»Okay, gut. Pass auf. Dann bringe ich dich jetzt da hin, wir warten dort auf deine Eltern.« Lissi versuchte sie zu erreichen, aber es sprang nur die Mailbox an.

Sie bezahlte, half Emily in ihre Skikleidung und zog sich dann selbst an. Weil Emily kaum mehr selbst stehen konnte, hob sie sie auf die Arme. »Ach, Kleine. Es tut mir so leid, dass es dir schlecht geht.«

Sie hastete, so schnell es ihr in ihren Skistiefeln möglich war, zum Hotel ihres Bruders. An der Rezeption saß Eva, ihre Schwägerin. »Lissi. Hallo! Was macht ihr denn hier? Ist das nicht die kleine Emily Berger?«

»Ja, sie ist meine Schülerin, aber sie ist krank, und ihre Eltern sind im Tal. Sie sind erst für den Nachmittag zu erwarten, und ich habe sie nicht erreicht. Sie hat Fieber, sie muss ins Bett. Welches Zimmer haben sie denn?«

Eva überlegte. »Moment, ich schau mal eben.«

Emily hustete trocken, die Augen hatte sie geschlossen. Es kam Lissi so vor, als ob es ihr mit jeder Minute schlechter ginge, nun zitterte sie auch noch am ganzen Leib. »Ich hoffe, sie hat nichts Schlimmes. Heute Morgen hatte sie schon Schnupfen, aber da ging es ihr noch nicht so mies. Ich hätte sie gar nicht mitnehmen dürfen.«

»Hey«, beruhigte sie Eva. Ihre warmen braunen Augen sahen sie eindringlich an. »Die Eltern haben sie doch bei dir abgegeben, oder? Es war ja nicht deine Entscheidung.«

Lissi nickte. »Ja, schon …«

»Siehst du«, fuhr ihre Schwägerin fort. »Du machst das gut, bring sie ins Bett, und dann sehen wir weiter. Die Familie hat die Lechblick-Suite, ich komme mit nach oben und lasse euch rein.«

Lissi folgte Eva in den Aufzug, die Kleine hielt sie weiter in ihren Armen.

»Danke. Sie braucht was gegen das Fieber.«

»Vielleicht haben sie ja was oben im Zimmer in der Reiseapotheke.«

»Ich kann ja schlecht in den Sachen wühlen.« Lissi fühlte sich überfordert mit der Situation.

»Das stimmt, manchmal steht so was aber auch im Bad. Wir schauen einfach mal.« Eva ging vor ihr und öffnete die Tür. »Gut, die Zimmermädchen waren schon da. Dann habt ihr eure Ruhe. Ich lasse euch eine Suppe und Tee bringen.« Ehe sie das Zimmer verließ, warfen sie einen Blick ins Bad. Leider standen da keine Medikamente, vermutlich hatte niemand damit gerechnet, dass das Kind krank wurde, was keine Überraschung war.

»Also, hier ist nichts«, sagte Lissi.

»Vielleicht helfen ja die Suppe und Ruhe, ich kümmere mich. Und ruf doch in der Praxis an, vielleicht können die was bringen.«

»Danke, du bist ein Schatz. Ich glaube, ich rufe wirklich Franzi an, sie hilft mir bestimmt.«

»Mach das. Bin gleich wieder bei euch.«

Lissi legte Emily aufs Bett und zog ihr die Skisachen aus. Dann fühlte sie noch einmal die Stirn. »Verdammt«, stieß sie hervor und war sich unsicher. Zudecken oder nicht? Sollte sie Wadenwickel machen? Irgendwo hatte sie aber mal gelesen, dass das bei Kindern auch gefährlich sein konnte. Sie wollte nichts riskieren. Hastig wählte sie Franzis Nummer. Sie antwortete nach dem dritten Klingeln.

»Sehnsucht?« Die Stimme ihrer Freundin klang amüsiert.

»Franzi, hör zu. Mir ist nicht nach Scherzen.«

»Entschuldige, was ist denn los?« Jeglicher Schalk war aus ihrem Tonfall verschwunden.

»Ich hab ein Mädchen hier, sie hat hohes Fieber. Sie ist sechs Jahre alt.«

»Oh. Eine Schülerin von dir?«

»Ja, ihre Eltern sind unterwegs, es ist sonst niemand da, der für sie verantwortlich ist.«

»Kannst du mit ihr in der Praxis vorbeikommen?«

Sie schüttelte den Kopf, obwohl ihr klar war, dass Franzi sie nicht sehen konnte. »Das geht auf keinen Fall, kannst du nicht was vorbeibringen gegen das Fieber und den Husten? Ich will sie nicht alleinlassen, und raus kann ich in dem Zustand auch nicht noch mal mit ihr. Sie ist wirklich glühend heiß und hustet so trocken.«

»Ja, gut. Ich verstehe, es scheint ihr ja wirklich sehr schlecht zu gehen. Ich schau, was ich machen kann. Wie schwer ist das Kind ungefähr?«

»Puh«, schnaufte Lissi. Obwohl sie sie eben getragen hatte, war sie nicht gut im Schätzen. »Keine Ahnung. Vielleicht fünfundzwanzig Kilo? Bitte beeil dich.«

»In Ordnung. Bleib ruhig, wir kriegen das hin.«

Nachdem sie aufgelegt hatte, fühlte sie sich kein bisschen besser. Emily hustete immer mal wieder und stöhnte leise. Lissi zog schließlich ihre Skistiefel und Skijacke aus, etwas anderes blieb ihr momentan nicht zu tun. Fünf Minuten später war immer noch niemand gekommen. Lissi machte sich schreckliche Sorgen und wurde immer unruhiger. Sie hatte noch einmal versucht die Eltern zu erreichen, aber es war keiner ans Telefon gegangen. Sie tippte eine Nachricht, dass sie wenigstens gleich Bescheid wussten, sobald sie aufs Handy schauten. *Emily hat Fieber, bin mit ihr ins Hotel zurückgegangen, besorge jetzt etwas zum Senken der Temperatur. Grüße, Lissi Reisinger.*

In dem Moment klopfte es leise. Erleichtert atmete sie aus und riss die Tür auf. Lissi hatte gehofft, es wäre endlich Franzi, stattdessen stand Eva mit einem Tablett davor. »Ich stelle es rein. Gibt's schon was Neues?«, sagte ihre Schwägerin jetzt.

»Franzi ist auf dem Weg. Das hoffe ich zumindest.«

»Gut, wenn du noch was brauchst, melde dich.«

Nachdem Eva wieder verschwunden war, rief sie noch mal bei Franzi an. Es klingelte, aber niemand nahm ab.

»Shit«, fluchte Lissi und fuhr sich mit der Hand über das Gesicht.

Ein energisches Klopfen ließ sie unterdrückt aufschreien. Sie hastete zur Tür und öffnete. »Mensch, Franzi …«, der Rest des Satzes blieb ihr im Halse stecken. Denn vor ihr stand nicht ihre Freundin, sondern Konstantin, in der linken Hand trug er einen Arztkoffer.

»Oh, hallo«, stammelte sie und trat zurück.

»Franzi hat gesagt, dass ein Kind hohes Fieber hat. Zu hoch, um in die Praxis zu kommen?«

»Ja, Emily ist eine Skischülerin von mir. Ihre Eltern sind unterwegs, es ging ganz schnell. Erst war sie noch fidel, aber dann … Es geht ihr sehr schlecht.«

Konstantin legte Lissi eine Hand auf den Arm. Es lag so viel Wärme und Verständnis in seinem Blick, dass sie sich sofort ein wenig beruhigte. »Du hast richtig gehandelt, nun bin ich ja da. Wir kriegen das schon hin. Wo ist das Kind?«

»Ja, bitte, sie liegt dort auf dem Bett. Emily hat, seit wir hier sind, kaum einen Mucks von sich gegeben, ich mache mir große Sorgen. Sie ist völlig apathisch.«

Konstantin stellte die Tasche auf den Boden und legte seinen Dufflecoat ab. Lissi schloss leise die Tür.

»Wie alt ist sie?«, fragte er, während er etwas herausnahm.

»Sie ist sechs. Heute Morgen hatte sie ein paarmal geniest, aber war sonst fit. Die Eltern meinten, es wäre nur ein Schnupfen. Ich habe da nicht weiter nachgefragt, wer rechnet denn mit so was?«

»Das kann bei Kindern schon mal sehr schnell gehen. Ist dir sonst was über ihre Geschichte bekannt? Chronische Krankheiten?« Konstantin beugte sich über Emily und begann, sie zu untersuchen.

»N-nein, ich habe keine Ahnung. Sie ist sportlich und, soweit ich weiß, gesund.«

»Das ist doch schon mal gut. Ja, sie hat hohes Fieber. Zu hoch. Ich werde ihr etwas geben müssen.« Er tastete den Nacken ab, dann den Hals. »Die Lymphknoten sind geschwollen, was normal ist, aber sonst keine Steifheit, was dann gegen eine Hirnhautentzündung spricht. Das ist schon mal eine gute Nachricht.« Mit einem Licht leuchtete er in ein Auge, nachdem er ein Lid hochgezogen hatte. »Die Pupillen reagieren normal.«

Lissi atmete auf, das war ein gutes Zeichen. Er fühlte unterdessen den Puls. »Viel zu schnell, außerdem schwitzt sie stark. Dass sie Schüttelfrost hat, siehst du ja selbst. Ich höre mir noch die Lunge an, aber habe schon eine Vermutung.«

»Ja, bitte. Nimm dir Zeit. Ich wusste nicht einmal, ob ich sie zudecken soll oder nicht«, sagte Lissi, weil ihr überhaupt nichts Besseres einfiel.

»Schon in Ordnung. Du hast wohlüberlegt gehandelt.«

Konstantin wirkte souverän, wie er mit dem schwer kranken Mädchen umging. Er hatte kräftige Hände und sehnige Unterarme. Unter dem Dufflecoat hatte er nur ein T-Shirt getragen. Offenbar war er sofort nach ihrem Anruf aus dem Behandlungszimmer zu ihnen geeilt, sie war ihm unendlich dankbar dafür. Auch Franzi, die die Situation richtig eingeschätzt hatte.

Konstantin horchte mit einem Stethoskop Emilys Oberkörper ab, seine Stirn war gerunzelt. »Das klingt nicht gut. Ich vermute, es ist eine Lungenentzündung.«

»O Gott. Geht das so schnell?«

Er zuckte die Schultern. »Manchmal schon. Vor allem, wenn es ein verschleppter Infekt ist. Um es genau sagen zu können, brauchen wir ein Bild von der Lunge. Aber erst mal etwas zum Fiebersenken. Den Rest müssen wir mit den Eltern entscheiden. Eventuell muss sie ins Krankenhaus.«

Lissi atmete scharf ein. »So schlimm?«

»Nur zur Sicherheit.« Er kramte eine Infusionslösung aus der Tasche. »Das sind fünfhundert Milligramm Paracetamol, ich lege ihr einen Zugang. Also, wenn du kein Blut sehen kannst, schau lieber weg.«

»Nein, kein Problem, ich kann helfen. Was soll ich machen?«

Konstantin hockte bereits vor dem Bett, er schaute sie kurz an, dann nickte er. »Gut, dann komm bitte her und halt ihren Arm fest. Sie ist zwar nicht wirklich ansprechbar, aber wer weiß, wie sie reagiert, wenn man sie piekst.«

»Gut.« Lissi kniete sich neben Konstantin und strich Emily das Haar aus der feuchten Stirn. Emilys Haut war wächsern bleich, ihre Lippen zitterten. Ihr Atem kam viel zu schnell. Es war schlimm, das kleine, vorhin noch so fröhliche Mädchen derart leiden zu sehen.

Konstantin sprühte Desinfektionsmittel in die Armbeuge. »So, jetzt bitte. Pack richtig zu, sie muss stillhalten und darf den Arm nicht wegziehen.«

»Ist gut.« Lissi umfasste das dünne Ärmchen des Mädchens.

Konstantin war ihr so nah, dass seine Wärme und Ruhe sich auf sie übertrugen. Sie schloss die Augen und atmete tief durch. Er musste ihr Verhalten missinterpretieren, denn er fragte: »Du kannst doch kein Blut sehen?«

»Das ist es nicht.«

Sie war froh, dass er nicht darauf einging. »So, der Zugang ist drin. Jetzt hänge ich die Infusion dran. Halt sie ruhig noch ein bisschen fest, sicher ist sicher.« Er klebte die Braunüle fest, ehe er alles Weitere vorbereitete. Schließlich stellte er sich hin und hielt den Beutel mit den fiebersenkenden Medikamenten in die Höhe, damit sie nach unten laufen konnte. »Das könnte jetzt eine Weile dauern.«

»Das ist okay, solange es ihr nur besser geht.«

»Das hoffe ich.«

»Danke«, sagte sie und blickte zu ihm auf.

Er schaute sie fragend an, und ihr wurde ganz warm ums Herz.

»Danke, dass du so schnell gekommen bist. Ich wusste einfach nicht, was ich tun sollte.«

»Ich war mir sicher, wenn du anrufst, ist es wirklich nötig.«

»Was hat Franzi gesagt?«

»Sie meinte, dass du ein krankes Mädchen bei dir hast, und dass es ihr lieber wäre, wenn ich als Arzt gleich nach dem Rechten sehe. In der Praxis ist nicht viel los, außerdem bin ich ja nicht der Einzige dort.«

»Sie ist eine gute Arzthelferin, und ich bin ihr unendlich dankbar, dass sie dich geschickt hat.«

Er nickte. »Ja, sie ist gut.«

»Und du bist ein sehr guter Arzt.«

Konstantin verzog den Mund. »Das war keine große Sache.«

Ein Lächeln schlich sich auf Lissis Gesicht. »Ich bin froh, dass du hier bist. Ich war total überfordert.«

Er legte ihr eine Hand auf die Schulter und drückte sie leicht. »Ich kann das sehr gut verstehen. In Afrika«, er hielt kurz inne, als müsste er überlegen, ob es okay wäre, darüber zu sprechen, »da hatte ich sehr häufig todkranke Kinder, die ich behandeln musste. Man lernt, damit umzugehen. Emily ist zwar ernsthaft krank, aber wir haben hier die besten Möglichkeiten, sie zu versorgen.«

Lissi sah Konstantin an, dass er schlimme Dinge erlebt haben musste. »Hast du deswegen den Job hier in Lech angenommen?«

Er zögerte und schlug die Lider nieder. »Ich bin mir nicht sicher, warum und weshalb. Ob es nur eine Pause sein soll oder was auch immer. Es war an der Zeit, ich brauchte eine Veränderung.«

Schweigen breitete sich zwischen ihnen aus, niemand schien zu wissen, was in der Situation noch zu sagen wäre. Irgendwann war die Infusionslösung durchgelaufen. Konstantin klebte Pflaster, um den Zugang zu fixieren, und nahm den Beutel ab, dann prüfte er noch einmal Emilys Temperatur.

Die Tür wurde aufgerissen, und Emilys Eltern kamen ins Zimmer gestürzt.

»Was ist passiert? Wir sind sofort losgefahren, als die Nachricht bei uns eingegangen ist. Der Empfang war so schlecht«, rief die Mutter und eilte zu der Kleinen. »Schätzchen, wie geht's dir?«

Emilys Lider flatterten. »Mami?« Sie hustete trocken.

»Sie hat eine Lungenentzündung, ich würde sie gerne in ein Spital nach Bludenz bringen lassen, damit sie dort die nötige medizinische Versorgung bekommt. Ich habe zunächst etwas gegen das Fieber verabreicht. Ich bin Dr. Waichinger.«

Emilys Mutter blinzelte und schaute erst Konstantin, dann ihren Mann an. Dieser legte ihr einen Arm um die Schulter. »Berger, Entschuldigung, ich bin ganz durch den Wind.« »Kein Problem.«

»Heute Morgen ging es ihr noch gut, ja, sie war ein wenig verschnupft, aber kaum der Rede wert.«

»Hatte Ihre Tochter kürzlich einen Infekt?«

Frau Berger schüttelte kaum merklich den Kopf. »Das haben sie in dem Alter doch ständig, aber sie war gesund, hatte kein Fieber, nichts.« Und dann brach sie in Tränen aus.

Konstantin legte ihr eine Hand auf den Oberarm. »Machen Sie sich keine Vorwürfe, Frau Reisinger hat richtig gehandelt, indem sie mich gerufen hat. Es wird alles gut, Ihre Tochter wird versorgt.«

Frau Berger schniefte und lehnte sich gegen ihren Mann. Dieser nickte. »Vielen Dank, Doktor Waichinger. Was passiert jetzt? Wie geht es weiter?«

»Ich rufe die Ambulanz und leite alles in die Wege. Das Paracetamol fängt an zu wirken, das Fieber sinkt für den Moment, aber mit so einer Lungenentzündung ist nicht zu spaßen.«

Lissi trat beiseite, sie wollte nicht länger stören, aber auch nicht einfach verschwinden. Sie hörte, wie die drei die nötigen Einzelheiten besprachen. Nach einigen Minuten fing Konstantin an zu telefonieren, Emilys Eltern nahmen sich in den Arm. Dann kam Frau Berger zu Lissi. »Danke, dass Sie so umsichtig gehandelt haben. Ich mache mir solche Vorwürfe, dass ich sie heute Morgen überhaupt gebracht habe.«

Lissi schluckte. »Es wird alles gut«, wiederholte sie noch einmal, was Konstantin gesagt hatte, weil sie nicht wusste, was man sonst in so einer Situation Tröstendes äußern konnte. »Ich, äh, wenn Sie einverstanden sind, würde ich jetzt gehen.«

Frau Berger umarmte sie. »Danke noch mal. Ich melde mich bei Ihnen.«

»Schon in Ordnung, Sie haben jetzt Wichtigeres zu regeln.«

Kurz darauf stand Lissi unten bei Eva und berichtete. Ihre Skischuhe, Jacke, Handschuhe und Helm lagen neben ihren Füßen.

»Süße, komm mal mit.« Ihre Schwägerin erhob sich und zog Lissi mit. »Lass die Sachen einfach liegen.«

In der Küche nahm sie eine Flasche Cognac, der sonst für Desserts benutzt wurde, vom Regal und goss Lissi etwas in ein Schnapsglas. »Trink das. Du bist ja immer noch ganz aufgelöst.«

Lissi rieb sich über das Gesicht. »Meinst du, das hilft?«

Eva grinste. »Na, schlimmer wird es davon jedenfalls auch nicht.«

Sie atmete hörbar aus. »Dann gibt mal her.« Mit einem Zug stürzte sie die goldbraune Flüssigkeit herunter. Ihr Hals brannte, sie fing an zu husten. »Igitt.«

»Bitte, das ist ein guter Tropfen«, scherzte Eva.

»Äh, na ja. Also für mich ist das nichts. Viel zu stark.«

»Und? Hilft es?«

»Ich weiß nicht. In meinem Bauch wird es gerade sehr warm.«

»Na, siehst du.« Eva nahm ihre Schwägerin in den Arm und drückte sie an sich. »Und jetzt gehst du nach Hause und gönnst dir ein Bad oder so was. Das war ja ganz schön aufregend heute.«

»Ich muss mich noch bei Franzi und Konstantin bedanken.«

»Das ist der Arzt, nicht?«

»Ja.«

»Erik hat mir schon von ihm erzählt.«

»Ach. Hat er das?« Lissi verzog ihren Mund.

»Ja. Er soll sehr nett sein.« Evas Augen leuchteten. Lissi war klar, dass ihre Schwägerin neugierig war. Dass ein neuer Arzt im Dorf war, hatte sich ja schon rumgesprochen, dass er im heiratsfähigen Alter war, sicher auch. Spätestens nachdem ihr Bruder Konstantin gestern kennengelernt hatte, war klar, dass Eva mehr über den Neuankömmling wissen wollte. Eva war hoffnungslos romantisch und versuchte schon seit Ewigkeiten einen passenden Kandidaten für Lissi zu finden. Dass Lissi nicht auf der Suche war, wollte sie – wie einige andere in ihrem Umfeld – gar nicht erst hören.

»Ist er auch«, gab sie einsilbig zurück, weil sie Eva gar nicht erst auf dumme Ideen bringen wollte. Was dämlich von Lissi war, weil ihre Schwägerin, so wie sie dreinschaute, vermutlich schon das Aufgebot bestellen wollte.

»Und?«, fragte sie jetzt.

»Nichts und.« Lissi unterdrückte ein Seufzen.

Eva grinste breit. »Gut.«

»Na, komm. Spuck es aus. Was führst du im Schilde?«

»Nein, meine Liebe. Ich sage gar nichts.«

Nun spürte auch Lissi, wie sich ihre Mundwinkel nach oben bogen. »Gut. Du bist klug. Und ich hoffe auch, dass das so bleibt. Ein für alle Mal, ich muss nicht verkuppelt werden. Ich komme gut alleine zurecht.«

»M-mh«, machte sie nur.

Lissi sparte sich einen Kommentar. »Dann werde ich jetzt mal abdüsen. Das war ein heftiger Nachmittag.«

Ehe sie ging, umarmte sie Eva, dann nahm sie ihre Sachen, schlüpfte in die Skistiefel und verließ das Hotel Bergrose. Auf dem Weg nach Hause schnappte sie sich ihre Skier, die noch vor dem Restaurant standen. »Ach, Mist«, murmelte sie, als sie Emilys Skier sah. Ohne Zögern stellte sie ihre eigenen ab, klemmte sich stattdessen die der Kleinen unter den Arm und ging noch einmal in den Skikeller der Bergrose. Die Eltern hatten andere Sorgen, als sich jetzt noch um so etwas Gedanken machen zu müssen. Als sie nach draußen kam, sah sie Konstantin. Er schlenderte langsam den Weg hinunter und telefonierte. Ihr erster Impuls war, zu ihm zu laufen und ihm noch einmal für seinen Einsatz zu danken, doch etwas ließ sie innehalten. Was, wenn er das falsch interpretieren würde? Er sollte auf keinen Fall denken, dass sie Interesse an ihm hätte.

Lissi blinzelte ein paarmal. Verdammt, die Ereignisse mussten ihr zu Kopf gestiegen sein. Sie war nicht an ihm interessiert. Aus dem Grund wartete sie einen Moment, bis er aus ihrer Sichtweite verschwunden war, ehe sie zum Tannberger Hof ging, wo ihre Skier noch an der Wand lehnten.

6

Konstantin war gut gelaunt, als er am Abend die Praxis verließ. Emily dürfte mittlerweile in Bludenz angekommen sein, dort würde man sich gut um sie kümmern.

»Ciao, Konstantin«, sagte Franzi, die noch hinter dem Tresen saß und etwas in den Computer eintippte.

»Schönen Abend noch.«

»Danke, dir auch.«

»Hat Lissi sich noch mal bei dir gemeldet?«

Sie hob ihren Kopf. »Ja, aber da hatte ich gerade Patienten, die ich abkassieren musste. Wieso?«

»Sie war ein bisschen durch den Wind.«

»Das kann ich mir vorstellen. Sie ist zwar so eine taffe Frau, aber eigentlich ist sie ein Sensibelchen.« Franzi lächelte versonnen.

»Seid ihr schon lange befreundet?«

Er hatte keine Ahnung, warum er all diese blöden Fragen stellte. Trotzdem war er gespannt auf die Antwort.

»Seit ich denken kann. Wir waren im Kindergarten zusammen und in der Schule. Ich sag jetzt nicht, dass wir auch zusammen trainiert haben, das wäre eine zu demütigende Erinnerung. Lissi war schon immer ein Ausnahmetalent.«

Er erwiderte ihr Lächeln. »Ja, das kann ich mir vorstellen. Also, dass sie von Anfang an ganz vorn dabei war.«

»Sie hat einfach einen so starken Willen. Ein ›Das schaffe ich nicht‹ gibt's bei ihr nicht. Ich bewundere sie sehr dafür. Umso mehr tut es mir leid, dass sie ihre Karriere so beenden musste.«

»Wie meinst du das?«

Franzi neigte den Kopf ein wenig. »Entschuldige, ich gehe immer davon aus, dass man das weiß. Hier ist sie ja bekannt wie ein bunter Hund. Wir haben immer jedes Rennen verfolgt, die Lecher sind ihre größten Fans, sie ist ja eine von uns.«

»Was genau ist denn passiert?«

Franzi schaute ihn direkt an. »Frag sie doch selbst«, schlug sie mit blitzenden Augen vor.

Er hob abwehrend die Hände und lachte. »Verstehe, ich bin zu neugierig. Ja, das werde ich machen.«

»Ich habe einfach noch zu tun, würde ja gerne noch weiter plaudern, aber dann macht mir ein gewisser Herr Doktor morgen früh die Hölle heiß, wenn nicht alles erledigt ist.«

»Sehr gewissenhaft.« Er zwinkerte. »Dann lasse ich dich jetzt mal in Ruhe arbeiten. Bis morgen dann.«

Er verließ die Praxis, zog sich Mütze und Dufflecoat an und stellte überrascht fest, dass es wie verrückt schneite. Das hatte er gar nicht mitbekommen, vor einer Stunde war noch keine Flocke in der Luft gewesen. In dieser kurzen Zeit waren bereits mehrere Zentimeter Neuschnee liegen geblieben. Gut, dass er vernünftige Schuhe anhatte. Gestern war er noch mit Turnschuhen unterwegs gewesen, das hatte er heute sein lassen und sie erst in der Praxis angezogen. Er war den ganzen Tag auf den Beinen, aber mit Stiefeln war es viel zu heiß, deswegen hatte er seine Sneakers nun dort deponiert.

Auf dem Weg zur Pension genoss er das wilde Schneetreiben. Zusammen mit den hell erleuchteten Häusern, den Lichterketten, die überall hingen, stellte sich beinahe so was wie eine vorweihnachtliche Stimmung bei ihm ein. Bislang hatte er jeglichen Gedanken an das Fest vermieden, in den letzten Jahren hatte er sich immer in Arbeit vergraben. Weihnachten in Shorts und T-Shirt hatte sich auch alles andere als festlich angefühlt, das war zu der Zeit auch gut gewesen. Jetzt fühlte es sich anders an, zwar immer noch seltsam, aber doch … irgendwie gut. Das Brummen seines Handys riss ihn aus seinen Gedanken, er schaute nicht aufs Display, ehe er mit »Waichinger« antwortete.

»Oh, hallo Konstantin. Gut, dass ich dich erreiche.«

Seine gute Stimmung erlosch wie eine Flamme im Wind, als er den tadelnden Tonfall seiner Mutter hörte.

»Hallo Mama, wie geht's. Ist alles in Ordnung?«, fragte er.

»Aber sicher, ich rufe doch nicht nur an, wenn ich Hiobsbotschaften überbringen will.« Sie lachte spitz. »Hast du dich schon eingearbeitet?«

Er kniff die Augen ein wenig zusammen. »Ja, habe ich.«

»Papa und ich haben überlegt, dass wir vielleicht über die Feiertage mal zu Besuch kommen.«

Sein Magen revoltierte. Mit seinen Eltern würde Weihnachten zur Katastrophe werden, da ein Beisammensein wie üblich in Vorwürfen enden würde, weil er die immer gleichen Ansprüche nicht erfüllen konnte.

»Wirklich?«, fragte er deshalb wenig begeistert.

»Na, also Heilig Abend würden wir noch zu Hause feiern, wir können Oma ja nicht alleinlassen und auch nicht mitnehmen. Aber am zweiten Weihnachtstag bis Silvester, ja, das wäre doch schön.«

Seine Großmutter lebte in ihrem eigenen Haus, eine Frau aus Osteuropa übernahm die Pflege für die Neunzigjährige.

»Geht es ihr gut?«, wollte er wissen. Sie hatten immer ein enges Verhältnis gehabt, aber nun, da ihre Demenz schon so weit fortgeschritten war, erkannte sie ihn, da er nur selten in München weilte, nicht mehr.

»Ja, aber reisen kann sie natürlich nicht. Und, wie gesagt, über Weihnachten wollen wir sie auch nicht alleinlassen.«

»Das halte ich für richtig«, pflichtete er ihr bei.

»Wir hatten uns vorgestellt, dass wir am zweiten Feiertag kommen und bis Silvester bleiben. Da müssen wir dann nach München zurück, wir sind ja wie jedes Jahr auf dem Ball der Hofers eingeladen.«

»Unbedingt, den solltet ihr nicht verpassen.«

Sollte seiner Mutter der Sarkasmus in seiner Stimme aufgefallen sein, so ließ sie sich nichts anmerken. »Ich habe eben ein Zimmer im Hotel Post bestellt.«

Natürlich, seine Eltern mussten selbstverständlich im ersten Haus am Platz absteigen. Gut, ihm sollte es recht sein. Ein wenig räumliche Distanz war vermutlich das Beste. Es würde anstrengend genug werden.

»Das ist ja toll«, brachte er hervor. »Dort werdet ihr euch sicher wohlfühlen.«

»Ski fahren werden wir ja nicht, aber man kann auch schön spazieren gehen. Wir waren vor zwanzig Jahren ja schon mal da, erinnerst du dich?«

»Klar.« Mehr sagte er nicht.

Damals war noch alles anders gewesen.

»Gut, Konstantin. Wir freuen uns, dich bald zu sehen. Ich melde mich, wenn wir da sind. Das Restaurant soll ja auch sehr gut sein.«

»Davon kann man in einem Fünf-Sterne-Haus fast ausgehen.«

»Wärst du so nett und reservierst dann einen Tisch für uns drei?«

»Sehr gern. Am zweiten Feiertag, richtig?«

»Genau. So ist es.«

Sie unterhielten sich noch ein paar Minuten über belangloses Zeug, ehe Konstantin sich verabschiedete und das Gespräch beendete. Er schloss die Augen und legte den Kopf in den Nacken. Die kühlen Schneeflocken waren erfrischend auf seinem erhitzten Gesicht. Er hatte beinahe damit gerechnet, dass seine Eltern sich die Gelegenheit nicht nehmen lassen würden, ihn in Österreich zu besuchen. Nach Afrika hatten sie nie reisen wollen, weil seine Mutter Angst vor ansteckenden Krankheiten hatte. Das war definitiv ein Pluspunkt gewesen. Andererseits, ein paar Tage mit ihnen würde er sicher aushalten, immerhin hatte er es kürzlich geschafft, einige Wochen unter ihrem Dach zu leben. Dass das nicht unbedingt reibungslos geklappt hatte, wollte er jetzt nicht als Omen für die Reise werten.

Nicht mehr ganz so beschwingt wie kurz zuvor legte er den restlichen Weg zur Pension Schneeglöckchen zurück. Vor dem Eingang trat er sich den Schnee von den Stiefeln und säuberte sich Schultern und Mütze. Wenn es in dem Tempo weiterschneite, hatten sie morgen bestimmt einen halben Meter Neuschnee.

Konstantin trat ein und zog sich die Schuhe aus, um nicht das ganze Treppenhaus nass zu machen.

»Ah, guten Abend, Konstantin«, grüßte Georg, der gerade aus dem Gastraum trat

»Guten Abend, da kommt ganz schön was runter, hm?«

Georg zuckte die Schultern. »Ja, das sind wir schon gewohnt. Da hast du morgen früh sicher eine halbe Stunde zu tun.«

Er winkte ab. »Das bekomme ich schon hin, du hast mir ja schon gezeigt, wie das mit der Schneefräse funktioniert.«

»Sehr gut, das ist mir eine große Erleichterung. Sag mal, könntest du in der Küche was für mich richten? Bei einer Schranktür fliegt immer wieder das Scharnier raus.«

»Logisch«, antwortete Konstantin. »Ich gehe eben kurz hinauf und ziehe mir Pantoffeln an.«

»Sauber, der Herr Doktor fühlt sich ja schon wie zu Hause. Perfekt.« Georg rieb sich über den Bauch. »Und eine zünftige Mahlzeit hat die Johanna auch am Köcheln. Heute gibt's Tiroler Gröstl mit Speck und Spiegelei.«

»Super, das klingt hervorragend. Dann bin ich gleich wieder unten. Werkzeug habt ihr wo?«

»Das bring ich dir. Oder warte, komm doch einfach mit, dann weißt du, wo ich alles habe.«

Georg ging vor Konstantin nach oben und öffnete die Tür mit dem »Privat«-Schild. »Augenblick, meine Sachen lasse ich kurz hier liegen.« Konstantin legte Dufflecoat und Stiefel auf den Boden, dann folgte er dem Hausherrn.

Georg hatten die zwei Stockwerke ziemlich aus der Puste gebracht, er blieb einen Moment stehen und atmete durch.

»Alles in Ordnung?«, fragte Konstantin ihn.

Georg winkte ab. »Ja, ich muss einfach ein paar Kilo abspecken.«

»Hast du diese Kurzatmigkeit schon länger?«

»Ja.« Er lachte. »Seit zehn Kilo.«

»Hm«, machte Konstantin, sagte aber nichts weiter dazu. Er wollte nicht wie die Gesundheitspolizei klingen, aber klar war, dass der Hausherr tatsächlich etwas am Bauchumfang reduzieren sollte. Zu viel Übergewicht war nie gut, zudem schätzte er, dass er Bluthochdruck hatte, was ebenfalls nicht ungewöhnlich für sein Alter und seine Statur war.

»Ja, sag nichts, Konstantin. Johanna liegt mir eh schon immer in den Ohren, dass ich mehr Sport treiben und weniger essen soll.«

»Na, wenn du es sowieso schon weißt ... Solange du dich wohlfühlst, ist es in Ordnung, aber gesünder wäre es allemal, wenn du ein wenig auf die Linie achten würdest. Entschuldige, da geht der Arzt manchmal mit mir durch.« Er zwinkerte Georg zu.

»Das passt schon. So, dann komm her, hier in der Abstellkammer habe ich meine Werkzeuge.«

Die Wohnung der Reisingers war, wie die ganze Pension, von Eichenholz dominiert. Die Wände waren weiß gestrichen, die schweren Möbel massiv gezimmert. Hier und da hingen ein paar Familienbilder, es war gemütlich warm und roch nach Holz. Vermutlich hatten sie im Wohnzimmer einen Kachelofen. Konstantin liebte dieses Aroma, ihm fiel jetzt erst auf, dass er es vermisst hatte. All die Jahre, in denen er sich in tropischen oder wüstenähnlichen Gebieten aufgehalten hatte, wurden ihm nun deutlich bewusst. Es war ein bisschen wie nach Hause kommen, ein schönes Gefühl.

»Konstantin?«, hörte er Georg sagen.

»Ja, Entschuldigung. Schön habt ihr es, sehr gemütlich.«

»Danke, die Möbel hat noch mein Onkel gezimmert, ein hervorragender Tischler. Leider stirbt mit den Alten ja auch das Wissen. Ich habe selbst, wie du ja nun weißt, leider zwei linke Hände. Was habe ich manchmal geflucht, weil ich nicht mal einen Nagel gerade in die Wand hauen kann.« Er rieb sich über die Stirn. »Aber so ist es nun mal, deswegen bin ich ja auch ausgebildeter Hotelier und nicht Zimmermann geworden.«

Georg drückte ihm seine Werkzeugkiste in die Hand. »Soll ich noch mit runterkommen und es dir zeigen?«

»Johanna ist in der Küche, sie wird doch Bescheid wissen?«

»Ja, natürlich.«

»Dann ist es nicht nötig.«

»Sehr gut. Einen recht schönen Dank, Konstantin.«

»Keine Ursache, das war doch der Deal. Ich schaue, was ich tun kann.«

»Lissi will ja die ganze Küche rausschmeißen.« Er stöhnte gequält. »Dabei ist die doch noch gut. Funktioniert alles und ist echte Wertarbeit. Aber die Frauen, na, du weißt ja sicher, wie das ist.«

Konstantin brummte etwas Zustimmendes, dann verabschiedete er sich und ging zunächst nach oben, um Jacke und Schuhe loszuwerden, und stapfte dann in Pantoffeln mit der Werkzeugkiste nach unten.

In der Küche duftete es herrlich nach Speck, gerösteten Kartoffeln und Spiegelei. Ihm lief sofort das Wasser im Mund zusammen, gleichzeitig fiel ihm ein, dass er mal wieder vergessen hatte, zu Mittag zu essen. »Guten Abend«, sagte er.

Johanna stand am Herd und lächelte, als sie ihn sah. »Ah, grüß dich, Konstantin. Du bist ja ein richtiger Held.«

»Held?« Mit einer Bewegung stemmte der die Werkzeugkiste auf die Arbeitsfläche.

»Lissi hat mir vorhin erzählt, dass du ein Mädchen gerettet hast.«

»Na, da hat sie aber hoffnungslos übertrieben.«

»Mama, so hab ich das gar nicht gesagt«, hörte er eine vertraute Stimme hinter sich. Konstantin drehte sich um und schaute geradewegs in Lissis grüne Augen. Für den Bruchteil einer Sekunde stellte er sich vor, wie es wäre, wenn er sie jetzt küssen würde.

Verdattert über die Verselbstständigung seiner Gedanken, hob er eine Braue. »Wie dann?«, schaffte er zu erwidern.

Es war hinreißend zu sehen, dass sie errötete. Zum Abend trug sie eine Jeans und eine geblümte Bluse mit Trompetenärmeln. Die Farben harmonierten perfekt mit ihren braunen Locken.

Lissi klopfte Konstantin auf die Schulter. »Oder wirst du gern als Held bezeichnet?«

Er lachte über ihre kleine Neckerei. »Kommt drauf an, wer das zu mir sagt.«

Lissi stibitzte sich ein Stück Speck aus einer Pfanne. »Aus Mamas Mund ist das sicher ein großes Lob.«

Er ging auf ihr kleines Spiel ein. »Absolut.« Er trat neben Johanna und legte ihr einen Arm um die Schultern. »Bei so schönen Frauen wie euch gefällt mir das gleich noch dreimal besser.«

Johanna machte große Augen. »Na, ihr beiden scheint euch ja gut zu verstehen.«

Lissi zuckte die Achseln.

»Warum steht der Werkzeugkasten da?«, wechselte sie das Thema.

»Du weißt doch, die blöde Schranktür.« Johanna verzog ihren Mund.

Lissi seufzte. »Rausreißen sollte man das alte Zeug.«

»Geh, hör auf. Der Papa hängt doch so dran.«

»Ich schau mal, was ich tun kann«, versuchte Konstantin den Frieden in der Küche zu wahren.

»Ja, mach das.« Johanna richtete drei Teller mit dem Hauptgang an. »Ich bring die Gröstl an Tisch drei. Lissi, schaust du, dass mir der Rest hier nicht anbrennt?«

»Natürlich. Wird Zeit, dass Magda kommt.«

»Magda?«, fragte Konstantin.

»Sie hilft in der Küche, auch gerne mal beim Zimmerherrichten.«

»Ah, stimmt ja. Das hattest du schon mal gesagt. Ist es diese Schranktür?« Die Antwort erübrigte sich von selbst, denn beim Öffnen fiel sie ihm beinahe entgegen. »Huch.«

»Sag ich doch.« Lissi seufzte. »Die ganze Küche müsste modernisiert werden, so wie einiges andere auch.«

Es stand ihm nicht zu, für eine Seite Partei zu ergreifen, deswegen sagte er nichts, sondern kramte nach den passenden Werkzeugen. »Ich setz' das Scharnier einfach neu auf, dann wird es erst einmal wieder funktionieren.«

»Bis irgendwo das nächste Teil kaputt geht.«

Einige Minuten werkelten sie schweigend nebeneinander her, er konzentrierte sich auf die Schranktür, sie auf die Pfannen auf dem Herd.

»Wie geht es Emily«, fragte sie irgendwann.

»Sie wird ein paar Tage im Spital bleiben müssen, aber es geht ihr schon besser.«

»Hm«, machte Lissi.

»Was ist?«

»Ich frage mich, wie du das schaffst.«

»Was meinst du?«

»Na, du hast ja vorhin gesagt, dass im Vergleich zu dem, was du früher schon erlebt hast, Emilys Fall eher unspektakulär war.«

Er nickte und ließ den Schraubenzieher sinken. »Meine Tätigkeit bei den Ärzten ohne Grenzen war auf der einen Seite wundervoll, weil ich so vielen Menschen helfen konnte, die sonst nicht überlebt hätten. Auf der anderen Seite kann es einen auch sehr wütend machen. Es fiel mir oder fällt mir auch heute noch oft schwer nachzuvollziehen, warum manche Menschen immerzu jammern, obwohl es ihnen gutgeht.«

»Ja, das kann ich mir vorstellen.«

»Aber deswegen bin ich nicht hier.«

»Nicht?«

»Nein. Ich bin nicht verbittert darüber, dass Menschen in den Zivilisationsländern nicht mehr zu schätzen wissen, welche Privilegien sie haben. Auf Dauer ging es mir selbst einfach zu nah. Wenn einem das erste Mal ein Kind unter den Händen wegstirbt, das … haut ganz schön rein.« Er schaute Lissi tief in die Augen und sah, dass sie genau wusste, was er meinte. »Irgendwann wurde es aber zum Alltag. Einem schrecklichen Alltag. Da habe ich beschlossen, dass ich eine Pause brauche. Ich möchte nicht abstumpfen, es als normal ansehen, wenn jemand von uns geht, dem anderswo selbstverständlich hätte geholfen werden können.«

Lissi wandte sich ihm nun ganz zu und kam einen Schritt näher. »Konstantin …«, sagte sie. Ihre Lippen waren leicht geöffnet. Er konnte den Blick nicht von ihr abwenden, fühlte sich von ihr angezogen wie ein Magnet.

Sein Puls schnellte in die Höhe, plötzlich gab es nur noch sie beide auf dieser Welt.

»So, wie weit sind wir?«, unterbrach Johannas Stimme die elektrisierte Stille zwischen ihnen.

Erschrocken trat Lissi einen Schritt zur Seite. »Äh, super. Schaut gut aus«, plapperte sie hastig drauflos und widmete sich voll und ganz dem auf dem Herd brutzelnden Essen.

Konstantin atmete kaum hörbar aus und fuhr sich durch die Haare.

Verdammt, was war das eben gewesen? Wäre Johanna nicht zurückgekommen, hätte er für nichts garantieren können. Lissi übte eine Anziehungskraft auf ihn aus, die ihm Angst machte. So hatte er sich noch nie gefühlt. Und das, obwohl sie sich nicht einmal näher kannten. Es war äußerst verwirrend.

Konstantin war froh, als er die kleine Reparatur erledigt hatte. »So, jetzt sollte das erst mal wieder funktionieren.«

»Danke, du bist ja wirklich ein Zauberer«, gab Johanna zurück.

»Ach was. Das war eine Kleinigkeit.«

»Hast du schon gegessen?«

Er schüttelte den Kopf.

»O je, dann aber nichts wie raus und setz dich.«

»Lissi, bring Konstantin doch bitte den Salat und auch ein Gröstl. Er sieht schon ganz mager aus.«

Er spürte Lissis prüfenden Blick auf sich und hob seinen Kopf. Lissi schaute ihn eindringlich an, so intensiv, dass ihm heiß wurde. Er schluckte schwer.

»Ist noch genug dran«, er klopfte sich auf den Bauch, um seine Verlegenheit zu überspielen.

Lissi war Konstantin nach der merkwürdigen Situation in der Küche aus dem Weg gegangen. Am Morgen danach hatte sie ihn heimlich aus dem Fenster beobachtet, wie er mit der Schneefräse den Parkplatz und den Weg zum Haus freigeräumt hatte. Er machte auch dabei eine gute Figur, das hatte sie ihm lassen müssen. Ihr war klar, dass er ihrem Vater mehr aus Hilfsbereitschaft zur Hand ging als aus der Not heraus, Geld beim Zimmer sparen zu müssen. Auch dafür war sie ihm dankbar. Dennoch hatte Dr. Konstantin Waichinger einen ganz großen Haken: Nach der Saison würde er so schnell verschwunden sein, wie er gekommen war. »Aber was wäre, wenn er mich geküsst hätte?« Nein, diese Gedanken verbot sie sich rundheraus. Sie war froh, dass nichts passiert war, und vielleicht hatte sie die Situation ja auch falsch interpretiert. Was wusste sie schon.

Lügnerin.

Lissi seufzte und schulterte ihre Skier. Den ganzen Tag war sie schon mit den Gedanken nicht bei der Sache gewesen. Zum Glück hatte sie einen sehr gelehrigen Skischüler gehabt, dem sie nur einmal hatte sagen müssen, was zu tun war, dann war er brav hinter ihr hergefahren.

»Hey Toni. Wie war dein Tag?«, rief sie ihrem Kollegen zu, der gerade aus der Skihütte kam. Erschrocken stellte sie fest, dass er noch schmaler aussah als letzte Woche. Unter seinen Augen lagen dunkle Schatten.

»Grüß dich, Lissi. Gut, gut. Aber bei dem Neuschnee hatte mein Kunde schon zum Mittag hin keine Kraft mehr in den Schenkeln. So hatte ich einen halben Tag frei. Auch nicht übel.« Er deutete ein Lächeln an, es war traurig.

Lissi tat es schrecklich leid, dass Toni den Tod seiner Frau so schlecht verkraftete. Sie wusste aber auch nicht, wie sie ihm helfen konnte. Er hatte Familie hier, sein Sohn und seine Tochter betrieben ebenfalls eine Pension und ein Hotel, vielleicht sollte sie mal bei einem von ihnen vorbeischauen und fragen, ob sie etwas tun konnte. »Pass auf dich auf. Du bist dünn geworden.«

»Ach was, Unkraut vergeht nicht. Pfüati, Lissi.«

Sie nickte ihm zu und ging nach Hause. Schon als sie die Eingangstür aufzog, roch sie, dass Magda angekommen war, denn es duftete verführerisch nach Weihnachtsgebäck, und ihre Mutter hatte nie Zeit, um Plätzchen zu backen. Nachdem sie Magda herzlich begrüßt und ein paar Gebäckstücke genascht hatte, verabschiedete sie sich wieder. »Ich will noch in den Sportpark«, sagte sie. »Muss nur noch meine Trainingskleidung holen.«

»Also wirklich, man sollte meinen, du hast genug Bewegung auf der Piste«, gab Magda mit ihrem ausgeprägten polnischen Akzent zurück.

»Anscheinend nicht. Bis nachher.« Sie stibitzte sich ein vorerst letztes, frisch gebackenes Vanillekipferl vom Blech. »O mein Gott, Magda. Wenn ich nur so backen könnte wie du!«

»Manchmal frage ich mich, ob du mich oder meine Kekse mehr vermisst hast.«

»Beides.« Lissi kicherte. »Euch beide!«

Als sie aus der Umkleide kam, lenkte eine Bewegung ihre Aufmerksamkeit auf sich. Sie schaute nach rechts und sah, dass Konstantin auf dem Tennisplatz stand und gerade einen Ball zum Aufschlag in die Luft warf. Mit einem präzisen Schlag setzte er seinen Service so perfekt in die Ecke, dass sein Gegner keine Chance hatte.

Was kann der Kerl eigentlich nicht, dachte sie verblüfft. Dann registrierte sie, dass der Gegner ihr Bruder war. Sie schüttelte den Kopf. Es war schnell gegangen, dass er Anschluss gefunden hatte. Die beiden schienen sich prächtig zu verstehen. Erik und Konstantin atmeten beide schwer, ihre Shirts waren von Schweiß getränkt. Sie schenkten sich offenbar nichts.

Sie wollte sich gerade abwenden, als sie Konstantins Blick auffing. Als er sie erkannte, leuchteten seine Augen auf. Fehlte nur noch, dass er die Hand hob, um ihr zu winken. Aber nichts dergleichen geschah. Zum Glück. Es war schon peinlich genug, dass er sie beim Starren erwischt hatte. Hastig sah sie weg und stapfte in den großen Saal, dort stieg sie auf einen Crosstrainer und machte sich warm. *Hat ja super geklappt, ihm aus dem Weg zu gehen*, überlegte sie genervt und trat noch etwas schneller.

Kurz nach neun huschte sie aus der Umkleide, zog sich Mütze und Jacke über und ging hinaus ins Schneetreiben. Es war perfekt, dass es eine Woche vor Weihnachten noch einmal so viel schneite. Lissi hatte schon ein paar Jahre erlebt, in denen es kaum Schnee gegeben hatte, da waren die Wiesen neben den Pisten mehr oder weniger braun gewesen, nur schmale Streifen hatten mit viel Kunstschnee präpariert werden können. So was war nicht gut für die Stimmung. Die Gäste – und damit auch die Wirte – waren glücklicher, wenn es überall weiß war.

Ihre Stiefel hinterließen kein Geräusch auf der frischen Schneedecke, zu locker saßen die Kristalle noch übereinander.

»Lissi, warte mal!«

Hastig wandte sie sich um und stieß einen lautlosen Seufzer aus, als sie Konstantin erkannte, der durch das dichte Flockengewirbel auf sie zukam.

»Hast du mir aufgelauert?«, versuchte sie zu scherzen.

Er war jetzt neben ihr angekommen. Seine Mundwinkel bogen sich nach oben. »Und wenn es so wäre?«

Ihr Herz schlug schneller. Das hier war so falsch, dass sie Mühe hatte, ruhig zu atmen. »Dann würde ich dir sagen, dass du keine Chance hast.« Ihr Herz klopfte bis in den Hals hinauf.

»Ich kann mir vorstellen, dass du keinen Beschützer brauchst.«

Sie stapfte los, er passte sich ihrem Tempo an. »Da hast du recht.«

»Darf ich dich trotzdem begleiten?«

»Ich kann es ja wohl kaum verhindern.«

Dass er nicht genervt, sondern amüsiert reagierte, ließ auch sie schmunzeln. »Schade, dass du nicht wieder hochhackige Schuhe trägst.«

»Für High Heels im Schnee sind ja wohl andere zuständig.«

»Auch wieder wahr.«

»Wer hat gewonnen?«

»Beim Tennis?«

»Welche Wettkämpfe hast du heute sonst noch bestritten?«

»Guter Punkt. Na, was glaubst du?«

Lissi hob eine Augenbraue und schaute Konstantin von der Seite an. »Na, Erik natürlich.«

Er stieß einen entsetzten Laut aus. »Kein Vertrauen in mich. Tse tse.«

»Und?«

»Aha, du zweifelst also doch.«

»Na, komm schon. Spann mich nicht so auf die Folter!«

»Gut. Du hattest recht.«

Lissi reckte eine Siegerfaust in die Höhe. »Ha, wusste ich es doch. Mein Bruder!«

»Nur, weil er besser in Form ist.«

»Ausreden. Nichts als Ausreden.«

»Du kannst ja gern mal gegen mich antreten.«

»Nur über meine Leiche.«

»Das war jetzt aber nicht nett.«

»Es war auch nicht persönlich gemeint.«

»Es klang aber so.«

»Ich spiele bloß kein Tennis.«

»Sehr schade.«

Sie zuckte die Schultern. »Kann man nichts machen.«

Und außerdem würde ich auch sonst keine Zeit mit dir verbringen wollen.

»Emily geht's übrigens viel besser heute. Wenn es weiter so geht, kann sie übermorgen entlassen werden.«

»Oh, das sind ja tolle Nachrichten.«

»Ja, der Urlaub ist zwar für die Familie gelaufen, aber immerhin mit einem versöhnlichen Ende.«

»Ich denke auch, das wird ihnen egal sein. Sie können ja jederzeit wiederkommen.«

»Trotzdem wird die Kleine noch ein paar Wochen brauchen, um sich ganz zu erholen.«

»Emily ist zäh. Und sie hat Talent, das kann sie auch noch im nächsten Winter fördern.«

»Du kennst sie schon länger?«

»Na ja, sie ist sechs. So lange kenne ich sie also nicht. Aber wir haben uns im letzten Jahr zum ersten Mal gesehen, seitdem hat sie große Fortschritte gemacht.«

»Fängt man wirklich so früh an, zukünftige Superstars auszubilden?«

»Superstars«, sie lachte auf. »Ich weiß nicht. Aber mit der richtigen Technik fängt man am besten so früh wie möglich an. Alles, was man von Anfang an richtig lernt, muss man nachher nicht mehr korrigieren.«

»Ist das nicht mit viel Druck verbunden?«

»Nicht, wenn man es richtig macht. Es geht ja noch nicht um Leistung in dem Sinne. In dem Alter lernt man das alles ganz spielerisch.«

»Wenn du es sagst, klingt es ganz angenehm.«

»Ich könnte dir ja eine Stunde geben.«

Mist. Im nächsten Moment wurde ihr klar, was sie da von sich gegeben hatte.

»Wenn du dafür einmal Tennis mit mir spielst?«

Lissi schnaufte aus.

»Oder traust du dich nicht?«

Sportlichen Herausforderungen hatte sie noch nie widerstehen können.

»Ich mich nicht trauen? Bitte, Konstantin. Richte dich schon mal drauf ein, gegen eine Frau zu verlieren.«

»Ha«, rief er, ging in die Hocke und klaubte Schnee zusammen. Dann formte er eine Kugel daraus. Ehe Lissi begriff, was er vorhatte, landete das Ding schon in ihrem Gesicht. Zum Glück hatte er den Schneeball nur ganz locker geformt. Dafür rieselte das kalte Nass durch den Schal in ihr Shirt.

»Du! Hinterhältiger, kleiner …«, schimpfte sie, ließ ihre Tasche fallen und wehrte sich. In Windeseile formte auch sie eine Kugel und feuerte sie ab. Leider war er vorbereitet und bückte sich.

»Daneben!« Er lachte.

Das ließ sie nicht auf sich sitzen. Sie war im Schnee zu Hause, wäre ja gelacht, wenn sie gegen einen Flachländer verlor. Mit viel Gelächter und Schnee bekriegten sie sich für ein paar Minuten, bis sie beide nicht mehr konnten.

»Gibst du auf?«, rief sie schwer atmend.

Platsch. Eine Kugel landete in ihrem Gesicht. »Niemals.«

»Argh«, stieß sie hervor, rannte auf ihn zu, sprang Konstantin an und warf ihn um. Sie purzelten in einen Schneehaufen. Lissi nutzte ihr ganzes Gewicht, um ihn auf den Boden zu drücken, packte Schnee mit beiden Händen und seifte ihn ein.

Konstantin kämpfte wie ein Löwe, aber sie hatte die Oberhand. Irgendwann bekam er ihre Arme zu fassen und hielt sie fest. Sie versuchte ihn wegzudrücken, aber er war stärker als sie. Plötzlich drehte sich alles um sie, mit einem Ruck lag Lissi unter ihm. Konstantins Gesicht war ihrem so nahe, dass sie seinen heißen Atem auf ihrer kühlen Haut spüren konnte. Er roch nach Pfefferminze und Duschgel. »Jetzt hab' ich dich«, verkündete er triumphierend.

»Lass mich los«, schimpfte sie atemlos.

»Ich denke gar nicht daran, kleine Schneekönigin.«

Und dennoch rührte er sich nicht. Er lag mit seinem ganzen Gewicht auf ihr, und es störte sie kein bisschen. Im Gegenteil. Es fühlte sich gut an. Viel zu gut.

Ihre Nasenspitzen berührten sich beinahe, so dicht war er ihr. Sie müsste ihren Kopf nur ein wenig anheben, dann würden sich ihre Lippen treffen.

Mit einem Mal war alles Verspielte aus seinem Blick gewichen. Er schaute hungrig und besitzergreifend. Ihr Herz schlug Kapriolen, das Blut in ihren Adern floss schneller. Das süße Ziehen in ihrer Mitte ließ sich ebenfalls nicht mehr länger leugnen.

»Lissi«, murmelte er rau.

»Sagt mal, was veranstaltet ihr denn hier?«

Konstantin riss den Kopf hoch, irgendwann begriff auch Lissi, dass jemand mit ihnen redete. Das Gewicht auf ihr hob sich, er stand auf und zog sie auf die Beine. »Lissi hat mich herausgefordert«, verkündete Konstantin.

Erik wartete mit verschränkten Armen vor ihnen. »Aha.«

Zum Glück war es dunkel, und ihr Bruder – und Konstantin – konnten nicht sehen, dass sie knallrot anlief. Obwohl der Schnee ihr in den Kragen rutschte, schwitzte sie unter ihrer Winterjacke. Es war klar, dass jemand, den sie kannte, auftauchen würde, und es war ihr unsäglich peinlich.

»Konstantin wollte wissen, wie man einen Schneeball formt. Da hab ich es ihm gezeigt. Nachdem er mir einen ins Gesicht gedrückt hat«, versuchte sie sich rauszureden.

»So so«, ließ Erik von sich hören, sein breites Grinsen sprach Bände. »Und dann musste er sich auf dich stürzen?«

Sie holte tief Luft.

»Na, ganz so war es nicht. Vielmehr war es so, dass Lissi mich angesprungen hat«, antwortete Konstantin.

Sie verfiel in Schnappatmung. »Angesprungen. Also bitte!« Der Kerl war unmöglich!

Konstantin wandte sich an sie. »Du bist mit Anlauf auf mich zugerannt, hast mich in den Haufen gestoßen und dich dann auf mich gesetzt.« Es fehlte nicht viel und Lissi hätte sich noch mehr Schnee geschnappt, um ihm das dämliche Grinsen aus dem Gesicht zu wischen.

Erik lachte herzhaft und klopfte sich auf die Schenkel. »Meine Güte, dass ich das noch erleben darf. Meine Schwester wirft sich einem Mann an den Hals.«

»Erik!«, stieß sie hervor. »Spinn mal nicht rum. Er wollte eingeseift werden, das habe ich erledigt.«

Ihr Bruder klopfte ihr auf die Schulter. »Wie auch immer, es freut mich, dass ihr Spaß habt. Ich muss dann los.«

Damit ließ er sie stehen. Lissi schaute betreten auf ihre Füße, dann schnappte sie sich ihre Tasche und ging weiter. Für sie wenig überraschend tauchte Konstantin kurz darauf neben ihr auf.

»Hast du immer noch nicht genug?«, murrte sie.

»Hey, tut mir leid.«

»Schon gut. Ist ja nichts passiert.«

Leider.

Nein. Stopp!

Was dachte sie da?

»Soll ich deinem Bruder erklären, dass er das falsch interpretiert hat?«

»Quatsch. Erstens bin ich ihm keine Rechenschaft schuldig, und zweitens treffe ich meine eigenen Entscheidungen. Keine Sorge, wir müssen jetzt nicht heiraten, weil du meine Ehre besudelt hast.« Sie lachte. Es klang künstlich und falsch.

»Gut, dann also keine Hochzeit«, ging er auf ihren missglückten Scherz ein.

»Wirklich nicht. Ich suche keinen Mann«, bestätigte sie noch einmal ernst.

»Schön, dass wir das dann auch klargestellt haben.« Konstantin war alles andere als irritiert, er klang viel mehr amüsiert.

Was musste sie noch tun, um ihn loszuwerden?

»Ich bin übrigens auch nicht auf der Suche«, fügte er noch hinzu. »Du musst also keine Angst vor mir haben.«

»Gut, dann weiß ich das jetzt also auch.« Sie hatte keine Ahnung, was sie sonst hätte erwidern können, das etwas weniger dämlich klang, aber nun war es zu spät.

Warum scherte sie sich überhaupt darum, was er dachte? Und wie lange konnte so ein Weg nach Hause verdammt noch mal dauern? Heute kam es ihr vor, als müssten sie zehn Kilometer hinter sich bringen, dabei waren es nur ein paar hundert Meter. Diese blöde Schneeballschlacht hatte sie ganz schön aus dem Konzept gebracht. Oder eher das, was am Ende beinahe passiert wäre.

Sie machte drei Kreuze, als sie endlich die Pension erreichten.

»Bitte, nach dir«, sagte Konstantin und hielt ihr die Tür auf. Vorher klopften sie sich noch Jacken und Schuhe ab, das, was in ihrem Kragen gelandet war, war ohnehin längst geschmolzen.

»Danke. Gute Nacht.« Sie hastete nach oben. Dass sie dabei eine ganze Menge Schnee auf den Stufen verteilte, war ihr egal.

Herrgott noch mal, sie benahm sich fürchterlich. Entweder warf sie sich ihm an den Hals oder sie wetterte wie eine Kratzbürste gegen ihn. Das musste aufhören. Sich aus dem Weg zu gehen, war offenbar nicht das erfolgversprechende Konzept, denn sie stolperten – ob sie nun wollte oder nicht – doch ständig übereinander.

Als ihr Telefon bimmelte und sie Evas Namen auf dem Display sah, rollte sie die Augen. Na toll, Erik hatte ihr natürlich direkt erzählt, was er beobachtet hatte. Vermutlich hatte er dabei die Tatsachen dermaßen verdreht, dass Eva nun dachte, zwischen ihr und dem Doktor liefe etwas. Lissi hatte nicht die Nerven, ihr zu erklären, dass nichts davon stimmte, und legte ihr Handy weg.

Weil sie nicht lügen wollte.

Natürlich ließ Konstantin sie nicht kalt. Da lag ja der Hase im Pfeffer.

Sie wollte aber nicht, dass er diese Empfindungen in ihr auslöste, denn ein Techtelmechtel mit ihm würde nur Probleme heraufbeschwören.

7

Als Lissi das Haus am nächsten Morgen zur Arbeit verließ, blitzte die Sonne durch eine dünne Wolkendecke.

»Morgen«, grüßte sie Konstantin im Vorbeigehen, der mit der Schneefräse zugange war. Vermutlich hörte er sie nicht, aber er hob seine Hand zum Gruß. Der Motor des orangefarbenen Ungetüms verhinderte glücklicherweise jede Konversation. Leider musste sie feststellen, dass manchmal auch schon ein Blick genügte. Seine funkelnden Augen und das breite Grinsen erinnerten sie überdeutlich an den gestrigen Abend. Die halbe Nacht hatte sie gegrübelt, was passiert wäre, wenn Erik nicht so plötzlich aufgetaucht wäre. Lissi nickte unverbindlich und setzte ihren Weg fort, sollte er doch glauben, was er wollte.

Am Treffpunkt wartete eine dreiköpfige Gruppe auf sie, die im Puderschnee fahren wollte. Sie klärte sie darüber auf, welche Regeln sie zu beachten hatten, dass sie nicht eigenmächtig im Gelände kurven sollten. »Nicht überall ist es sicher«, sagte sie. »Und euer niedlicher Lawinenrucksack kann euch auch nicht aus jeder Situation retten. Zudem könntet ihr durch unüberlegte Aktionen nicht nur euch, sondern auch andere gefährden.«

»Ja, haben wir verstanden«, gab einer der drei zurück. Sie waren ein paar Jahre jünger als sie, wirkten sportlich und waren sehr gut ausgerüstet.

»Super, dann pack mas«, meinte sie. »Oder habt ihr noch Fragen?«

»Ähm. Können wir vielleicht ein Foto zusammen machen?«

»Klar, fahren wir erst mal aufs Kriegerhorn, da habt ihr auch noch einen schönen Hintergrund.«

Lissis anfängliche Sorgen wegen der drei Halbstarken waren unbegründet gewesen. Sie folgten ihr brav und wurden nur selten übermütig. Nach einem schnellen Mittagessen in der Kriegeralpe, einer rustikalen Hütte am Rande der Piste, ging es weiter. Am Ende des Tages war sie ausgepowert und glücklich. Deswegen liebte sie ihren Beruf. Zwar war das Leben, jetzt nach dem Karriereende, ganz anders als früher. Aber sie vermisste die ständigen Reisen, das Geschleppe, die Unmengen von Gepäck überhaupt nicht. Das Rennfahren hingegen, ja, an Tagen wie diesen sehnte sie sich nach dem Nervenkitzel, der Anspannung vor dem Start und dem Gefühl, zu siegen. Dann dachte sie, ob sie es noch einmal wagen sollte. Sie war mit einunddreißig nicht zu alt, um noch im Rennzirkus ganz oben mitzumischen. Aber es war doch schwieriger, sich immer wieder an die Grenzen seines Leistungsvermögens zu bringen. Und dann war da ja noch ihr Knie. Die Ärzte waren deutlich gewesen. Wenn sie in den kommenden vierzig Jahren ihres Lebens noch auf den Brettern stehen wollte, dann durfte sie ihren Körper nicht weiter schinden.

Sie schluckte und atmete tief durch. Ja, sie hatte richtig gehandelt, als sie ihr Karriereende verkündet hatte. Nie würde sie diese schreckliche Pressekonferenz vergessen, als sie auf Krücken zu ihrem Stuhl hatte humpeln müssen, weil sie gerade frisch operiert worden war. Nie war ihr etwas so schwergefallen wie dieser Schritt.

»Hey, Lissi. Wir gehen noch auf einen Absacker an die Krone-Bar, dürfen wir dich zu einem Drink einladen?«, fragte Julius, einer der Kunden, als sie im Tal angekommen waren. Er setzte seinen Helm ab und zerzauste sich die dunkelbraunen Haare.

Üblicherweise vermied sie es, mit Gästen nach dem Skitag noch etwas zu unternehmen, aber heute war so schönes Wetter, und sie wollte noch nicht zurück in die Pension. Sie brauchte ein wenig Ablenkung. Da Magda nun endlich da war, kam ihre Mutter auch ganz gut ohne sie in der Küche zurecht.

»Ja, warum nicht. Einen Kaffee könnte ich noch vertragen«, gab sie daher zurück.

Die Jungs strahlten, als hätten sie im Lotto gewonnen. »Das ist so cool. Da haben wir den ganzen Tag mit einer lebenden Legende verbracht, und dann gehen wir noch zusammen was trinken.«

Beinahe hätte sie sich verschluckt. O Gott. Als Legende hatte sie bisher – zumindest nicht so, dass sie es gehört hätte – noch niemand bezeichnet. Aber klar, für die knapp Zwanzigjährigen war sie vermutlich steinalt. Da sie nun schon zugesagt hatte, würde sie sich daran nicht stören. »Dann lasst uns aufbrechen«, verkündete sie, schulterte ihre Skier und ging die paar Meter bis zur Schnee-Bar des Hotels Krone, von der aus man gut auf die Schlegelkopf-Piste schauen konnte.

»Was dürfen wir dir bestellen?«, fragte einer der drei.

»Bitte einen Verlängerten.«

»Gut.« Er wandte sich an den Barkeeper hinter dem Tresen. »Drei Glühwein und einen Verlängerten.«

Lissi setzte sich auf einen der Hocker mit dem Rücken zur Piste und sah sich um. Es war noch nicht viel los, aber das würde sich in ein paar Tagen ändern. In ihrer Jackentasche vibrierte es.

Sie checkte ihr Telefon und fand eine Nachricht von Eva. »Heute Abend zwanzig Uhr Bowling? Hab schon eine Bahn bestellt.« Das Ganze hatte sie mit einem Smiley versehen.

Super, dachte Lissi. Das war nicht wirklich so, dass sie jetzt noch absagen konnte. Aber warum nicht. Sie hatte sonst nichts vor. In diesem Augenblick sah sie, wie auf der anderen Straßenseite Konstantin mit einer kichernden Frau aus dem Tannberger Hof kam.

Was macht er denn da?, schoss es ihr durch den Kopf. *Er nimmt das mit der Patientenvertraulichkeit aber sehr genau.*

Irgendwie hatte sie ihm das nicht zugetraut. Andererseits, er war – soweit sie wusste – Single und konnte tun und lassen, was er wollte. Wenn das bedeutete, dass er in seiner Mittagspause Gäste flachlegte, war das seine Sache.

»Bitte«, sagte Julius zu ihr und schob die Tasse in ihre Richtung. Lissi rang sich ein Lächeln ab und prostete den dreien zu. »Danke für diesen perfekten Skitag.«

Die Jungs stimmten mit ein. Sie plauderte ein wenig mit ihnen, ehe sie sich für den Kaffee bedankte und sich auf den Nachhauseweg machte. Ihr fiel wieder ein, dass sie mit Tonis Kindern reden wollte. Warum nicht gleich, überlegte sie und ging in das Hotel Bergblick. Glücklicherweise saß Tonis Sohn Bernd am Empfang. »Grüß dich, Lissi.« Er schaute sie freundlich an und erhob sich. »Wie geht's?«

»Gut, danke. Können wir kurz reden?«

»Gibt es ein Problem?«

»Nein, nein«, versuchte sie ihn zu beruhigen. »Entschuldige. Ich habe nur eine kurze Frage.«

»Ach ja? Worum geht's? Schieß los.«

»Ich wollte fragen, wie es deinem Papa geht. Er sieht ein bisschen blass aus und ist irgendwie, na ja, er wirkt sehr mitgenommen auf mich.«

Bernds Lächeln fror ein. »Ja, er nimmt Mamas Tod nicht leicht. Ihm ist einfach schwer ums Herz, wer könnte es ihm verdenken? Die beiden waren über vierzig Jahre glücklich verheiratet.«

Lissi atmete tief durch. »Ja, ich weiß. Trotzdem. Kann ich irgendwas tun?«

Bernd rieb sich über das glattrasierte Kinn. Sie kannten sich wie die meisten im Ort, seit Kindertagen. »Nein, ich fürchte, nicht wirklich. Aber es ist lieb, dass du fragst.«

»Vielleicht würden ja Medikamente helfen, hat ihn schon mal jemand untersucht?«

»Also, krank ist er sicher nicht. Er trauert.« Bernds Tonfall wurde schroffer. Sie spürte, dass er nicht wollte, dass sie sich in Familienangelegenheiten mischte.

»Verstehe. Gut, dann …«, sie zögerte. »Wenn dir doch noch was einfällt, dann bitte, sag Bescheid. Ich helfe wirklich gern.«

Er seufzte. »Danke dir, Lissi. Er wird sich im Winter schon wieder berappeln. Skifahren ist doch sein Ein und Alles.«

»Ich hoffe es. Pfüati, Bernd.«

»Servus, Lissi.«

Nachdenklich setzte sie ihren Weg nach Hause fort, dabei wusste sie auch nicht, was sie sich von einem Gespräch mit Tonis Sohn erhofft hatte. Natürlich konnte man nicht einfach eine Pille einwerfen und wieder glücklich sein. Was aber, wenn Toni nicht nur trauerte, sondern vielleicht eine Depression entwickelte? Musste man so was nicht behandeln? Sie konnte Konstantin fragen, aber nach dem, was sie eben gesehen hatte, war ihre Motivation, sich mit ihm zu unterhalten, eher gering.

Weil du eifersüchtig bist, flüsterte ein Stimmchen in ihrem Kopf.

So ein Unsinn. Das war sie überhaupt nicht. Sie interessierte sich nicht für einen Womanizer. Schon gar nicht für einen, der mit Urlaubsgästen turtelte.

Mit energischen Schritten kehrte sie zur Pension zurück, nahm ein heißes Bad und machte sich für den Bowlingabend fertig. Hoffentlich hatte Eva nicht auch noch den feinen Herrn Doktor eingeladen.

Na, der war doch bestimmt schon verabredet. Sie verzog das Gesicht.

Gott, sie musste unbedingt damit aufhören. Nur weil sie einmal mit ihm im Schnee gelandet war, hieß das noch lange nicht, dass sie irgendeinen Anspruch auf ihn erheben konnte. Oder wollte. Nein, sie wollte nicht. Wenn sie sich das nur oft genug sagte, vielleicht glaubte sie es irgendwann selbst.

In der Küche schaute sie in Magdas Töpfe. »Mhh. Lecker. Das riecht köstlich.«

»Nimm dir nur einen Teller von der Fleischbrühe. Die Markklößchen hab ich ganz frisch gemacht.«

»Da sag ich nicht Nein. Wo sind denn Mama und Papa?«

»Die haben einen Termin.«

»Mit wem und wo?« Sie runzelte die Stirn, zu ihr hatten sie nichts davon gesagt.

»Das weiß ich auch nicht. Sie sind gegen acht wieder da.«

»Seltsam.« Lissi fand es eigenartig, maß dem aber nicht zu viel Gewicht zu. Sicher hatte jemand Geburtstag, und sie hatte mal wieder nicht daran gedacht. Mit Daten war sie schrecklich, drum nahm sie es auch keinem übel, wenn man ihren vergaß. Magda füllte einen Teller für sie.

»Bitte, aber vorsichtig. Ist heiß.«

Lissi zog einen Löffel aus der Schublade und schnupperte noch einmal. »Da verbrennt man sich doch gerne die Lippen.«

Konstantin war verdammt spät dran. Gerade als sie die Praxis zusperren wollten, war ein Notfall reingekommen. Eine böse Schienbeinfraktur, die dringend gerichtet werden musste. Hoffentlich nahmen die Reisingers es ihm nicht übel, dass er schon zur ersten Verabredung zu spät kam.

Hastigen Schrittes legte er die paar hundert Meter bis zum Sportpark zurück. Allmählich fühlte er sich wirklich heimisch hier. Er grüßte Silvia hinter dem Tresen, hielt sich aber nicht weiter auf und ging bis ganz nach hinten durch, wo die vier Bowlingbahnen waren. Als er um die Ecke bog, bemerkte er, wie Lissi ihre Arme in die Luft warf und laut jubelte. Sie hatte einen Strike geworfen. In dem Moment, als sie ihn entdeckte, gefror ihr Lächeln.

Okay, das war jetzt nicht die Begrüßung, auf die er gehofft hatte. Ja, er hatte mitbekommen, dass ihr die gestrige Situation unangenehm gewesen war, aber nicht gedacht, dass sie deshalb nachtragend sein würde.

»Hallo«, rief er den dreien zu. »Entschuldigt bitte. Es hat noch einen Notfall gegeben.«

Eva stand auf, Erik nickte ihm zu.

Konstantin ging zu Eriks Frau. »Hallo, ich bin Konstantin.«

»Eva, freut mich.« Sie tauschten einen kurzen Händedruck aus. »Du hast Erik ja ganz schön fertiggemacht, der konnte heute Morgen kaum laufen.«

»Eva!«, zischte Erik und stupste seine Frau spielerisch an. »Das solltest du doch nicht verraten.«

Konstantin lachte, Eva auch. Nur Lissi schaute immer noch bedröppelt drein.

Seltsam, diese Frau.

»Hallo Lissi«, sagte er dann.

»Hi. Tausch besser mal die Schuhe, hier muss man spezielle Bowlingschuhe tragen.«

Er hob eine Augenbraue. »Ja, klar.«

»Da drüben.« Sie zeigte mit dem Finger auf ein Regal an der Wand. »Die haben eigentlich jede Größe vorrätig.«

»Nette Begrüßung«, stichelte Erik. »Gestern sah das alles noch ein wenig freundlicher aus.«

Eva verkniff sich ein Grinsen. Lissi versetzte ihrem Bruder einen Klaps auf den Hinterkopf. »Du bist manchmal wirklich saublöd.«

Erik zuckte die Schultern.

Da Konstantin sich nicht in den Geschwister-Zwist einmischen wollte, zog er seine Jacke aus und wechselte dann seine Stiefel gegen die speziellen Bowlingschuhe mit der glatten Ledersohle. Es war Jahre her, seit er das letzte Mal gespielt hatte. Er freute sich darauf, und vielleicht besserte sich Lissis Laune ja noch. Er konnte jedenfalls nicht der Grund dafür sein.

Oder doch? Sein Herz machte einen kleinen Sprung, wenn er daran dachte.

»Komm, wir starten noch mal ein neues Spiel«, meinte Erik und ging zum Pult, um das aktuelle abzubrechen und eines mit Konstantin als viertem Teilnehmer anzulegen. »Was magst du trinken?«

»Ein Bier wäre gut.«

Eva stand auf. »Ich geh schon und sag Bescheid.«

Die Einrichtung wirkte neu, zu jeder Bahn gab es rote Sitzbänke, auf denen man sich gegenüber saß, mit einem Tisch dazwischen. Bahn eins und zwei waren besetzt, Bahn drei hatten sie, Bahn vier wurde gerade nicht bespielt. Lissi ließ sich auf eine der Bänke fallen und überschlug ihre Beine. Konstantin nahm auf der anderen Seite Platz. »Guten Tag gehabt?«

Sie schaute ihn mit undurchdringlicher Miene an. »Super Konditionen. Feinster Puder.«

»Die Kunden waren also zufrieden.«

»O ja, das kann man sagen. Sie waren so zufrieden, dass wir nachher noch was trinken waren.«

»Das klingt doch toll. Und morgen?«

»Morgen habe ich meinen freien Tag.«

»Lust auf ein Tennis-Match?«

Lissi hob eine Augenbraue.

»So fertig«, verkündete Erik. »Was höre ich von Tennis?«

»Deine Schwester hat mich gestern quasi herausgefordert.«

»Na, ganz so war es nicht«, widersprach sie. »Er hat mich provoziert. Dafür gebe ich ihm eine Gratisstunde Skifahren, kann ja nicht angehen, dass einer im Skiort nicht ein einziges Mal auf den Berg kommt.«

Gerade als Erik den Mund öffnete, um seiner Schwester beizupflichten, kehrte Eva zurück. »Kommt gleich. Dann können wir ja loslegen. Ach, ich hab auch noch paar Nachos zum Knabbern bestellt, ich hoffe, das ist in eurem Sinne.«

»Perfekt«, sagte Konstantin.

»Dann fang doch gleich an«, forderte Erik ihn auf. »Und zeig mal, was du kannst. Ich habe dich auf die Eins gesetzt.«

»Bloß keinen Druck«, scherzte er, erhob sich und suchte sich eine Kugel aus.

Konstantin nahm sie in die rechte Hand und positionierte sich. Mit ein wenig Anlauf legte er los, beugt die Knie und warf die Kugel. Es gab einen platschenden Knall – er hatte zu früh losgelassen – und dann eierte das gute Stück von der Bahn in die Rinne.

Hinter ihm ertönte Gelächter. Er schüttelte den Kopf und ging zu seinem Platz. Mit einem schiefen Grinsen ließ er sich fallen. »Tja, das war wohl nichts.«

»Machst du das zum ersten Mal?«, stichelte Lissi.

Konstantin ließ sich nicht ärgern, er genoss ihre kleinen Neckereien sogar. »Zeig du erst mal, was du kannst. Ich glaube, du bist dran.« Er deutete auf die Tafel über dem Pult, auf dem nun »Lissi« blinkte.

»Ja, mach ihm vor, wie's geht«, feuerte Eva sie an.

Während Lissi sich bereit machte und eine orangefarbene Kugel wählte, wurden die Getränke gebracht. Konstantin prostete Erik und Eva zu und nahm einen tiefen Zug. Dann folgte er Lissis geschmeidigen Bewegungen. Ihre Beine steckten in einer eng anliegenden Jeans, in der ihr runder Hintern perfekt betont wurde. Gerade jetzt, wo sie kurz davor war, den Wurf zu machen, konnte er den Blick nicht abwenden. Wie hypnotisiert starrte er auf ihre Kurven.

Verdammt.

Er riss sich von diesem Bild los und schluckte trocken.

Was hatte er nur für ein Problem? Er war es gewohnt, längere Phasen der Enthaltsamkeit durchzustehen, ohne am Ende als sabbernder Perverser dazustehen.

»Strike!«, hörte er Lissi rufen.

Eva klatschte, und Erik stöhnte genervt.

»Nicht schlecht«, gab Konstantin zu und starrte nachdenklich in sein Glas.

»Ja, nicht schlecht«, wiederholte Lissi mit einem spöttischen Grinsen. Sie kam bei ihm vorbei und tätschelte seine Schulter. »So macht man das.«

Er grinste, sagte aber nichts, nahm sich jedoch vor, sich beim nächsten Wurf besser zu konzentrieren. Eva landete eine Sechs, Erik eine Acht. Dann war Konstantin wieder dran.

»Viel Glück«, neckte Lissi ihn mit einem Augenzwinkern. Ihre Laune schien sich tatsächlich gebessert zu haben, denn sie strahlte, und ihre Wangen waren gerötet. Sie genoss diesen kleinen Wettkampf offenbar sehr. Er auch, egal ob er gewinnen würde oder nicht.

Dieses Mal gab er sich mehr Mühe, konzentrierte sich darauf, den Arm lang zu machen, ehe er die Kugel losließ. Sie kullerte in der Mitte mit einem Affentempo auf die Pins zu.

Wumms.

Alle bis auf einen fielen um. Immerhin. Es wurde besser.

Sie spielten einige Runden. Konstantin näherte sich Lissis Bestmarke, Erik war ihm dicht auf den Fersen, Eva bildete das Schlusslicht. »Ich bin hoffnungslos untalentiert«, stöhnte sie lachend, nachdem sie einen Fehlwurf nach dem anderen gelandet hatte.

»Dafür hast du andere Talente, Liebling«, scherzte Erik und tätschelte ihren Oberschenkel.

Eva verdrehte die Augen, grinste aber. »Man kann halt nicht alles können. Bei dir läuft's ja nun besser, Konstantin. Mal sehen, wer am Ende das Rennen macht.«

Er war an der Reihe und fegte mit seinem Wurf alle Pins von der Bahn. »Strike«, jubelte er. »Du bist dran.«

Er schenkte Lissi sein strahlendes Lächeln. »Darf ich dir aufhelfen? Du bist sicher müde.«

Sie schnaubte leise. »Müde. Dass ich nicht lache! Ich zeige dir jetzt mal, wie man ganz elegant in der letzten Runde gewinnt.«

Tatsächlich, sie waren schon fast durch. Mit dem Abräumen hatte Konstantin die Führung übernommen. Lissi brauchte aber nur eine Sieben, um zu gewinnen. Für Erik würde es nicht mehr möglich sein, die beiden zu erreichen. Eva war sowieso raus.

»Mach es so, wie du Schneebälle wirfst. Dann gewinne ich«, neckte er sie und wandte sich an Eva. »Lissi kann nicht so gut zielen.«

Lissis Augen wurden groß. »Das kann ja wohl nicht dein Ernst sein. Wer hat hier wen eingeseift?«

Er amüsierte sich prächtig, weil sie sich so leicht von ihm provozieren ließ. Es machte riesigen Spaß, sie zu ärgern. »Verdreh mal nicht die Tatsachen, Schneekönigin.«

»Pah«, stieß sie hervor und marschierte zur Bahn. Sie griff sich dieses Mal eine gelbe Kugel, die schwerer war als die orangene.

Eva kicherte und beugte sich zu Konstantin. Leise sagte sie: »Du bist lustig. Es ist schön zu erleben, wie respektlos du mit ihr umgehst.«

Konstantin runzelte die Stirn. »Respektlos?«

Eriks Kopf schob sich nach vorne. »Damit meint sie, dass du nicht in Ehrfurcht erstarrst, wenn sie was sagt. Häufig haben wir es ja mit Fans zu tun – wenn wir nicht gerade mit Bekannten unterwegs sind – und die sehen in ihr immer nur die Skirennfahrerin. Wenn sie jemanden kennenlernt, und der erfährt dann, dass sie Profisportlerin war, bekommen die immer erst mal Angst.«

So hatte Konstantin es noch nie gesehen. Ja, sie war in Österreich sehr bekannt. Vermutlich weltweit, bei Leuten, die den Skirennsport verfolgten. Er hatte schon ein paarmal miterlebt, wie sie gebeten wurde Fotos mit Urlaubern zu machen.

Dass er sie wegen ihres Status' anders behandeln sollte, war ihm gar nicht in den Sinn gekommen. Während er darüber nachdachte, sah er, wie sie zum Wurf ansetzte. Er vermied es, den Blick auf ihren Hintern zu richten. »Dann werte ich das mal als Kompliment«, meinte er und wandte sich Eva zu.

»Man muss sie ein bisschen aus ihrem Schneckenhaus hervorlocken«, gab sie geheimniskrämerisch zurück.

Erik sagte nichts.

»Scheiße«, stieß Lissi hervor. Sie hatte nur sechs Pins getroffen.

»Oh. Wie schade«, säuselte Konstantin und erntete dafür einen bösen Blick. »Sieht so aus, als hätte ich gewonnen.«

»Ich werde es überleben«, brummte sie und setzte sich.

»Meine Schwester konnte noch nie verlieren.« Erik trank von seinem Bier.

Sie spielten noch eine zweite Runde, die Erik gewann. Die Stimmung war ausgelassen, Konstantin genoss die Neckereien mit Lissi und die Gesellschaft der anderen beiden.

Eva gähnte. »Entschuldigt, ich bin total erledigt. Erik, wollen wir?«

»Natürlich. Ich muss morgen auch um sechs raus.«

Lissi erhob sich. »Ja, dann. War schön mit euch.«

Ihr Bruder gluckste. »Siehst du, wie sie innerlich kocht? Ich habe ja schon erwähnt, sie kann einfach nicht verlieren.«

Lissi verdrehte die Augen. »So ein Unsinn. Ich kann gut verlieren.«

»Dann also morgen Tennis?«, schlug Konstantin vor. »Du meintest, du hast frei?«

»Wenn, dann fangen wir mit dem Skikurs an.«

Obwohl Konstantin bei dem Gedanken, morgen auf die Piste zu gehen, leicht flau im Magen wurde, wollte er nicht kneifen. »Von mir aus. Ich muss mir nur Skier und Schuhe leihen.«

»Das kriegen wir wohl hin«, meinte sie.

Eva und Erik verabschiedeten sich. »Gute Nacht, ich zahl schon«, sagte Erik am Ende, dann ließen sie Lissi und Konstantin zurück, die noch dabei waren, die Bowlingschuhe gegen ihre eigenen zu tauschen.

»Magst du noch was trinken?«, wollte er wissen.

»Lieber nicht. Oder musst du dir etwa Mut antrinken?« Ihre Mundwinkel zuckten.

Er biss sich auf die Innenseite seiner Wange. Wenn sie nur wüsste, wie recht sie damit hatte. »Das hättest du wohl gern.«

Sie zwickte ihm ins nicht vorhandene Bauchfett. »Nein. Wieso sollte ich? Bist du um neun startklar? Was ist mit der Praxis?«

»Sogar ich habe mal einen Tag, an dem ich nicht arbeiten muss.«

»Zufälle gibt's.«

Er nickte. »Sieht so aus. Ob es ein glücklicher Zufall war, sage ich dir danach.«

Konstantin wachte schweißgebadet auf. Er war nicht überrascht, dass er gerade in dieser Nacht wieder so schlecht träumte. Übelkeit wallte in ihm auf. Er sprang aus dem Bett, riss die Balkontür auf und trat hinaus. Es war noch dunkel, aber es brannten schon einige Lichter in den umliegenden Häusern. Unter ihm regte sich etwas. Er beugte sich ein Stück nach vorne und war überrascht, als er Lissi entdeckte, die dick eingepackt Yoga-Übungen machte.

»Hey«, rief er. »Guten Morgen.«

Sie zuckte leicht zusammen, schaute dann nach oben. »Oh, hey. Wieso bist du, äh, nackt?«

Konstantin wurde jetzt erst klar, dass er nur in Boxershorts in der Kälte stand. Sie sah von unten natürlich nicht, dass er nicht vollständig unbekleidet war. »Brauchte frische Luft«, brummte er.

»Aha.«

»Ist das dein Zimmer unter mir?«

»Wieso? Willst du mich nachts besuchen kommen?«

Seine Mundwinkel zuckten. »Wenn du mich einlädst?«

»Träum weiter.«

Er wackelte anzüglich mit den Augenbrauen. »Genug frische Luft für mich, wir sehen uns nachher.«

»Du kannst natürlich auch einen Rückzieher machen.«

»Das hättest du wohl gern.«

Zwei Stunden später stand er am Liftkartenverkauf und besorgte sich ein Tagesticket. Es war ein komisches Gefühl. Früher war das alles selbstverständlich gewesen, heute verursachte ihm der Gedanke, auf Skiern zu stehen, Übelkeit. Nicht, weil er Angst vor dem Skifahren an sich hatte, es waren die damit verbundenen Erinnerungen, die ihn plagten.

»Können wir?«, fragte Lissi. »Bist du schon mal Ski gefahren?«

»Ist lange her.«

»Ach ja, hast du schon mal erwähnt. Brauchst du Hilfe?«

»Momentan nicht«, sagte er und stieg in die Bindung. Dann griff er sich die Stöcke und schob sich zum Lift.

»Schaffst du eine kleine Abfahrt, bis wir zur Übungsstrecke kommen?«

»Wenn du mir hilfst?«

»Natürlich.« Es tat gut, Lissi bei sich zu haben. Hier war sie in ihrem Element, sie strahlte Ruhe und Selbstsicherheit aus. Genau das, was er jetzt am meisten brauchte, um nicht durchzudrehen. Schon beim Einsteigen in den Vierer-Sessellift pochte sein Herz wild.

»Du bist ein bisschen blass, Konstantin«, bemerkte Lissi auf der Fahrt nach oben.

»Es ist nichts.«

»Hast du Höhenangst?«

»Ein bisschen«, log er und war dankbar, dass sie sich nicht über ihn lustig machte.

»Dauert ja nicht lang.«

Nach einigen Minuten erreichten sie die Bergstation, der Bügel ging nach oben. Konstantin schwitzte. Er hätte nie zusagen sollen. Nun war es zu spät. Panik breitete sich in seinen Eingeweiden aus und raubte ihm den Atem.

Lissi sah, dass es Konstantin nicht gutging. Je weiter sie nach oben gekommen waren, desto blasser war er geworden. »Fahr erst mal hier an den Rand. Schaffst du das?«

Er nickte und blieb links, etwas vom Ausstieg entfernt, stehen. Lissi kam dicht an seine Seite. »Jetzt atmest du erst mal durch. Ich mache nichts mit dir, was du als Anfänger nicht könntest. Ehrlich.«

Er schluckte. Wenn es so schlimm war, dass er nicht mal sprechen konnte, hätten sie nicht raufkommen sollen. Aber sie hatte ja keine Ahnung gehabt, dass er unter Höhenangst litt. »Willst du, dass wir den Lift ins Tal nehmen?«

Immerhin brachte er ein Kopfschütteln zustande, wich ihrem Blick aber aus.

»Gut. Wir schaffen das«, versuchte sie ihn aufzumuntern. »Mach mal deine Schuhe enger, und dann sehen wir weiter.«

Konstantin schloss die Schnallen seiner Skiboots mit mechanischen Bewegungen, Lissi beobachtete ihn einen Augenblick, dann ließ sie auch ihre zuschnappen. Mit geübten Schwüngen platzierte sie sich vor ihm, sodass ihre Skier außen und parallel zu seinen lagen. Sie schob sich ein Stück zurück und nahm seine Stöcke an sich.

»So, mein Lieber. Du lehnst dich jetzt nach vorne, gerne mit dem ganzen Gewicht auf mich. Verstanden? Halt dich ruhig fest.«

»Ja.«

»Ich fahre ganz langsam und in großen Bögen. Dir kann nichts passieren.«

»In Ordnung.«

»Bist du bereit?«

»Nicht wirklich.«

»Gut, dann geht's jetzt los«, scherzte sie.

Lissi stieß sich ab, an der Stelle war die Piste noch sehr flach. Konstantin hielt sich, wie von ihr gefordert, an ihrer Hüfte fest.

»Geht's?«, fragte sie.

»Ja.« Seine Stimme klang gepresst. Irgendwie fand sie es seltsam, dass ein gestandener Kerl wie er plötzlich so ängstlich war. Das war untypisch, es passte nicht zu ihm. Sie würde ihn nachher darauf ansprechen, derart ausgeprägt hatte sie so etwas noch nie erlebt.

»Siehst du?«, sprach sie ganz ruhig. »Das klappt super.«

Es war nicht gelogen, Konstantin schien instinktiv zu begreifen, was er tun musste, um sich weniger auf sie zu lehnen. Dennoch spürte sie seine behandschuhten Finger überdeutlich auf ihren Hüften. »Schau mal nach rechts oder links. Es ist wunderschön hier. Der Schnee in den Tannen. Der blaue Himmel«, redete sie drauflos, um ihn noch ein wenig mehr zu beruhigen.

So glitten sie langsam und gemächlich über die Piste, immer wieder kamen andere Skifahrer an ihnen vorbei. Dennoch hatten sie genug Platz, um ihre großen Kurven zu fahren, bis sie den Petersbodenlift erreichten. Lissi entschied, dass sie noch nicht gleich aufgeben sollten, da Konstantin keinen Mucks von sich gegeben hatte und ihren Bewegungen gefolgt war. Sie würde mit ihm noch einmal diesen Lift hinauffahren, mit dem sie zur Weibmähderbahn gelangten. Die Piste dort war perfekt, um zu üben. Wenn er sich immer noch nicht wohler fühlte, konnte sie mit ihm in den Wolf gehen, eine neue Hütte, in der man etwas essen oder auch nur etwas trinken konnte. Die Aussicht war jedenfalls traumhaft.

»Siehst du«, sagte sie, als die Petersbodenbahn in Sichtweite kam. »Da sind wir auch schon. Jetzt geben wir mal ein kleines bisschen mehr Gas, damit wir es bis hinein zur Liftanlage schaffen.«

»Noch ein Lift?« Seine Stimme klang belegt, aber nicht mehr ganz so panisch wie vorhin.

»Das packst du schon.«

Sie hörte seinen tiefen Seufzer. »Ich bin stolz auf dich«, lobte sie ihn, als sie im nächsten Sessellift saßen.

Er nahm den Helm ab und wischte sich über das Gesicht. Seine Haare waren schweißnass.

»Setz den lieber wieder auf, sonst erkältest du dich noch.«

Konstantin erwiderte nichts, sie entschied, dass er alt genug war, und ließ ihn in Ruhe.

»Die nächste Piste ist nicht steil, da werden wir uns an ein paar Übungen versuchen.«

»M-mh«, brummte er und schaute gedankenverloren in die Ferne.

Die Frage, was mit ihm los war, lag ihr auf der Zunge, aber sein verschlossener Gesichtsausdruck ließ sie schweigen. Sie ahnte, dass mehr als nur die Angst vor einer Verletzung hinter seinem seltsamen Benehmen steckte.

»So, gleich sind wir oben. Mach dich schon mal bereit.«

»Ich kann das nicht, Lissi«, murmelte er.

»Doch, du kannst. Du musst. Von hier oben gibt es keinen anderen Weg als auf Skiern runter.«

Er atmete hörbar aus, antwortete aber nicht.

Der Bügel hob sich. »Los jetzt«, sie gab ihm einen Schubs und fuhr parallel zu ihm hinaus. »Rechts rum. Und dann hier entlangschieben, bitte. Hier, nimm deine Stöcker.«

Ganz langsam ließ sie sich neben ihm im festgefahrenen Schnee gleiten. Konstantin hatte eine gute Position, er stand vorne im Schuh, sein Schwerpunkt war genau richtig verlagert. Üblicherweise lehnten sich die Anfänger nach hinten. Sie sahen damit aus, als säßen sie auf dem Klo. Ihr heutiger Schüler hingegen wirkte zwar, als hätte er weiche Knie, aber seine

Körperhaltung war erstaunlich korrekt, dafür, dass er sich so anstellte.

»Immer schön weiter«, trieb sie ihn an. Zu ihrer Überraschung gehorchte er ihr und hielt mit ihr mit, während sie über das Flachstück bis hin zur nächsten Piste glitten.

»Wir fahren an der Station links vorbei. Kannst du mir folgen?«

»Ich versuch's«, gab er gepresst zurück.

»Gut, ich bleibe dann oben stehen, dann besprechen wir, was wir gleich üben.«

Lissi fuhr ein paar Schwünge und hielt dann am oberen Ende der Piste an einem sicheren Ort, der von überall gut einsehbar war, an. Außer ihnen waren noch mehr Anfänger mit ihren Skilehrern unterwegs, Eltern mit ihren Kindern, oder auch größere Gruppen.

Lissi schaute in Konstantins Gesicht. »Geht es dir besser?«

Er verzog seine Lippen. Es war kein Lächeln, es war mehr ein Ausdruck wie: Keine Ahnung, sag du es mir.

Große Reden zu schwingen, machte auf der Piste keinen Sinn, das würde sie später nachholen. »Gut, kannst du Kurven fahren?«

Er zuckte die Schultern.

»Schneepflug?«

»Denke schon.«

»Gut. Also, dann fahren wir jetzt im Pflug, die Stöcke brauchen wir nicht, die lassen wir hier.« Sie steckte ihre in den Schnee, neben dem Pfeiler der Liftanlage. Dann wiederholte sie das Gleiche mit seinen. »Mir nach. Ich bin ganz langsam.«

Lissi wartete nicht auf eine Antwort, sondern fuhr im Schneepflug los. »Bei den Kindern nennen wir das Pizza«, rief sie über ihre Schulter weg. »Los, mir nach.«

Ein Ruck ging durch Konstantins Körper, ehe er ihr folgte. Er stand auf den Brettern, als hätte er weiche Knie, aber machte ansonsten auch hier eine gute Figur. Sie war sich mittlerweile sicher, dass er Ski fahren konnte. Warum führte er so ein Schauspiel auf? Wollte er sie etwa für dumm verkaufen?

Sie bremste und drehte sich so, dass sie nun langsam rückwärtsfuhr und ihn direkt ansehen konnte. »Was ist das hier eigentlich, Konstantin?«, wollte sie von ihm wissen.

Die Anspannung in seinem Gesicht wirkte echt, sie konnte sich nicht vorstellen, dass er das spielte.

»Was meinst du? Du wolltest doch unbedingt, dass ich mit dir Ski fahre.«

»Ja, das machen wir jetzt.« Sie drehte sich wieder und ließ ihre Bretter laufen. Unten angekommen beobachtete sie ihn. Der Eindruck, dass er mehr konnte, als er zugab, festigte sich. Dennoch sagte sie nichts, als sie am Lift ankamen. Erst oben fuhr sie nicht wieder zur Piste, sondern zur Hütte, nachdem sie sich die Stöcke geschnappt hatte.

»Was machen wir hier?«, fragte er.

Sie öffnete die Bindung und stieg aus den Skiern. »Reden. Ich lass mich nicht gern veralbern.«

Konstantin wirkte ziemlich erledigt. Das passte alles nicht zusammen. Ohne Widerworte folgte er ihr in den Gastraum, das wertete sie als gutes Zeichen. Sie polterten mit ihren schweren Skischuhen über den hellen Holzboden. Durch die großen Scheiben drang Licht von außen, die Sonne schien, es war hell und angenehm in der Hütte. Lissi entschied sich für einen freien Tisch am Fenster und setzte sich.

Konstantin nahm den Platz ihr gegenüber ein. Er schaute sie nicht an, griff nach der Karte und brauchte Ewigkeiten, um das Angebot zu studieren. Sie hatte den Eindruck, dass er einem Gespräch mit ihr auswich. Obwohl sie allmählich die Geduld verlor, wartete sie brav, bis die Kellnerin ihre Bestellung aufgenommen hatte. Frischen Pfefferminztee für sie und eine heiße Schokolade mit Sahne für den wortkargen Schüler.

»So, und jetzt raus mit der Sprache«, fing sie an, nachdem sie wieder alleine waren. »Was ist mit dir los?«

Er hob seinen Blick und der Ausdruck in seinen Augen rührte an ihr Herz. Er wirkte zerrissen und gequält.

»Konstantin?« Ihre Stimme zitterte leicht, als sie begriff, dass er ihr keineswegs etwas vorgemacht hatte.

»Ich war lange nicht mehr am Berg.«

Sie schüttelte den Kopf, weil sie nicht verstand, was er meinte. »Also kannst du doch Ski fahren?«

Mit zuckenden Schultern saß er ihr gegenüber. »Ich sollte es können.«

»Hattest du mal einen Unfall? Hast du deswegen Angst? Glaub mir, ich weiß, wie es ist, nach einer Verletzung bei null anzufangen. Du hättest doch was sagen können, ich bin die Letzte, die da kein Verständnis aufbringt.«

»Nein, das ist es nicht.«

»Was dann?« Sie neigte ihren Kopf, weil sie nicht verstand, was mit ihm los war.

»Hier ist nicht der richtige Ort.«

Er wich ihr schon wieder aus. Was war, verdammt noch mal, mit ihm los?

Sie wurde ungeduldig. »Nein, wo dann? Willst du mich für dumm verkaufen?«

»Lissi, ganz sicher nicht.« Er starrte sie an, seine Kiefer mahlten. »Mein Bruder ist beim Skifahren verunglückt.«

Ihr Mund klappte auf.

Er hatte nie etwas von einem Bruder erwähnt. Ja, klar, sie kannten sich nicht gut, aber … erzählte man so was nicht?

Hm, vielleicht nicht. Sie war betroffen. »Verunglückt?«, wiederholte sie, weil sie nicht genau verstand, wie er das meinte.

»Die Pisten und Berge aller Welt waren unser Zuhause.«

Waren, hatte Konstantin gesagt. Lebte er nicht mehr?

»Was ist passiert?«

Sie wollte auch nicht zu aufdringlich sein. Wenn er so offenkundig nicht darüber sprechen wollte, weil schon allein der

Gedanke ans Skifahren ihn zittern ließ, musste es sehr schlimm gewesen sein. Lissi kannte genug Geschichten, um sich ausmalen zu können, was alles passieren konnte, wenn man nur eine Sekunde unaufmerksam war.

In diesem Moment wurden ihre Getränke gebracht. »Wenn ihr noch was braucht, meldet euch«, damit verschwand die Bedienung zum Glück schnell wieder.

»Bitte, Lissi. Können wir ein andermal darüber sprechen? Ich kann das jetzt nicht.« Er schluckte schwer.

»Natürlich. Ja, es tut mir leid. Wenn ich gewusst hätte …«

»Schon gut, du konntest es ja nicht ahnen. Ich hätte dich vorwarnen sollen.«

»Warum hast du nichts gesagt?«

Er fuhr sich mit der Hand über das Gesicht. »Es ist nichts, womit ich gerne hausieren gehe.«

Lissi hatte so viele Fragen, aber ihr war klar, dass sie ihn nicht drängen durfte. »Das verstehe ich. Du musst es mir natürlich nicht erzählen. Aber wenn ich es gewusst hätte, dann hätte ich mich darauf einstellen können. Dann wären wir das ganz anders angegangen.«

»Es tut mir leid, okay?«

Sein schroffer Tonfall schüchterte sie nicht ein. Sie wusste, dass es nur eine Schutzreaktion war. »Kein Problem. Sollen wir dann nach unten fahren? Ich möchte dich nicht quälen. Das war nicht meine Absicht, ich dachte, das könnte lustig werden. Skifahren bringt ja eigentlich Spaß, und du wirkst sportlich auf mich.«

Er schnaufte leise. »Ja, ich mache dir keine Vorwürfe, Lissi. Auch wenn es jetzt vielleicht nicht so aussieht, ich bin dankbar, dass du dir die Zeit genommen hast. Es ist wirklich schön hier. Die Aussicht ist toll.«

Sie war sich sicher, dass er davon nicht viel mitbekommen hatte. Sie hoffte für ihn, dass er seine Ängste überwinden konnte, um die wahre Schönheit der Natur genießen zu können. Sonst könnte das ein verdammt langer Winter für ihn werden.

Obwohl sie keine Ahnung hatte, was ihn genau bedrückte, was mit seinem Bruder passiert war, wollte sie ihn in den Arm nehmen. Ihn trösten. Manchmal half alleine das schon, aber dazu kannten sie sich nicht gut genug. Zudem wirkte Konstantin wie ein Mann, der nicht gerne zugab, verletzlich zu sein. Aber das war er, damit war er mit einem Mal viel menschlicher, sympathischer für sie.

»Warst du schon mal in Lech? Ich habe das noch nie gefragt, oder?«, versuchte sie die Sprache auf etwas unverfänglichere Themen zu bringen, ehe sie wieder ihre Skier anschnallten. Denn nach unten führte von hier aus nur ein Weg: über die Piste.

»War ich. Vor zwanzig Jahren mal. In St. Anton waren wir öfter.«

»Das ist ja nicht weit weg.«

»Ich war in vielen Skigebieten. Aber das ist lange her.«

Sie merkte, dass er sich wieder verschloss. Seine Miene war unergründlich.

»Pass auf, Konstantin. Ich dränge dich zu nichts. Solltest du aber mal reden wollen, dann stößt du bei mir zu jeder Zeit auf ein offenes Ohr. Der Weg vom dritten in den zweiten Stock ist nicht weit. Ich meine es ernst.«

»Danke.«

»Dafür musst du mir nicht danken.«

Sie rührte in ihrem Tee und beobachtete ihn. Konstantin schaute in Gedanken versunken aus dem Fenster. Für eine Weile sagte niemand etwas. Es war kein unangenehmes Schweigen, im Gegenteil, es lag eine gewisse Vertrautheit darin.

8

Die Abfahrt ins Tal war problemlos verlaufen. Obwohl Konstantin noch immer gehemmt und blockiert gewesen war, war er ihr in großen, langsamen Schwüngen gefolgt. Nachdem sie die Skier und Schuhe beim Verleih wieder abgegeben hatten, hatte sich Konstantin hastig entschuldigt und war verschwunden. Sie war ihm gar nicht erst nachgelaufen; wenn er meinte, dass er etwas Abstand und Zeit alleine brauchte, dann würde sie ihm nicht im Weg stehen. Allerdings nahm sie sich vor herauszufinden, wovon er so traumatisiert war. War er dabei gewesen, als sein Bruder verunglückte? Mit einem Seufzen begab sie sich auf den Nachhauseweg.

Vor dem Tannberger Hof traf sie auf Lukas, er versuchte sie in ein Gespräch zu verwickeln, aber sie wich aus und log, dass sie dringend zu Hause helfen musste. Er war enttäuscht, aber sie konnte es nicht ändern. Er tat ihr leid; unglücklich verliebt zu sein war nicht schön, aber sie hatte nie bewusst Hoffnungen geschürt. Irgendwann würde jemand kommen, der besser zu ihm passte. Das wünschte sie ihm.

Gleichzeitig keimte ein zartes Gefühl in ihr auf, das neu für sie war: Sehnsucht.

Sie hatte kein Problem damit, alleine zu sein, ihr Alltag war ausgefüllt. Und doch stellte sie sich vor, wie es wäre, wenn sie jemanden hätte, an dessen Schulter sie sich anlehnen könnte. Jemanden, mit dem sie ihre Gedanken und Träume teilen könnte. Aber diese Person gab es nicht. Noch nicht?

Hör auf, so gefühlsduselig zu sein, schimpfte sie sich und ging nach Hause. Es lag sicher nur daran, dass Weihnachten vor der Tür stand. Im ganzen Ort herrschte eine freudige und erwartungsvolle Stimmung. Bald würde jedes Haus komplett belegt sein, Lech mit Urlaubern überschwemmt werden, die ein frohes Fest mit ihren Lieben genießen wollten. Für die

Einwohner bedeutete es, dass man arbeiten musste. Wenn die Gäste feierten, hatte man selbst viel zu tun. Für sie war es immer normal gewesen, auch jetzt störte es sie nicht. Aber der Gedanke, am vierundzwanzigsten Dezember, wenn alle satt und müde waren, und sie endlich Feierabend hatte, alleine ins Bett zu gehen, stimmte sie plötzlich seltsam melancholisch. Lissi fragte sich, ob das die berühmte biologische Uhr war, die mit einunddreißig nun immer lauter tickte.

Die Frage, ob sie Kinder und Familie wollte, hatte sich nie gestellt, denn die Antwort war immer klar gewesen: Ja, aber nach der Karriere als Skirennfahrerin. Dass dann kein Mann an ihrer Seite sein könnte, wenn es so weit sein würde, hatte sie nicht bedacht. Gleichzeitig bedeutete es aber auch nicht, dass sie jeden x-beliebigen Kerl als Partner akzeptierte. Vielleicht war sie ja doch zu wählerisch? Sie schob die Gedanken beiseite.

Auf dem Weg in ihr Zimmer traf sie ihre Mutter. »Oh, hallo Schatz. Schon zurück?«

»Ja.« Mehr sagte sie nicht, weil sie keine Ahnung hatte, was sie ihr erzählen sollte. Sie wusste ja selbst nicht, was mit Konstantin genau los war.

»Wo ist dein Schüler?« Sie lächelte und wollte mehr wissen.

»Der hatte was zu erledigen. Und du? Gehst du weg?«

»Ja, ich fahr nach Bludenz, muss noch ein paar Sachen besorgen.«

»Okay, bis später.«

Konstantin war stundenlang durch die Gegend gelaufen und hatte nachgedacht. Obwohl er nicht zu einem wirklichen Schluss gekommen war, entschied er, dass es Zeit war, zur Pension zurückzukehren. Er war Lissi eine Antwort schuldig. Sein Verhalten war unmöglich, aber er war total blockiert gewesen. Es war ein Panikanfall gewesen, das war ganz klar. Sein Herz hatte so wild gegen seine Rippen gehämmert, dass er geglaubt hatte, es müsste aus seiner Brust springen. Er hatte es ihr erzählen wollen, hatte aber kein Wort herausgebracht. Jetzt, im Nachhinein verstand er selbst nicht, warum er so durchgedreht war. Es war ihm gleichzeitig peinlich, dass sie ihn so gesehen hatte.

Durchgefroren und hungrig erreichte er die Pension Schneeglöckchen. Auf dem Weg nach oben stieß er beinahe mit Georg zusammen. »Servus«, grüßte der Wirt.

»Guten Tag, Georg.«

»Guten Skitag gehabt?«

Er rang sich ein Lächeln ab. »Klar. Und hier, alles im Lot?«

Georg kratzte sich am Kinn. »Aber sicher doch.«

»Das hört man gerne. Ich brauche jetzt erst einmal eine heiße Dusche.«

»Ja, es ist kalt draußen. Hat wieder angezogen. Aber das heißt, dass es morgen wieder schön wird.«

»Da muss ich wieder in die Praxis.« *Zum Glück*, dachte er.

»Dann möchte ich dich gar nicht weiter aufhalten.«

»Kein Problem. Ich komme dann einfach gleich runter.«

Konstantins Magen knurrte lautstark.

Georg lachte. »Hunger? Du kannst jederzeit in die Küche gehen und dir was nehmen, das weißt du, oder? Du musst nicht auf Frühstück und Abendessen warten.«

»Das ist nett. Danke dir.«

Nach einer heißen Dusche schlüpfte er in Jeans und T-Shirt und begab sich auf den Weg in die Küche.

»Oh, guten Tag«, sagte er, als er eine Frau entdeckte, die Gemüse würfelte.

Sie schrie leise auf. »Himmel! Wer sind Sie denn, und was tun Sie hier?«

Ihr starker osteuropäischer Akzent fiel ihm als Erstes auf. Das musste Magda sein. Sie hatte wache graublaue Augen, die sie zu Schlitzen verengte. Ihr Gesicht war faltig, sie hatte eine kräftige Statur. »Entschuldigen Sie, ich bin Konstantin«, stellte er sich vor.

»Und das muss mir was sagen, weil?«

»Verzeihen Sie, ich dachte, es hätte sich rumgesprochen.« Er deutete ein Lächeln an. »Ich bin der Dauermieter, habe ein Zimmer im dritten Stock. Ich arbeite als Arzt im Ort.«

»Oh.« Sie entspannte sich. »Sie sind das.«

»Was soll das heißen? Bin ich berühmt?«

Magda lächelte und entblößte eine Reihe windschiefer Zähne. »Na ja. Das vielleicht nicht, aber Johanna hat mir von Ihnen erzählt.«

Ihm war nicht ganz klar, was das zu bedeuten hatte, aber momentan war es ihm auch egal. Er war hungrig, und nach den emotionalen Kapriolen des Tages wollte er gar nicht mehr hören. »Ich würde mir gerne eine Kleinigkeit kochen.«

»Sie?« Entsetzt riss sie ihre Augen auf. »In meiner Küche?«

Jetzt war es also ihre Küche. Er grinste. »Wenn Sie nichts dagegen haben?«

Sie schüttelte energisch den Kopf. »Das kommt gar nicht infrage. Setzen Sie sich da hin«, sie deutete auf einen winzigen Schemel. »Oder gehen Sie rüber. Ich übernehme das. Was möchten Sie?«

»Wirklich«, er winkte ab. »Es ist nicht nötig, dass Sie mich bedienen. Ich brauche nicht viel …«

»Tse tse, wo kommen wir denn da hin. Dann brate ich Ihnen ein paar Spiegeleier mit Speck? Kartoffeln hab ich auch noch da, die könnte ich mit in die Pfanne hauen.«

Beim Gedanken daran lief ihm das Wasser im Mund zusammen. »Aber nur, wenn es keine Umstände bereitet.«

Magda legte das Messer weg und wischte sich die Hände an der Schürze ab. »Ich bin übrigens Magda.« Sie streckte ihm ihre Rechte hin.

»Konstantin.« Er erwiderte den Gruß.

»Gut, das hätten wir dann geklärt. Setz dich, Junge.«

Weil es ohnehin keinen Sinn hatte, protestierte er nicht und nahm Platz. »Ich könnte das Gemüse schneiden«, schlug er nach ein paar Minuten vor.

Sie hob den Kopf und schaute ihn an, als hielte sie ihn für geistig gestört. »Nein.«

Konstantin hob abwehrend die Hände. »Gut, ich sage nichts mehr. Sitze einfach hier, bis du Bescheid gibst.«

»Na, endlich verstehen wir uns.« Die füllige Polin zwinkerte ihm zu.

Der Duft von Speck, Bratkartoffeln und Eiern stieg ihm in die Nase, während er Nachrichten auf seinem Smartphone las. Das in Kombination mit dem Klappern von Geschirr und Töpfen nahm etwas vom Stress des Tages von seinen Schultern. Sein Magen meldete sich erneut lautstark, aber Magda schien es nicht gehört zu haben. Sie war völlig in ihrem Element.

Wenige Minuten später stellte sie einen dampfenden Teller neben ihm auf der Arbeitsfläche ab und legte Besteck daneben. »Einen guten.«

Mehr sagte sie nicht, sondern widmete sich wieder den Vorbereitungen fürs Abendessen.

Konstantin ließ es sich schmecken, er hatte nie ein köstlicheres Spiegelei mit Bratkartoffeln gegessen. Er war gerade mit der Hälfte seiner Portion fertig, als Johanna mit Lissi in die Küche kam. Die beiden diskutierten heftig. »Mama, du hast mal wieder total übertrieben. Das ist so was von kitschig«, brummte Lissi.

»Hab ich gar nicht. Das ist jetzt total modern.«

»Kitschig«, widersprach ihre Tochter.

Konstantin hob den Kopf und kaute weiter. Dann bemerkten die zwei ihn.

»Oh«, stieß Lissi hervor. »Ich habe dich gar nicht gesehen. Äh, guten Appetit.«

»Hallo Konstantin. Ja, bei Magda schmeckt's am besten, nicht?«

Er nickte. »Hallo. Ja, es ist ein Traum.«

Magda winkte ab. »So ein Unsinn. Das sind nur Reste …«

»Es schmeckt jedenfalls hervorragend.«

»Schau mal, Lissi. Der Konstantin hilft dir bestimmt, Papa hat schon mit ihm geredet.«

Lissi atmete hörbar aus. »Er hat heute seinen freien Tag.« Es entging ihm nicht, dass sie seinem Blick auswich.

»Ich helfe sehr gerne, wirklich. Jetzt, wo ich auch noch gestärkt bin, kann gar nichts mehr schiefgehen.«

Johanna verschränkte die Arme vor ihrem Körper. »Siehst du? Er hat gesagt, es ist kein Problem.«

Lissi verdrehte die Augen. »Von mir aus.«

»Lasst den Jungen erst mal essen«, mischte sich nun Magda ein. »Schaut mal, wie dünn er ist.«

Konstantin lachte und schob sich eine Gabel in den Mund. »Würde ich so nicht sagen. Ich bin eins neunzig groß und wiege so um die neunzig Kilo.«

»Dünn. Ich sag es doch«, beharrte die rundliche Polin.

Lissi bemühte sich, nicht zu lachen. Ihre Blicke trafen sich und verhakten sich ineinander. In Konstantins Magen kribbelte es.

»Lissi«, Johannas Stimme unterbrach das unsichtbare Band zwischen ihnen, Lissi blinzelte ein paarmal und wandte sich ihrer Mutter zu. »Komm, wir bereiten schon mal alles vor.«

»Bin gleich so weit«, rief er ihnen mit vollem Mund hinterher.

»Nur die Ruhe«, sagte Magda und tätschelte ihm die Schulter. »Gut Ding will Weile haben.«

Zehn Minuten später – Magda hatte ihn noch mit Weihnachtsplätzchen und einer Tasse Kaffee versorgt – suchte er die beiden Damen des Hauses. Er fand sie im Foyer der Pension, wo sie sich mit dem Standfuß des Weihnachtsbaums herumplagten.

»Wieso habt ihr denn nicht auf mich gewartet?«, fragte er.

Die Köpfe von Mutter und Tochter schnellten herum.

»Selbst ist die Frau«, gab Johanna zurück. Die Ähnlichkeit der beiden war, wenn sie so direkt nebeneinander hockten, nicht zu verleugnen. *Auch im Wesen scheint es einige Parallelen zu geben*, dachte er schmunzelnd.

»Papa ist gerade auf dem Dachboden und holt die Kugeln«, erklärte Lissi.

»Dann lasst mich mal ran.« Konstantin trat näher. Es roch nach Tannengrün und Harz, wundervoll.

Mutter und Tochter wechselten einen Blick. Schauen wir mal, was er draufhat, schien der zu sagen.

Er schmunzelte und sah sich die Sache an. »Habt ihr vielleicht eine kleine Säge? Der Stamm muss noch zurechtgeschnitten werden. Und bitte, könntet ihr etwas Limo in den Ständer geben? Dann bleibt der Baum länger frisch.«

»Limonade?« Lissi hob eine Augenbraue.

»Zuckerwasser würde es auch tun.«

Johanna nickte anerkennend mit dem Kopf. »Ja, ich schau, dass ich was hole. Scheint ja doch Ahnung zu haben, der Herr Doktor.« Damit verschwand sie und Konstantin fragte sich, wer wohl mehr an seinen Fähigkeiten gezweifelt hatte, Lissi oder ihre Mutter.

»Säge?«, wandte er sich an Lissi, die ihn wortlos musterte.

»Ja, hier. Die habe ich vorhin schon geholt.« Sie zeigte auf den Boden.

»Warum habt ihr sie nicht benutzt?«

Lissis Gesichtsfarbe wechselte von normal zu zartrosa. Sie sah hinreißend aus, wenn sie sich aufregte, so wie jetzt. »Gute Frage. Kannst du auch mehr als kluge Ratschläge geben?«

Er lachte rau. »Mal sehen.«

Mit geübten Bewegungen sägte er den Stamm nach Augenmaß zurecht. Lissis Mutter war indes mit einer großen Flasche Fanta zurückgekehrt. »Bitte schön.«

»Du kannst es gleich in den Fuß einfüllen, wenn du magst.«

»Lissi, kannst du das machen? Magda braucht noch ein bisschen Hilfe vor dem Abendessen. Wir haben das Haus voll, heute ist also schon ordentlich was zu tun.«

»Ja, klar.«

»Wo ich alles haben will, hast du mitbekommen, ja?«

Sie seufzte leise. »Ja, habe ich. Muss es wirklich sein?«

»Haben wir darüber nicht ausreichend diskutiert?« Johanna schnaubte und wartete nicht mehr auf eine Antwort.

Konstantin schaute zu Lissi auf. Diese zuckte nur mit den Schultern, sagte aber nichts. Während sie die Limonade umfüllte, hatte er den Stamm so weit vorbereitet, dass es eigentlich passen müsste.

»So, dann schauen wir mal, ob wir die Tanne gerade bekommen«, meinte er, ehe er sich daranmachte, Baum und Standfuß miteinander zu vereinen.

Lissi half ihm ungefragt, sie stellte sich geschickt an. Im Nullkommanichts stand der Weihnachtsbaum. »Sag mal, ob ich noch was verändern muss«, bat er sie.

Lissi ging ein paar Schritte zurück. »Ja, ein wenig nach rechts.«

»Oh! Er steht ja schon!«, rief Georg entzückt, während er eine große Kiste vor seinem stattlichen Bauch balancierte. Er keuchte, sein Gesicht war krebsrot.

»Schwer?«, fragte Konstantin.

»Es geht, aber vom Dachboden bis hier runter, das ist ja schon ein Stück.«

»Gib mal her.« Lissi nahm ihrem Vater den Karton ab und stellte ihn sanft auf den Boden.

Georg wischte sich über die Stirn. »Puh. Aber schmücken könnt ihr wohl ohne mich, oder?«

Lissi grinste. »Ja, Papa. Wir wollen ja auch, dass es am Ende hübsch aussieht.«

»Ich hab halt kein Auge für so was. Und dieses ganze andere Zeug hängt ihr auch noch auf?«

Konstantin fragte sich, was er meinte. Lissi sagte nichts, sondern zog lediglich eine Grimasse.

»Ich werte das mal als Ja.« Damit verschwand Georg wieder nach oben.

Leichtfüßig ist anders, dachte Konstantin. »Ist dein Vater schon länger so kurzatmig?«

»Kurzatmig?«

»Na ja. Es sind drei oder vier Stockwerke. Da sollte er nicht schon so schnaufen.«

»Er ist halt miserabel in Form.«

»Hat er mal sein Herz kontrollieren lassen?«

»Sein Herz?«

»Ja, ich würde mal tippen, dass er Bluthochdruck hat.«

»Da bekommt er aber Medikamente, das weiß ich.«

»Nimmt er sie auch?«

Lissi kratzte sich am Kopf. »Da muss ich mal Mama fragen.«

»Ja, mach das. Ich will mich ja nicht einmischen, aber … ich fand es schon auffällig.«

»Gut, danke, dass du mir davon erzählt hast.«

Für einen Augenblick herrschte betretenes Schweigen. Hätte er lieber nichts erwähnen sollen?

Doch. Es war richtig, außerdem konnte er sich ja auch täuschen. Es war nur eine Momentaufnahme, aber Vorsicht war besser als Nachsicht. Das hatte er oft genug erlebt.

»Sollen wir schmücken?«, meinte er, um die Stille zwischen ihnen zu unterbrechen.

»Was? Ach ja, klar. Aber du musst nicht …«

»Ich mache das gerne. Es ist Jahre her, dass ich Weihnachten mal mit einem Baum gefeiert habe.«

»Im Ernst?« Sie schaute ihn mit großen Augen an.

Er nickte. »Ja, in Ghana gibt's nicht so viele Tannen. Und … Plastik mit Lametta fand ich nie schön.«

Ihr glockenhelles Lachen erfüllte den Raum. »Das kann ich gut nachvollziehen. So, schauen wir mal, was wir dahaben.« Sie öffnete den Karton und packte nach und nach mehr Weihnachtsschmuck aus. Strohsterne, Kugeln, Lichterketten und kleine Schneemänner.

»Fangen wir mit der Beleuchtung an«, schlug er vor.

Gemeinsam legten sie die grünen Kabel mit den kleinen Birnchen um den Baum. Dabei berührten sich ihre Finger immer wieder. Es fühlte sich seltsam an, elektrisierend und merkwürdig vertraut. Sollte es Lissi ebenso gehen, so ließ sie sich nichts anmerken.

»Mach du die Strohsterne, ich die Kugeln.«

»Yes, Ma'am«, gab er zurück und salutierte.

»Spinner.«

»Sklaventreiberin.«

Sie schauten sich an und brachen dann in Lachen aus. Es tat gut, in ihrer Nähe zu sein.

»Kannst du sie mir mal rübergeben?«, bat er.

»Ja, klar. Hier, bitte.« Sie reichte ihm die Packung. Konstantin griff danach. Sie zog ihre Hände nicht schnell genug zurück, sodass seine über ihren landeten. Etwas zwischen ihnen veränderte sich. Die Wärme ihrer Haut übertrug sich auf ihn und versetzte seinen Körper in einen schwingenden Zustand. Sein Herzschlag beschleunigte sich, sein Mund wurde trocken. Sie hob ihren Kopf und schaute ihn an. Im Grün ihrer Augen spiegelten sich ihre Empfindungen wider, wie die Sonne in einem Bergsee. Er erkannte eine so tiefe Sehnsucht darin, dass sich sein Magen nervös zusammenzog.

Der Impuls, sie in seine Arme zu reißen und seine Lippen auf ihre zu pressen, war mit einem Mal so übermächtig, dass er kaum merklich erschauderte. Noch nie hatte er einen so drängenden Wunsch nach Zärtlichkeit gespürt wie jetzt. Sein Kopf war wie leergefegt, alles, was da noch war, war sie. Lissi mit ihren strahlenden grünen Augen, ihrem sinnlichen Mund

und dem herzlichen Wesen. Sie war alles, was ein Mann sich wünschen konnte. Was er sich wünschte.

Er brauchte einen Moment, um zu begreifen, was los war, nachdem sie ihre Hände abrupt zurückgezogen hatte. Das Kästchen mit den Strohsternen fiel zu Boden, als zwei Paare durch die Tür kamen und einen kalten Windhauch mit sich ins Haus trugen.

Konstantin trat einen Schritt zurück und fuhr sich durch die Haare. Noch immer raste sein Puls. Verdammt, was war nur mit ihm los?

Um seine Irritation zu überspielen, bückte er sich und hob den Weihnachtsschmuck auf, während Lissi die Ankömmlinge begrüßte und ein paar Worte mit ihnen wechselte. Offenbar waren es Stammgäste, sie wirkten wie gute Bekannte. Es war ihm egal, er hatte mit sich zu tun. Er sammelte sich, dabei tat er so, als konzentrierte er sich auf das Schmücken. Er mochte sie, es war angenehm, in ihrer Nähe zu sein. Und doch war es keine gute Idee, mit ihr zu flirten. Aber war es nicht längst mehr als nur das?

Lag es daran, dass sie ihn so verletzlich erlebt hatte? Nein, das Prickeln zwischen ihnen hatte es schon vorher gegeben. Aber heute hatte sich etwas verändert.

Zum ersten Mal hatte er den Wunsch gehabt, über den Tod seines Bruders zu sprechen, doch dann hatte ihn der Mut verlassen. Ob er jemals die Kraft aufbrachte, seine Schuldgefühle und sein Leid mit jemandem zu teilen, konnte er momentan nicht sagen. Er war verwirrt. Verwundbar. Einerseits fühlte es sich gut an, endlich überhaupt wieder etwas zu fühlen, andererseits machte es ihm Angst.

Nachdem der Weihnachtsbaum geschmückt und die Beleuchtung angestellt worden war, kamen die neusten Errungenschaften ihrer Mutter ins Spiel. Lissi kehrte mit drei Tüten zurück ins Foyer, wo Konstantin die leeren Packungen in den Karton für den Weihnachtsschmuck legte.

»Was ist das?«, fragte er neugierig.

»Blinkende Lichterketten, Mistelzweige und noch mehr Kram.«

»Du bist nicht begeistert?«

»Nicht wirklich. Es ist viel zu viel.«

»Wir könnten ja Stellen suchen, wo es keinen stört.« Er grinste verschmitzt.

»Wo denn?«

»Skikeller? Mein Zimmer?«

»Dein Zimmer? Brauchst du wirklich mehr Deko?«

»Nein.« Er lachte. »Ich wollte nur helfen.«

»Es ist gut gemeint. Bringen wir es einfach hinter uns.«

Konstantin nahm eine der Tüten. »Hier hätten wir die Mistelzweige. Wo sollen die hin?«

»Ich würde mal sagen, ein paar zur Tür in den Speiseraum.«

»Ergibt Sinn.«

Natürlich war ihr klar, was unter Mistelzweigen im Winter geschah oder geschehen sollte. Sie würde ihn aber nicht küssen. Garantiert nicht.

Dabei hatte sie vorhin schon wieder das Gefühl gehabt, dass die Luft zwischen ihnen vibriert hatte. Die Spannung war beinahe greifbar gewesen. Zum Glück war dann die Haustür aufgegangen. Wie peinlich wäre es gewesen, wenn sie sich gerade geküsst hätten.

»Ich bin groß genug, ich brauche keinen Tritt, aber ich könnte ein wenig Hilfe gebrauchen.« Konstantins amüsierte Stimme riss sie aus ihren Grübeleien.

»Entschuldige«, gab sie hastig zurück und ging zu ihm.

Lissi stand dicht vor ihm und hielt die Mistelzweige an den Türrahmen, während Konstantin sich um deren Befestigung kümmerte. Durch sein dünnes Shirt spürte sie die Wärme, die von ihm ausging. Ihr selbst war auch schon ganz heiß. Außerdem roch er gut. Zu gut. Männlich herb und nach einem frischen Rasierwasser. Sie schloss die Augen, nur für eine Sekunde, und atmete tief ein.

»Ja, ich mach ja schon, so schnell es geht«, sagte er.

Er nahm an, dass sie genervt wäre, weil er zu langsam war?

Gut, dass er damit komplett danebenliegt, überlegte sie und riss die Lider wieder auf.

»Hui, was ist denn hier los?«, Franzis Stimme ertönte hinter ihnen. Sie bewegte sich nicht.

»Meine Mutter hat uns zum Arbeiten eingespannt«, klärte sie ihre Freundin auf.

»Hi Franzi«, sagte Konstantin. »Alles okay?«

»Ja, klar. Ich bin wegen Lissi hier, nicht wegen der Arbeit.«

»Sehr gut. Dann bin ich ja beruhigt.«

»Aber ihr. Was macht ihr da?«

»Hab ich doch schon gesagt«, brummte Lissi.

»Nein, das meine ich nicht.« Franzi war nun so dicht bei ihnen, dass sie ihr von der Kälte gerötetes Gesicht mit einem ziemlich breiten Grinsen aus dem Augenwinkel sehen konnten. Lissi ahnte, was jetzt kam.

»Mistelzweig. Hallo?«, säuselte sie und stupste Lissi in die Seite.

»Und?« Sich ahnungslos zu stellen, war wohl noch die beste Methode, um das Schlimmste zu verhindern.

Konstantin sagte gar nichts. Typisch Mann. Sie biss sich auf die Unterlippe.

»Küssen. Na los. Küsst euch!«, forderte Franzi.

Das kleine Miststück!

»Sag mal, hast du zu viel Desinfektionsmittel inhaliert?«, zischte Lissi.

»Es ist Tradition«, beharrte ihre ab heute ehemals beste Freundin. »Stell dich nicht so an. Warum hängst du die Dinger auf, wenn du nicht mitmachst?«

»Soll ich jetzt jeden abknutschen, der hier durchgeht?«

Konstantins Glucksen entging ihr nicht. »Guter Punkt«, sagte er.

Franzi tippte mit der Fußspitze auf den Boden. »Wie langweilig.«

»Komm du doch her«, stichelte Lissi. »Wenn du so scharf darauf bist.«

»Erstens bin ich verlobt, und zweitens ist er mein Chef.«

»Fertig«, teilte Konstantin mit. Im nächsten Moment griff er Lissi um die Taille und zog sie in seine Arme. Lissi konnte nicht mehr tun als nach Luft schnappen, dann senkte sich Konstantins Mund auf ihren. Nur für den Bruchteil einer Sekunde, aber das genügte, um ihre Welt auf den Kopf zu stellen. Seine Lippen fühlten sich weich und gleichzeitig voll an, sein Atem roch süß und verführerisch. Und seine starken Hände drückten sich heiß durch den dünnen Stoff ihres Shirts.

Und schon war alles vorbei. Lissi stand wie vom Donner gerührt unter dem verdammten Mistelzweig und japste wie ein Taucher ohne Sauerstoff.

»Siehst du, es geht doch.« Franzis zufriedenes Lachen riss sie aus ihrer Schockstarre.

Konstantin grinste sie mit hochgezogener Augenbraue an. »Sorry, aber ich glaube, das musste sein.«

Lissi schüttelte den Kopf und schnaubte. »Unmöglich«, schimpfte sie. »Unmöglich.«

»Ach, komm. War das jetzt so schlimm?«, bohrte Franzi weiter.

»Nee. Können wir das dann abhaken? Fürs Protokoll, ich habe meine Schuldigkeit getan. Was machst du überhaupt hier?«

»Begrüßt man so eine liebe Freundin?«

»Freund oder Feind, manchmal erkennt man den Unterschied nicht sofort.«

Franzi prustete los. »Du bist herrlich. Ich wollte fragen, ob du Lust auf ein Glaserl Wein hast.«

»Ich muss noch das Zeug hier aufhängen.«

»Wenn ich euch helfe, geht's doch ganz schnell.«

Sie gab sich geschlagen. »Na schön.«

Es dauerte nicht mehr lange, danach aßen die drei zusammen, bis Konstantin sich entschuldigte und verschwand.

Gegen zehn verabschiedete sich auch ihre Freundin, Lissi ging nach oben und machte sich bettfertig. Sie las noch ein paar Seiten in ihrem Krimi, da fing sie schon an zu gähnen. So war es immer, deswegen bekam sie auch nie ein Buch durch. Müde rieb sie sich die Augen, legte den Roman beiseite und löschte das Licht.

Ein Klopfen an ihrer Scheibe ließ sie vor Schreck aufschreien.

»Hey, ich bin's. Konstantin«, flüsterte jemand von draußen.

Ach du Schande. Wie war er auf ihren Balkon gekommen? Und noch wichtiger, was wollte er zu dieser Uhrzeit von ihr? Bilder blitzten in ihrem Kopf auf. Nichts davon sollte sie denken.

»Lissi?«, hörte sie ihn etwas lauter sagen. »Mach auf, ich erfriere.«

Sie knipste das Nachtlicht wieder an und spürte, wie sich ihre Mundwinkel nach oben bogen. Leichtfüßig sprang sie aus dem Bett, mit drei Schritten war sie bei der Tür. Sie schob den Vorhang beiseite, entriegelte sie und öffnete. »Konstantin?«

Er stand nur in T-Shirt und Jeans vor ihr. Er war sogar barfuß. »Ist alles in Ordnung?«

»Kann ich mit dir reden?«

»Ja.«

»Drinnen?« Sein Lächeln war herzerweichend.

»Sorry. Natürlich.« Sie trat zur Seite und ließ ihn rein. Schnell schloss sie die Tür wieder, denn es war wirklich saukalt draußen.

Konstantin stand mitten in ihrem Zimmer und trat von einem Fuß auf den anderen.

»Ähm, ja. Nimm Platz.« Sie ging zu ihrem Lesesessel, der vielmehr als Kleiderablage fungierte, packte alle Sachen und warf sie aufs Bett.

Er setzte sich und blickte zu ihr auf. Erst jetzt wurde ihr bewusst, dass sie nur ein T-Shirt und eine bunt gepunktete Pyjamahose anhatte. Nicht besonders sexy. Aber deswegen war er wohl auch nicht hier.

Oder?

Ihr Herz klopfte schneller.

»Ich wollte dir ein paar Dinge erklären«, fing er zögerlich an und fuhr sich durch die Haare. Er wirkte angespannt. »Vielleicht hätte ich nicht ... Ich sollte wieder gehen.« Er sprang auf. Lissi trat auf ihn zu und legte ihm eine Hand auf den Oberarm. »Setz dich wieder. Soll ich was zu trinken holen?«

Er schüttelte den Kopf, nahm aber wieder Platz.

»Kannst du dich vielleicht auch hinsetzen? Irgendwie macht mich das nervös.«

»Ja, natürlich.« Sie ließ sich vor ihm im Schneidersitz auf den Teppich nieder, lehnte sich mit dem Rücken gegen den Rahmen ihres Bettes.

Erwartungsvoll sah sie ihn an. Obwohl der Raum nur spärlich beleuchtet war, sah sie den Schmerz auf seinem Gesicht. »Ich weiß auch nicht, wieso, aber bei dir habe ich das Gefühl, dass ich darüber sprechen kann. Ich habe es noch nie jemandem erzählt.«

Sie schluckte. »Okay.«

Er schaute auf seine Hände. »Tobias und ich. Wir waren passionierte Skitourengänger. Wir haben für die *Patrouille des Glaciers* trainiert. Wir haben da schon zweimal teilgenommen, es ist ein traditionelles Skitourenrennen, das immer Mitte April stattfindet.«

Sie nickte. »Ja?«

»Es hatte Neuschnee gegeben. Das war nicht das Problem, aber ich hatte Fieber. Hatte mich erkältet und lag mit Schüttelfrost im Bett. Ich habe Tobias gebeten, nicht alleine aufzubrechen. Aber …«, seine Stimme brach. Er war mit seinen Gedanken weit entfernt, Lissi glaubte für einen Moment, dass Konstantin ihre Anwesenheit gar nicht mehr bewusst wahrnahm. Deswegen sagte sie nichts. Er räusperte sich, ehe er fortfuhr. »Wir waren am Klein Matterhorn, das Gebiet kannten wir wie unsere Westentasche. Dennoch habe ich versucht, ihn zu überzeugen, nicht zu gehen. Er hat nur gelacht und gesagt, ich solle mich nicht aufregen, ich sei nur neidisch. Wenn er krank wäre, würde ich ja auch gehen. Damit hatte er recht, wir waren uns einfach zu sicher. Ein Fehler, wie sich herausstellte. Als Tobias am Nachmittag dann nicht wie verabredet wieder ins Hotel gekommen ist, habe ich mir erst nichts dabei gedacht. Ich glaubte, dass er noch essen gegangen ist oder was trinken. Aber als er auch am Abend nicht aufgetaucht ist und auch bei seinem Telefon nur die Mailbox ansprang, habe ich angefangen, mir Sorgen zu machen, und habe sofort die Polizei und Bergrettung informiert. Da war es dann natürlich schon dunkel, und die Suche wurde zusätzlich noch durch den vielen Neuschnee und die schlechte Sicht erschwert. Man fing dann sofort an, sein Telefon zu tracken. Tobias' Handy hatte das letzte Signal an der Talstation abgegeben, vermutlich war es zu kalt gewesen an dem Tag, dann geben die Akkus schnell auf.«

Konstantin atmete tief durch und schaute zu Boden. Seine Hände knetete er im Schoß. Lissi sah, dass es ihn zutiefst bewegte, über dieses schreckliche Ereignis zu reden. Sie spürte seine starken Emotionen selbst nahezu körperlich. Gleichzeitig dankte sie ihm still für sein Vertrauen, wagte aber nicht, sich zu rühren oder zu sprechen.

»Die Bergstation liegt auf 3820 Metern. Von dort gibt es Abfahrten Richtung Zermatt und Italien, du kennst das Gebiet ja wahrscheinlich. Hubschrauber konnte man auch am Folgetag wegen des Nebels nicht einsetzen. Man hoffte auf Schönwetter, das kam auch einen Tag später, aber da waren seine Spuren schon verwischt. Es gibt viele Gletscherspalten in der Gegend, da kann schnell was passieren, wenn man einen falschen Schritt macht, eine Sekunde unaufmerksam ist. Es gab weiterhin kein Zeichen von ihm, von da an haben sie mit mehreren Hubschraubern gesucht, wir haben immer noch gehofft, auch wenn die Wahrscheinlichkeit, ihn lebend zu finden, natürlich immer geringer wurde. Bergrettungsspezialisten haben sich in Gletscherspalten abgeseilt, aber nichts. Keine Spur von ihm. Das Gelände ist schwierig, hochalpin und sehr zerklüftet. Irgendwann haben sie aufgegeben, obwohl ich sie angefleht habe, weiterzumachen. Bis heute wissen wir nicht, was passiert ist. Und wo er verunglückt ist.«

Lissi schossen Tränen in die Augen. Natürlich hörte sie gelegentlich von solchen Horrorgeschichten, aber so dicht dran zu sein, Konstantin so leiden zu sehen, war schrecklich. Wie konnte man so eine Tragödie überstehen, ohne durchzudrehen?

»Tobias war zwei Jahre jünger als ich«, fuhr er leise fort. »Ich hätte ihn aufhalten müssen. Er hatte eine Verlobte, sie wollten im nächsten Sommer heiraten. Es ist meine Schuld, dass er nicht mehr lebt. Ich hätte es ihm ausreden müssen. Es ist jetzt sieben Jahre her.«

Konstantin legte sich eine Hand auf die Lider, die er nun zusammengepresst hatte. »Sein Tod hätte verhindert werden können, wenn ich nicht so mit mir und meiner lächerlichen Grippe beschäftigt gewesen wäre.«

Nein, wollte sie schreien, aber kein Laut kam über ihre Lippen. Das stimmte nicht. Ihn traf keine Schuld. Sie atmete tief ein, setzte sich auf die Knie und überlegte, was sie sagen konnte, um ihn zu trösten. Sie griff nach seiner Hand und hielt sie fest.

»Es tut mir leid«, flüsterte sie mit bebender Stimme. »Es tut mir leid, dass du das durchgemacht hast.«

Nun konnte sie besser verstehen, warum er am Morgen auf der Piste so panisch reagiert hatte. Jeder ging anders mit schrecklichen Erlebnissen um. Obwohl er keine Angst vor dem Skifahren als solches hatte, kam er offenbar nicht mehr damit klar, auf Brettern zu stehen und am Berg zu sein. Die Schuldgefühle blockierten ihn.

»Ich wünschte, ich wäre an seiner Stelle«, stieß er hervor und ballte eine Hand zur Faust.

»Sag das nicht.« Sie runzelte die Stirn und schaute ihn eindringlich an.

Ihre Blicke trafen sich. Niemand sprach ein Wort. Er nickte, als ob er entgegnen wollte: *Doch. Ich wäre lieber tot, als hier im Ungewissen zu verharren. Er hatte sein Leben doch noch vor sich!*

Aber das hast du auch, wollte sie ihm entgegenschleudern. Er durfte sich nicht von Vorwürfen zerfressen lassen. Tobias war vielleicht jünger gewesen, aber dennoch erwachsen. Ihr war klar, dass sie das nicht zu Konstantin sagen konnte. Sie kannten sich kaum, und er würde sicher schroff und abweisend reagieren, weil er es nicht hören wollte. Sie verstand ihn, begriff, warum er so fühlte. Sie hoffte, dass sie ihm irgendwie helfen konnte, denn deswegen hatte er es ihr doch erzählt, oder? Die verschiedensten Gedanken schossen ihr durch den Kopf.

Vielleicht konnte sie es schaffen, dass er in den Bergen wieder einen Platz der Ruhe und Kraft fand und nicht immer an das Leid, das er erlebt hatte, erinnert wurde.

Ihr Daumen strich über seinen Handrücken. »Danke, dass du deinen Schmerz mit mir teilst«, sagte sie leise.

»Ich wollte nur, dass du verstehst, warum ich so … komisch war.«

»Es ist der erste Schritt. Wenn du möchtest, helfe ich dir.«

Er zögerte. »Ich glaube nicht, dass ich das wiederholen möchte.«

»Gib dir Zeit. Ich laufe nicht weg. Der Anfang ist immer schwer.«

»Lissi …«

»Sch«, unterbrach sie ihn und legte ihm einen Finger an die Lippen. Er griff nach ihrer Hand, schloss die Augen und schmiegte sich an ihre Wange. Sie konnte seine Bartstoppeln an ihrer Haut fühlen. Es war ein zärtlicher, so intimer Moment, den sie nicht mit den falschen Worten zerstören wollte.

Konstantin erhob sich und zog sie mit auf die Beine. Sie standen sich gegenüber, er hielt noch immer ihre Hand. Lissi sah, wie sein Brustkorb sich hob und senkte. Sie roch seinen unverwechselbaren Duft.

Konstantins andere Hand wanderte an ihrem Rücken entlang und ließ sie erschaudern. Sein heißer Atem strich über ihr Gesicht. Nur noch wenige Zentimeter trennten sie voneinander. Ihr Herz schlug so kräftig gegen ihre Rippen, dass sie sicher war, dass er es hören musste.

Sie schloss ihre Augen und erwartete seinen Kuss. Es war unausweichlich, sie wollte es. Sie wollte es wie nichts zuvor, auch wenn sie wusste, dass es falsch war.

Endlich spürte sie seine Lippen auf ihren. Ein Seufzen schlich sich aus ihrem Mund, während sie zu Wachs unter seinen Liebkosungen wurde.

Und dann krachte etwas. Sehr laut und sehr nah.

Erschrocken fuhren sie auseinander und starrten sich an.

9

»Shit, was war das?«, stieß sie hervor und sprang einen Schritt zurück. Sie atmete schwer und schaute sich hektisch um. »Du musst gehen!«

Als Nächstes schob sie Konstantin zum Fenster. »Sorry, wir reden morgen weiter. Ich bin vielleicht über dreißig, aber meine Eltern sind streng katholisch.«

Konstantin machte ein überraschtes Gesicht, dann lächelte er schwach. Lissi hatte keine Zeit, ihn länger zu mustern, obwohl ihr dieser Ausdruck auf seinen Zügen viel besser gefiel als noch vor ein paar Minuten. Sie öffnete die Balkontür und beförderte ihn mit sanftem Druck nach draußen.

»Gute Nacht«, murmelte er mit rauer Stimme. »Danke, dass du mir zugehört hast.«

Für einen Sekundenbruchteil hörte die Welt auf sich zu drehen. Sie verlor sich in seinem Blick, und ihr Magen reagierte mit einer nervösen Umdrehung. »Wie kommst du überhaupt nach oben?«

Konstantin tippte mit seinem Zeigefinger auf ihre Nasenspitze. »Ich kann gut klettern. Außerdem habt ihr am Haus die perfekte Fassade, um sich ein bisschen auszuprobieren.«

»Gut, dass du kein Einbrecher bist. Und jetzt geh.« Sie lächelte.

Noch während sie das sagte, hörte sie ihren Vater vor ihrer Zimmertür fluchen. »Zefix! Kann mir vielleicht mal jemand helfen?«

Sie sahen sich ein letztes Mal an, ehe sie die Balkontür wieder schloss, die Vorhänge zuzog und in den Flur stürzte, wo ihr Vater schon dabei war, die Scherben der neuen Weihnachtsdekoration aufzusammeln.

»Papa!«, rief sie. »Pass auf, dass du dich nicht schneidest. Was ist denn passiert?«

Er schnaubte. »Ich wollt nur noch mal aufs Klo, da bin ich dagegen gestoßen. Das stand da gestern noch nicht.«

»Hast du kein Licht angemacht?«

»Ich kenne jeden Zentimeter in dieser Wohnung.«

Oder auch nicht. Sie konnte ein Schmunzeln nicht unterdrücken. Endlich tauchte auch ihre Mutter im Nachthemd auf. »Georg!« Sie schlug die Hände vor dem Mund zusammen. »Das Windlicht habe ich gestern erst neu gekauft.«

Lissi zog den Kopf ein. Das war jetzt wohl nicht der richtige Moment, ihm das noch einmal unter die Nase zu reiben. »Wieso geht ihr nicht wieder ins Bett, und ich kümmere mich um das Missgeschick.«

»Missgeschick«, brummte Georg und stand auf. »Gott sei Dank habe ich Pantoffeln an, sonst hätte ich mir längst die ganzen Fußsohlen aufgeschnitten.«

Das war ebenfalls nicht hilfreich. Lissi seufzte. »Guter Hinweis. Ich ziehe mir eben Hausschuhe an, dann mache ich das.«

Als sie zurückkam, hatte ihre Mutter bereits ein Kehrblech mit Besen geholt und einen Mülleimer. »Ich hab' doch ...«, fing Lissi an.

»Schon gut. Du hast es ja nicht zerdeppert. Hast du eben noch geskypt?«, fragte sie und schaute zu ihr auf.

Lissi Wangen brannten. »Ich, äh, nö.«

»Mir war so, als hätte ich Stimmen gehört.«

Gott, sie war so doof. Sie hätte einfach Ja sagen sollen. »Äh, FaceTime, Mama. FaceTime. Skype nutzt keiner mehr.«

»Wirklich?« Johanna Reisinger runzelte die Stirn. »So was kriegen wir ja gar nicht mit. Was ist bloß aus dem guten alten Telefon geworden?«

»So ist es eben günstiger.«

Lissi war froh, dass ihre Mutter nicht weiter nachgefragt hatte. Unglaublich, in ihren ganzen einunddreißig Jahren hatte noch nie jemand bei ihr »gefensterlt«. Okay, Konstantin war nicht bei ihr eingestiegen, um unanständige Dinge mit ihr zu tun, und doch wäre es beinahe dazu gekommen. Sie musste verrückt geworden sein, dass sie das zugelassen hatte.

Ja, manchmal war es eben doch nicht nur praktisch, dass sie auch nach dem Ende ihrer Karriere immer noch bei ihren Eltern wohnte. *Tja,* überlegte sie, *vielleicht war es an der Zeit, dieses Thema endlich anzugehen.*

Nur um mit Konstantin die Nächte zu verbringen?

Sie spürte, dass sie schon wieder rot anlief. Das konnte ja wohl nicht das schlagende Argument dafür sein, dass sie bei ihren Eltern auszog. Außerdem fragte sie sich, bei wie vielen Frauen er nachts noch ans Fenster klopfte. Sie erinnerte sich leider noch sehr gut an das Bild, wie er mit einer sehr hübschen Dame aus dem Tannberger Hof gekommen war. Kopfschüttelnd nahm sie ihrer Mutter die Kehrschaufel ab und scheuchte sie energisch davon. »Den Rest kann ich allein.«

Das Fegen und Sammeln hatte etwas Beruhigendes, obwohl sie nicht aufhören konnte, an Konstantin zu denken. Was er wohl gerade machte?

Nach einer Nacht, in der sie sich mindestens die Hälfte der Zeit von rechts nach links geworfen hatte, ohne in den Schlaf zu finden, grübelte sie immer noch. Lissi saß mit einem Verlängerten im Gastraum und starrte auf das mit Marmelade beschmierte Brötchen vor sich. Zu ihrer Überraschung tauchte ihr Vater, ebenfalls mit einer Tasse Kaffee in der Hand, bei ihr auf und setzte sich.

»Guten Morgen«, grüßte sie.

»Guten Morgen.«

»Alles in Ordnung?«

»Ja, wieso?«

»Ich weiß nicht …«

»Ich wollte schon seit ein paar Tagen mit dir reden.«

»Ach ja?«

»Ich habe mir mal ein paar Gedanken gemacht. Wegen dem, was du immer sagst.« Sie verstand nicht ganz, was er meinte, schwieg aber. »Na, wegen der Modernisierungen und so.«

Sie wurde hellhörig. »Okay?«

»Vielleicht hast du nicht ganz unrecht. Die Pension Schneeglöckchen ist ein bisschen in die Jahre gekommen.«

Sie trank von ihrem Kaffee und überlegte, ob sie sich kneifen sollte. Woher kam der plötzliche Sinneswandel?

»Und was hast du vor?«

»Es ist ja so, die Kosten würden für uns ja den Rahmen total sprengen.«

Nun kam das wieder. »Dafür gibt es Banken.«

Er winkte ab. »Du weißt, was ich davon halte. Alles Verbrecher.«

Lissi verdrehte die Augen. »Und was ist dein Plan?«

In diesem Moment kam jemand in den Gastraum. Lissi nahm zuerst die dunkle Kleidung wahr, dann schaute sie in Peter Höflingers Gesicht. Was wollte der denn hier? Sie kannte den Typen. Er war ein reicher Pinkel aus Salzburg, der nicht wusste, was er mit seinem Geld und seiner Zeit anstellen sollte. Sofort wurde sie misstrauisch.

»Papa?«, fragte sie.

»Ah, guten Morgen«, grüßte ihr Vater und erhob sich.

»Ladies First«, sagte Peter Höflinger und wandte sich an Lissi. Sie schüttelte ihm widerwillig die Hand. Ja, er sah gut aus. Er war groß, dunkelhaarig und hatte wache Augen. Aber sie hatte schon von seinen Methoden gehört. Mit ihm wollte sie keine Geschäfte machen. Hoffentlich sah ihr Vater das auch so. Sie fürchtete jedoch, dass dem nicht so war.

Nach einem kurzen Austausch von Höflichkeiten bat Georg seine Tochter, dem Gast eine Tasse Kaffee zu servieren. »Natürlich, bringe ich gleich.«

»Hatten Sie schon Zeit, über mein Angebot nachzudenken, Herr Reisinger?«

Peter Höflingers aalglattes Auftreten war ihr zuwider.

»Welches Angebot?«, fragte sie. Ihre Stimme klang dabei unnatürlich hoch.

»Sie haben Ihrer Tochter noch nicht gesagt, dass Sie die Pension verkaufen wollen?«

Lissi blieb die Luft weg. Wie bitte? Sie musste sich ja wohl gerade verhört haben.

»Verkaufen?« Sie schaute ihren Vater an. »Papa?«

Er wich ihrem Blick aus. Das genügte. »Das kannst du nicht machen!«

»Lissi«, bat er mit angespannter Miene. »Nicht jetzt.«

»Nein? Wann dann?«

Herr Höflinger trommelte mit den Fingern auf die Tischplatte. »Wenn Sie wollen, kann ich auch später wiederkommen. Ich bin über die Feiertage in Lech.«

Sie wollte ihm sein süffisantes Grinsen mit einem nassen Lappen aus dem Gesicht wischen. Was für ein Kotzbrocken.

»Nein, nein. Auf keinen Fall. Lissi, bitte lass uns allein.«

Sie merkte, dass sie hochrot anlief. Schickte ihr Vater sie weg, um die Pension, die sie über alles liebte, zu verkaufen? Ihr Elternhaus. Was sagte überhaupt ihre Mutter dazu?

Das konnte doch wohl nicht wahr sein. Ihr Mund öffnete und schloss sich wieder, sie wollte ihrem Vater gerade etwas Unflätiges an den Kopf werfen, als ein paar Gäste zum Frühstück kamen. Sie riss sich am Riemen, aber sie konnte keine Minute länger mit diesen beiden in einem Raum verbringen. Ungehalten stürmte sie davon. Auf dem Flur stieß sie mit jemandem zusammen. Sie wollte gerade ein »Entschuldigung« murmeln, als dieser Jemand sie an den Schultern festhielt.

»Lissi?« Konstantins beruhigender Tonfall ließ sie innehalten. »Ist alles in Ordnung?«

Wie konnte er sie so wenig kennen und doch sofort Bescheid wissen, was in ihr vorging? Mit zitternder Unterlippe hob sie ihren Kopf und sah ihm direkt in die Augen. »Nein. Nein, das ist es ganz und gar nicht.«

Und dann fiel ihr ein, dass er ganz andere Sorgen hatte. Sie war egoistisch und benahm sich wie ein Kind. Aber was sollte sie tun? Das Schneeglöckchen bedeutete ihr alles, sie hatte ihre Zukunft immer hier gesehen.

Er sagte nichts, hielt sie einfach an den Schultern fest und betrachtete sie, als wäre sie der einzige Mensch auf Erden, der ihm wichtig war. In dieser Sekunde wurde Lissi klar, dass sie längst tiefer im Mist saß, als sie bislang angenommen hatte. Sie war dabei, sich in Konstantin zu verlieben, und das, obwohl mannigfaltige Gründe dagegensprachen. Aber dem Herzen waren Logik und Verstand egal. Leider.

»Schon gut«, gab sie wenig überzeugend zurück. »Ich …«

»Lissi«, unterbrach er sie sanft und umfasste ihr Kinn. »Es sieht nicht danach aus.«

In ihrem Kopf drehte sich alles. Sie wollte ja mit ihm reden, aber sie wusste gar nicht so genau, worüber. Eben war eine Welt für sie zusammengebrochen, und gleichzeitig dachte sie kaum an etwas anderes als daran, wie es wäre, sich in seine Arme zu werfen und an seine breite Brust zu schmiegen. Wie es wäre, wenn sie jemanden hätte, mit dem sie ihr Leben, ihre Sorgen und Hoffnung teilen konnte. Wenn dieser Jemand Konstantin wäre.

Es ging nicht. Sie wusste es. Dennoch schlug ihr Herz Kapriolen, ihr war schwindelig. Sie brauchte frische Luft und Abstand. Sie würde es ihm später erklären.

Das mit der Pension. Nicht ihre Gefühle. Es ging nicht. Es durfte nicht sein.

Sie drehte sich weg und verschwand ohne ein weiteres Wort in den Keller. Gut, dass sie gleich zur Arbeit musste. Vielleicht würde sie da wieder einen klaren Kopf bekommen.

Sie hoffte es.

Konstantin blickte Lissi nachdenklich hinterher. Was war nur los mit ihr? Sie war völlig aufgelöst gewesen. Für einen Augenblick überlegte er, ob er ihr nachlaufen sollte, entschied sich dann aber dagegen. Er hatte kein Recht dazu, sich in ihre Angelegenheiten einzumischen. Hatte er nicht genug eigene Probleme, die er nicht lösen konnte? Zwei davon waren in Kürze auf dem Weg nach Lech: seine Eltern. Ein paar Tage Aufschub blieben ihm noch, aber Weihnachten stand vor der Tür.

Vielleicht liegt es ja daran, dachte er. *Vielleicht ist es einfach zu viel Stress für sie*.

Er glaubte nicht, dass Lissi Reisinger vom Weihnachtsgeschäft gestresst sein konnte, zumal die meisten Gäste erst morgen, am Samstag, anreisten. Und doch konnte er sich keinen Reim auf ihr Verhalten machen.

Es geht dich nichts an, sagte ein Stimmchen zu ihm.

Er wollte aber, dass es ihn etwas anging.

Der Gedanke tauchte so plötzlich in seinem Kopf auf, dass er zusammenzuckte. Das war nicht gut. Gar nicht gut. Aber er hatte es in den letzten Tagen schon bemerkt. Wenn er draußen unterwegs war, sah er sich nach ihr um. In der Pension sowieso. Lissi Reisinger ging ihm unter die Haut. Er begehrte sie. Das war leider noch nicht alles. Er fing an, sich für sie, für ihr Leben zu interessieren. Und sie war die Erste, der er von Tobias erzählt hatte. Üblicherweise vermied er Gespräche wie diese, weil es zu weh tat. Weil er noch nicht so weit war. Bis gestern jedenfalls. Dabei war ihm bewusst, dass es an Lissi lag und nicht daran, dass er sich mit seinen psychischen Problemen befasst hatte. Die versuchte er seit Jahren zu verdrängen – erfolglos. Mit ihr war es einfach anders, alles war anders.

Konstantin rieb sich über die Stirn. Er hatte keine Ahnung, was er mit dieser Erkenntnis anfangen sollte. Sollte er seinem Sehnen nachgeben und mit Lissi … Nein, er wollte keine Beziehung, er würde es nicht ertragen, noch einmal einen geliebten Menschen zu verlieren. Und selbst wenn, es ging nicht, weil er hier nicht bleiben konnte. Weil er hier nicht bleiben wollte, er musste wieder für »Ärzte ohne Grenzen« ins Ausland. Es gab zu viele Orte auf dieser Erde, an denen seine Hilfe gebraucht wurde. Und – das hatte ihm der gestrige Tag deutlich gezeigt – er würde es nicht aushalten, an einem Ort wie hier zu leben. Schnee, die Berge, die Idylle. All das konnte er nicht mehr genießen, für ihn war es, wie in seinem schlimmsten Alptraum gefangen zu sein. Zumindest teilweise.

Seufzend ging er in den Speiseraum. Er wünschte einen guten Morgen in die Runde und setzte sich an einen freien Tisch. Appetit hatte er keinen, aber er wollte dennoch etwas essen. Sich zu benehmen, als sei sein Leben normal, half ihm dabei, so zu tun, als hätte er alles im Griff. Erst dann fiel ihm auf, dass Lissis Vater mit dem gleichen Mann sprach, den er schon vor ein paar Tagen in der Krone gesehen hatte. Hatte der ihre Laune so dermaßen verdorben? Er wusste es nicht, aber er hatte ein sehr starkes Gefühl, dass er wenigstens teilweise damit zu tun haben musste.

Schon auf dem Weg zur Praxis fiel ihm auf, dass die Stadt heute deutlich belebter war als noch am Vortag. Mit jedem Auto, das an ihm vorbeirollte, füllte sich das kleine Örtchen ein wenig mehr. Das Wetter war allerdings nicht besonders weihnachtlich. Es waren plus fünf Grad, auf der Straße hatte sich ein Schmierfilm aus angetautem Schnee und Wasser gebildet. Der Himmel war wolkenverhangen und grau.

Das Wartezimmer war, als er eintraf, schon halb voll. Es war gut, viel zu tun zu haben, so konnte er endlich die Grübeleien abstellen.

Gegen Mittag saß er in Raum drei, als die Tür aufging und Dr. Gruber eintrat. Er war gut gelaunt und sein Gesicht von der Sonne gebräunt. »Grüße Sie, Dr. Waichinger.«

Konstantin machte große Augen. »Oh, hallo!«

Warum war er hier? Hatte er seine Pläne geändert und war schon vorzeitig wieder zurückgekehrt? Das würde bedeuten, dass er abreisen konnte.

Ein ganz merkwürdiges Gefühl breitete sich in seiner Magengrube aus. Bislang hatte er immer gedacht, dass er es kaum abwarten könnte, bis der Winter und damit seine Zeit hier vorbei waren. Aber jetzt? Er war verwirrt.

Dr. Gruber reichte ihm seine Rechte. Konstantin stand auf und erwiderte den Händedruck. »Sie sehen gut erholt aus«, sagte er ganz unverbindlich.

»Danke, danke. Das Leben ist schön.«

»Hier läuft alles, aber es war natürlich noch nicht so viel los. Saisonstart und so.«

Dr. Gruber nickte. »Natürlich. Wir sind über die Feiertage heimgekommen, die Kinder und Enkel haben so lange genervt. Sie verstehen.« Er lachte. »Aber dann sind wir auch wieder unterwegs, Mauritius steht auf dem Plan.«

Konstantin hatte Bilder von der Trauminsel gesehen. Ihn hatten Urlaube dieser Art nie gereizt. »Wunderbar«, gab er dennoch zurück.

»Und Sie? Bei Ihnen alles in Ordnung? Haben Sie sich gut eingelebt?«

»Ja, absolut.« Er fragte sich, ob auf seiner Stirn stand, dass er schon in den wenigen Tagen, in denen er hier war, Mist gebaut hatte. Oder zumindest beinahe.

»Super, das freut mich. Habe ich mir aber auch gedacht, sonst hätten Sie sich ja gemeldet.«

»Eben.« Konstantin nickte zustimmend.

»Was machen Sie denn an Heilig Abend? Wenn Sie noch nichts vorhaben, kommen Sie doch gerne zu uns. Wir haben das Haus zwar voll, aber für einen mehr ist immer noch Platz am Tisch.«

Konstantin war baff, gleichzeitig überlegte er, welchen Grund er vorschieben konnte, damit er nicht mit den Grubers feiern musste. »Leider bin ich tatsächlich schon eingeladen.«

Dr. Gruber stieß einen leisen Pfiff aus. »Na, das habe ich fast schon vermutet. Es war ja auch sehr spontan. Sehr schade, sehr schade. Zu gern hätte ich mich ein wenig mit Ihnen unterhalten. Aber da kann man wohl nichts machen. Wie sieht es denn heute aus?«

Gott, der Mann war hartnäckig. Konstantin schmunzelte. »Sehr gern. Heute habe ich noch nichts weiter vor.« Außerdem war es gut, ein wenig unter Menschen zu kommen, die nicht Lissi hießen. Vielleicht würde etwas Abstand ja helfen, ihn von seiner beginnenden Besessenheit zu befreien.

»Wunderbar. Das freut mich sehr. Dann erwarten wir Sie gegen halb acht. Passt das?«

»Sehr gern. Danke für die Einladung.«

Konstantin notierte sich noch die Adresse, dann räumte Dr. Gruber das Feld für seinen nächsten Patienten. Eine Mittfünfzigerin mit Fersensporn, sie hatte Probleme mit dem Skischuh. Da konnte er nicht viel tun, außer Schmerzmittel zu verordnen. Eine Operation kam hier nicht infrage, so etwas war ein langwieriger Prozess mit nicht unbedingt guten Aussichten.

Nach Feierabend hatte er noch ein wenig Zeit. Da er noch etwas für Frau Gruber besorgen wollte, ging er zum Pfefferkorn, einem Supermarkt mit anliegender Parfümerie. Er ließ sich beraten und wählte einen Duft, der gerne von reiferen Damen gekauft wurde. Mit seinem Tütchen setzte er sich an die Bar vor dem Laden und bestellte einen Jagertee.

»Hallo«, hörte er jemanden rufen und hob den Kopf.

Erik stand zwei Meter von ihm entfernt und nickte ihm zu. »Hallo Erik«, gab er zurück.

»Schon Feierabend?«

»Ja. Und du?«

»Ich muss mir Mut antrinken«, gab er ehrlich zu und hielt seine Tasse hoch.

Konstantin hob eine Augenbraue. »Wieso? Wenn ich fragen darf?«

»Lissi war eben bei mir im Büro, sie war total aufgelöst.«

Er erinnerte sich an den Morgen, wie sie ihm mit Tränen in den Augen in die Arme gelaufen war. »Was ist los?«

Erik trat näher und senkte die Stimme. »Mein Vater hat da so eine blöde Idee.« Er seufzte. »Er will die Pension verkaufen.«

Konstantin riss die Augen auf. »Was? Wieso denn?«

»Es ist schwierig mit ihm. Lissi ist der festen Überzeugung, dass man alles modernisieren müsste. Ich übrigens auch. Aber meine Eltern sind konservativ, hegen und pflegen alles, aber das reicht manchmal eben nicht mehr. Ich selbst hatte ja das Glück, dass meine Frau ein Hotel mit in die Ehe gebracht hat. Nicht, dass ich sie deswegen geheiratet hätte!« Er lachte und trank noch einen Schluck. »Jedenfalls standen wir vor einem ähnlichen Problem. Es war alles alt. Das ging nicht mehr. Wir haben einen großen Kredit aufgenommen, einen sehr großen, und haben uns mit der Modernisierung schwer verschuldet. Meine Eltern waren immer dagegen, wir haben es trotzdem gemacht. Das Geschäft ist nicht immer leicht, aber wir lieben es. Drum kann Lissi nicht verstehen, warum meine Eltern – meine Mutter ist immer der Meinung meines Vaters, auch wenn sie so patent wirkt – sich so wehren.«

Konstantin nickte. »Eine andere Generation.« Er konnte selbst ein Lied davon singen, wie es war, ein schwieriges Verhältnis zu seinen Eltern zu haben, obwohl er hier Äpfel mit Birnen verglich, deshalb sagte er nichts dazu.

»Lissi ist am Boden zerstört, sie hatte immer gedacht, dass sie die Pension einmal weiterführen könnte.«

»Das verstehe ich. Was ist dann mit der Arbeit als Skilehrerin?«

»Das könnte sie ja immer noch. Sie wollte eben Leute einstellen für die Rezeption und so. Da ist mein Papa strikt dagegen.«

»Es wäre ja ihre Sache.«

»Ja, aber so weit ist es noch nicht.« Erik trank noch einen Schluck. »Jedenfalls ist jetzt gleich Familiensitzung zu Hause. Ich soll auch kommen, irgendwie betrifft es mich ja auch. Ich bin da groß geworden.«

»Klar. Aber warum will er denn verkaufen?«

»Der Drecksack hat ihm bestimmt ein hübsches Sümmchen angeboten. Ein paar Millionen ist die Pension schon wert. Lech ist teuer, wird immer beliebter, bei uns ist es schneesicher, weil wir so hoch liegen.«

»Verstehe.«

»Aber er kann das doch nicht einfach machen! Es ist auch unser Erbe, unsere Zukunft, unser Land. Wir sind aus Lech. Dieser Höflinger kommt nicht von hier. Der wird die Pension abreißen und ein Riesenhotel bauen. So was macht die familiäre Atmosphäre kaputt. Schau dir doch mal die französischen Skiorte an. Schrecklich. Nein, so soll es bei uns nicht werden.«

Konstantin begriff, worauf Erik hinauswollte. »Dann müsst ihr es eurem Vater ausreden.«

»Das werden wir versuchen.« Lissis Bruder trank aus und knallte die Tasse auf den Tresen. »Ich muss auch leider los.« Sein Blick fiel auf die Tüte mit dem Päckchen. »Oh, schon eine Herzdame gefunden? Respekt! Schönen Abend noch.«

Konstantin blieb keine Zeit, zu erklären, dass das Geschenk für die Frau seines Chefs war. Er zog eine Grimasse. Gut, er würde sicher nicht gleich zu Lissi rennen und damit hausieren gehen.

Moment mal. Selbst wenn, es konnte ihm egal sein, denn mit Lissi würde nichts laufen. Nie.

10

»Stille Nacht, heilige Nacht …«, tönte es aus dem Radio. Konstantin konnte es nicht mehr hören. Er hoffte, dass dieses unsägliche Fest bald vorbei wäre. Noch saß er in der Praxis, aber nicht mehr lange, denn heute schlossen sie schon um vier.

Es klopfte an der Tür. »Entschuldigung«, sagte Franzi und steckte ihren Kopf herein. »Wir haben hier noch einen kleinen Notfall.«

Er blickte auf. »Was ist es denn?«

Sie stieß die Tür auf, hinter ihr stand Magda, sie hatte ihre rechte Hand mit einem Handtuch umwickelt.

»Nur ein Kratzer«, sagte diese nun mit ihrem starken Akzent. »Aber Johanna hat mich gezwungen herzukommen.«

»Weil sie einen tiefen Schnitt hat«, fügte Franzi mit einem wissenden Blick an. »Geh ruhig rein, Magda. Der Doktor beißt nicht.«

»Komm mal rein, damit ich mir die Hand ansehen kann.«

»Es ist der Finger …« Franzi schob Magda förmlich ins Behandlungszimmer. Die Polin war blass und wirkte verängstigt.

Konstantin zeigte auf die Liege. »Bitte, setz dich doch.«

Magda folgte seiner Aufforderung. Eine Sekunde später wollte sie wieder aufspringen, aber Konstantin drückte sie sanft an der Schulter zurück. »Lass mich mal sehen.«

Sie presste ihre Lippen aufeinander und hielt ihm die umwickelte Hand hin. »Ich sag doch, es ist nichts.« Da war er anderer Meinung. Das war alles andere als nichts. Der Schnitt musste wirklich tief sein, denn das Handtuch war bereits durchgeweicht. »Franzi, gibst du mir mal Handschuhe, bitte?«

Wortlos überreichte sie ihm ein Paar in Größe L. Nachdem er hineingeschlüpft war, wickelte er den provisorischen Verband ab.

O je. Das sah übel aus. »Wie ist das passiert?«

»Ich habe das Rinderfilet pariert, da bin ich abgerutscht.« Magdas Stimme war dünn.

»Wenn du kein Blut sehen kannst, mach die Augen zu.«

Sie schloss die Lider.

»Ich fürchte, das müssen wir nähen.«

»Was? Das geht nicht. Ich muss zurück. Heute ist Weihnachten, da kann ich nicht stundenlang hier herumsitzen.«

Magda hatte ihre Augen wieder aufgerissen und war im Begriff, aufzustehen. Sofort tropfte Blut auf den Boden.

Konstantin atmete durch. So einfühlsam wie möglich sprach er weiter. »Magda, ich fürchte, der Abend ist für dich gelaufen. Die Hand muss ruhen. Erst muss ich es desinfizieren und dann nähen. Du bekommst eine Spritze, danach spürst du nichts.«

»Hör mal, Junge. Hast du nicht gehört, was ich gesagt habe? Heute ist neben Silvester der wichtigste Tag der Saison. Da kann ich nicht hier sitzen und so tun, als wäre ich krank.«

Franzi fing bereits an, die Instrumente und Betäubungsspritze bereitzulegen, er war ihr sehr dankbar.

»Ich verspreche dir, dass wir das auch so hinbekommen. Zur Not helfe ich in der Küche«, scherzte er.

Magda hob eine Augenbraue. Wie ein General musterte sie ihn, plötzlich ganz ruhig. »Wirklich?«

Konstantin nickte. »Ja. Ehrlich.«

»Du kannst kochen?«

Er verzog das Gesicht. »Na ja …«

Sie stieß einen übel klingenden Fluch auf Polnisch aus, dann stöhnte sie theatralisch. »Ich kann nicht glauben, dass mir das passiert. Im ganzen Leben …«

»Magda«, unterbrach er sie. »Ich kann zwar nicht kochen, aber ich kann spülen, aufräumen, sicher auch Gemüse schnippeln oder so.«

»Oder so«, wiederholte sie mit spitzer Stimme. Da sie aber keine Anstalten mehr machte, davonzulaufen, schien sie sich in ihr Schicksal zu fügen.

»Franzi, ruf doch bitte in der Pension an und sag, dass Magda genäht werden muss, dass sie schon mal mit dem Kochen weitermachen sollen. Ich springe dann als Küchenhilfe für den Abend mit ein.«

Sollte Franzi sich wundern, so war sie immerhin so taktvoll, sich nichts anmerken zu lassen. Konstantin war sich des vollen Ausmaßes seines Versprechens noch nicht bewusst, aber etwas Besseres war ihm nicht eingefallen, um die rundliche Dame vor ihm zu beruhigen. Und die paar Stunden in der Küche würden ihn von seinen eigenen Problemen ablenken. Vermutlich war es gar nicht so schlecht, wenn er was zu tun hatte und nicht alleine auf seinem Zimmer grübelte – so wie es geplant gewesen war.

»So, und jetzt säubere ich die Wunde, Achtung, es wird kalt.«

Magda versuchte tapfer zu sein. Konstantin sprühte Desinfektionsmittel in die Wunde. »Und jetzt kommt die Spritze. Ein kleiner Pieks.«

Fünfzehn Minuten später war Magda verarztet, aber immer noch völlig durch den Wind. »Und jetzt verordne ich dir noch einen Schnaps.«

Sie schaute ihn erstaunt an.

»Um deine Nerven zu beruhigen«, fügte er an.

Sie atmete hörbar aus. »Das werde ich mein Lebtag nicht vergessen. Schlimm ist das. Schlimm.«

Er klopfte ihr freundschaftlich auf die Schulter. »Soll ich dich begleiten?«

»Schlimm genug, dass ich zu blöd bin, um mit einem Messer umzugehen. Ich lasse mich nicht auch noch vom Arzt nach Hause bringen: Willst du mir vielleicht noch einen Rollator geben?«

Beinahe hätte er gesagt, dass sie ja nichts am Fuß hätte, aber ihm war klar, dass sie noch keine Scherze über ihr Missgeschick vertragen konnte. »Okay, Magda. Dann geh doch schon mal vor. Aber wehe, ich erwische dich gleich in der Küche.«

Sie warf ihm einen finsteren Blick zu und verließ das Behandlungszimmer. »Danke«, murmelte sie noch.

»Das kommt überhaupt nicht infrage!« Johanna Reisinger schüttelte vehement den Kopf. »Du wirst schön, wie die anderen auch, den Abend genießen.«

Lissi stand vielbeschäftigt am Herd und tat so, als ob es sie nichts anginge. Konstantin fragte sich, wie wohl das Familiengespräch gelaufen war. Sie hatten sich seitdem nicht gesehen.

»Ich habe es Magda versprochen«, beharrte er und fing an, sich die Ärmel seines weißen Hemdes hochzukrempeln.

»Das ist ein Ding der Unmööököglichkeit.« Johanna Reisinger zog das letzte Wort dermaßen in die Länge, dass er beinahe lachen musste.

»Bitte, es ist doch keine große Sache. Ich helfe gern. Außerdem wäre ich sonst ganz alleine. So bin ich wenigstens in Gesellschaft, und etwas gutes Essen bekomme ich hier ja auch nebenbei. Oder?«

Lissis Mutter fächelte sich Luft zu. In der Küche war es heiß und stickig, es duftete nach Fleisch, Rotkohl, Soße und Gewürzen. Magdas Unfall war wirklich zu einem ungünstigen Zeitpunkt erfolgt. Er sah, dass Johanna mit sich haderte.

»Bitte, es würde mir eine Freude machen, wenn ich helfen könnte. Ich versalze auch nicht die Suppe«, versprach er mit einem breiten Lächeln.

»Mama, nun lass ihn halt. Wenn er so viel Wert darauf legt. Wir könnten wirklich noch zwei helfende Hände gebrauchen. Hier stapelt sich schon alles, und der erste Gang ist noch nicht mal raus«, mischte Lissi sich nun doch ein.

»Siehst du, Lissi stimmt mir zu.«

Johanna seufzte. »Na gut. Aber nur unter einer Bedingung.«

»Welche?«

»Lissi hat mir erzählt, dass du gar kein so untalentierter Skifahrer bist. Du kannst uns helfen, wenn dir Lissi im Gegenzug noch ein paar Skistunden zum Ausgleich gibt. Damit du auch was davon hast, dass du hier in einem Skiort gelandet bist.«

Nur über seine Leiche.

»Nein«, sagten er und Lissi gleichzeitig.

Johanna verschränkte die Arme vor ihrer Brust. »Dann raus aus meiner Küche, Konstantin. Auf einseitige Deals lasse ich mich hier nicht ein.«

Lissi schnappte nach Luft. »Deals! Seit wann benutzt du solche Wörter, Mama?«

Er konnte es nicht glauben. Johanna meinte es wirklich ernst.

Jetzt konnte er sich aussuchen, ob er von Magda gevierteilt werden wollte, weil er sich nicht an sein Versprechen hielt. Oder ob er sich seinen Ängsten stellen konnte, wenn er noch einmal den Weg auf Skiern wagte.

»Na schön«, hörte er sich sagen. »Dann machen wir das so.«

»Hallo? Ich habe nicht Ja gesagt«, brummte Lissi.

Johanna gab ihrer Tochter einen spielerischen Klaps auf den Hintern. »Ach, komm, wir haben keine Zeit für so einen Quatsch. Natürlich tust du das. Und jetzt kümmern wir uns um die wesentlichen Dinge. Konstantin, der Berg Geschirr da«, sie deutete auf das Waschbecken und die Arbeitsfläche daneben, »ist deiner. Die Maschine läuft, aber Töpfe und Pfannen dürfen da auch nicht rein.«

»Jawohl, Ma'am«, gab er zurück.

Sie verließ die Küche und kehrte kurz darauf mit einer Schürze zurück. »Hier, zieh die an.«

Er hob eine Augenbraue und las die Aufschrift. »Küchenmeister.«

»Ernsthaft?«

»Ja, ernsthaft.«

»Na schön.« Er seufzte leise, band sich aber die Schürze um.

So arbeiteten sie nebeneinander her. Irgendwann – da schwitzte er bereits so stark, dass ihm immer wieder ein Tropfen an der Stirn herunterlief – stellte jemand ein Glas Rotwein neben ihm ab. Er blickte auf. »Danke«, sagte er zu Lissi.

Sie lächelte zaghaft. »Sieht ganz gut aus bei dir.«

»Wenn ich eins kann, dann spülen.«

»Sehr gut. Weiter so.« Sie zwinkerte ihm zu und machte sich dann daran, die Suppe anzurichten. »Wenn der Hauptgang erst mal durch ist, wird's besser.«

Immer wieder scherzten sie, wechselten ein paar Worte oder warfen sich verstohlene Blicke zu. Johanna bekam von Letzterem zum Glück nichts mit, denn sie war ganz und gar aufs Kochen konzentriert. Konstantin fühlte sich wohl in dieser Küche. Und das, obwohl er Haus- oder Küchenarbeit sonst wie die Pest hasste. In diesem Fall machte er eine Ausnahme. Das Essen hatte auch im Stehen köstlich geschmeckt und der Rotwein ebenfalls. Sogar Lissi hatte sich, nachdem das Rinderfilet rausgegangen war, ein Glas gegönnt. Wenn er ganz ehrlich zu sich war, hatte er nie ein entspannteres Weihnachtsfest erlebt. Das gab ihm zu denken. Auch zu der Zeit, als sein Bruder noch gelebt hatte, war es anstrengend und aufgesetzt gewesen. Bei seinen Eltern galt immer der Schein mehr als das Sein. Er hatte sich häufig so gefühlt, als ob sie die Bilder aus einem Werbeprospekt nachstellten, die mustergültige Familie. Seit dem Tod seines Bruders war das alles nur noch schlimmer geworden. Nach außen hin musste alles perfekt sein; er konnte es nur noch schwer ertragen.

Lissis Fußsohlen brannten, ihr Rücken tat weh, und sie fühlte sich klebrig am ganzen Körper, als das letzte Dessert serviert worden war.

»Mama, jetzt wird es Zeit, dass ihr mit den Gästen mal ein Glaserl trinkt«, sagte sie, als sie in die Küche zurückkam. Konstantin saß auf der Arbeitsfläche und löffelte seine doppelte Mousse au Chocolat. Die hatte er sich redlich verdient. Anfangs hatte sie gedacht, dass er sicher nach einer halben Stunde das Handtuch werfen würde. Er hatte durchgehalten, und nicht nur das, er hatte hart gearbeitet.

»Der Papa ist ja schon dabei«, gab ihre Mutter zurück.

»Du auch. Du gehörst dazu.« Dass sie sich drücken wollte, ging gar nicht. Schlimm genug, dass der Haussegen wegen dieser blöden Verkaufssache schief hing, aber ihre Mutter sollte sich trotzdem auch um die Gäste kümmern.

»Ja, ich geh' mich kurz frischmachen.« Sie zögerte. »Kommt ihr hier zurecht?«

»Natürlich«, mischte sich nun Konstantin mit ein. »Geh nur. Es ist ja jetzt nicht mehr viel.«

Beinahe hätte Lissi gelacht. Nicht mehr viel?

Die Küche sah aus wie ein Schlachtfeld, aber sie sparte sich einen Kommentar. Es war egal, denn es war geschafft. Das Aufräumen lief nicht weg.

Für den Service hatten sie heute Hilfe, um die Getränke kümmerte sich Nina, die hin und wieder mal aushalf. Zum Glück hatten sie sich diesbezüglich nach Magdas Ausfall nicht auch noch Sorgen machen müssen.

»Na gut. Dann sage ich erst einmal danke an dich.« Sie ging zu Konstantin und umarmte ihn. »Frohe Weihnachten, mein Lieber. Ohne dich wären wir ins Schwimmen gekommen. Lissi, schenk ihm doch noch ein bisschen Rotwein nach. Oder einen Cognac?«

»Frohe Weihnachten. Ich habe es wirklich gern gemacht. Und Rotwein ist wunderbar, danke.«

»Gut, dann verschwinde ich jetzt. Bis dann.«

Und dann waren sie alleine.

Lissi griff nach der Rotweinflasche und schenkte erst ihm, dann sich nach. Sie hob ihr Glas und sah ihn an. »Prost. Und … frohe Weihnachten.«

Ihr Herz klopfte unter seinem durchdringenden Blick schneller. Ihr wurde noch heißer, als es ohnehin schon war.

»Prost«, sagte er und schlug sein Glas leicht gegen ihres. »Es war schön mit euch.«

»Wirklich?« Sie runzelte die Stirn. »Man könnte sich wohl etwas Netteres vorstellen, als den ganzen Abend in der Küche zu schuften.«

Er zuckte mit der Schulter. »Ich wüsste nicht, was.« Seine Mundwinkel bogen sich nach oben, dann trank er.

Beinahe hätte sie gesagt, dass er ein komischer Kauz wäre. Im letzten Moment biss sie sich auf die Unterlippe und schwieg.

Er musste es falsch interpretieren, denn er fragte: »Wie lief die Familiensitzung?«

»Woher weißt du denn davon?«

»Ich habe zufällig Erik getroffen. Außerdem habe ich ja gesehen, dass was nicht stimmte. Willst du darüber reden?«

Sie schüttelte den Kopf. »Nicht wirklich.«

Konstantin trat einen Schritt auf sie zu. »Komm schon. Ich habe dir mein Herz ausgeschüttet, jetzt bist du dran.«

Lissi überlegte. Um Zeit zu gewinnen, trank sie noch einen Schluck. Der Rotwein war kräftig und ihr zu Kopf gestiegen, denn sie hatte sich auch beim Kochen bereits ein Glas genehmigt. Normalerweise tat sie das nicht, aber Konstantins Nähe hatte sie nervös gemacht. Es war dumm gewesen zu glauben, dass Alkohol sie beruhigen würde. Nun kam es ihr so vor, als ob er ein Brandbeschleuniger wäre. »Okay«, sagte sie deshalb und atmete durch. »Wie viel hat Erik erzählt?«

Konstantin klärte sie auf und sie nippte immer wieder von ihrem Glas. Nun war er es, der die Flasche ergriff und ihnen nachfüllte.

»Wir haben meine Eltern so weit, dass sie noch einmal überlegen. Sie wollten verkaufen, damit sie mich nicht mit etwas belasten. Ich soll keine Schulden aufnehmen oder mein Erspartes in die Pension stecken. Was total albern ist, denn ich würde es gerne tun. Ich liebe das Schneeglöckchen, den Kontakt mit den Gästen und all das.«

Er nickte. »Das klingt doch schon mal ganz gut?«

»Ich weiß nicht.« Sie griff sich an die Stirn. »Die waren offenbar schon recht weit in den Verhandlungen, Höflinger hat ihm ein konkretes Angebot auf den Tisch gelegt.«

»Aber er hat hoffentlich noch nicht unterschrieben?«

»Nein, zum Glück nicht.«

»Gut. Dann ist ja noch nichts verloren.«

»Mein Vater ist ein alter Sturkopf. Er …«, sie schnaufte aus. »Er will sich von uns einfach nichts sagen lassen. Aber die Zukunft sieht anders aus.« Sie zeigte durch die Küche. »So ein Abend wie heute wäre viel einfacher zu gestalten gewesen, wenn diese Geräte ein bisschen moderner wären. Und das ist nur der Anfang, wir haben so vieles, was erneuert werden müsste. Das siehst du ja selbst. Ich begreife bloß nicht, warum er sich so gegen einen Kredit sträubt. Dass es so schlimm ist, dass er lieber verkaufen will.«

»Das verstehe ich auch nicht. Würde es nützen, wenn ich mit ihm rede?«

»Du?« Ihre Augen wurden tellergroß.

»Ja. Wieso nicht? Ich bin ein Mann. Ich bin kein Familienmitglied. Vielleicht könnte er sich mir öffnen.«

»Du bist ein Mann«, sie schüttelte ungläubig den Kopf und gluckste. »Macho!«

»Wenn du meinst.«

»Ach, komm. Du bist kaum ein paar Tage hier, da hast du schon das erste Techtelmechtel mit einem Gast.«

O Gott. Was tat sie da? Sie redete sich um Kopf und Kragen!

»Wie bitte?« Er schnappte nach Luft.

»Jetzt tu doch nicht so.« Sie rümpfte die Nase und trank noch einen Schluck vom Wein. Auf einmal war es ihr egal, ob sie über die Stränge schlug.

Konstantin schüttelte den Kopf. »Erik hat gestern das Geschenk gesehen. Das war zwar für eine Frau …«

»Gestern?«, unterbrach sie ihn. »Ich meine letzte Woche. Da bist du aus dem Tannberger Hof ... Moment mal. Was für ein Geschenk?«

Nun grinste der Kerl auch noch. »Gestern war ich bei den Grubers eingeladen. Ich habe in der Pfefferkorn-Drogerie ein Parfum für Frau Gruber gekauft, weil ich nicht mit leeren Händen aufkreuzen wollte.«

Lissi formte ein lautloses »Oh« mit ihrem Mund. Gleichzeitig wurde ihr schrecklich heiß.

»Und der Tannberger Hof, letzte Woche.« Er furchte die Stirn und überlegte. »Ach ja. Da war ein Ehepaar, der Mann hatte einen fürchterlichen Hexenschuss, er konnte nicht mal mehr alleine aus dem Bett kriechen. Also habe ich einen Hausbesuch gemacht und ihm eine Spritze verpasst.«

Lissi wünschte sich ein Loch, in dem sie sich verstecken konnte. Er hatte nicht mit der Frau … O Gott. Sie war so dumm! Natürlich nicht, so ein Kerl war er nicht. Sie hatte keine Ahnung, was sie sagen sollte, also leerte sie lieber ihr Glas. Vielleicht ließ sie das ja vergessen, wie bescheuert sie sich angestellt hatte.

Konstantin beobachtete sie aufmerksam und wirkte dabei verdammt amüsiert. Kein Wunder!

»Kann es sein, dass du … eifersüchtig bist?« Seine Mundwinkel zuckten.

Sie verschluckte sich und spuckte den Rotwein aus. Ein großer Teil davon landete auf Konstantin. Auf seinem weißen Hemd – und in seinem Gesicht. »Spinnst du?«

»Huch! Kein Grund, mich gleich anzuspucken.« Er lachte und wischte sich über die Augen.

»O nein!«, stieß sie hektisch hervor. »Es tut mir so leid.« Sie stellte das Glas mit fahrigen Bewegungen zur Seite, schnappte sich ein Handtuch und fing an, ihn damit zu betupfen, um vielleicht noch was zu retten. Das Hemd war vermutlich ruiniert. So ein Mist!

Plötzlich umfing er ihre Handgelenke und hielt sie fest. »Was ist, ich habe doch gesagt, es tut mir l…?« Das letzte Wort blieb ihr ihm Halse stecken, als sie zu ihm aufschaute. Der hungrige Ausdruck in seinen Augen raubte ihr den Atem.

»Ich mag es, wenn du eifersüchtig bist«, raunte er mit samtiger Stimme. Ihr verräterischer Körper reagierte mit einer Gänsehaut, und ihr Herz stolperte, um dann in doppeltem Tempo weiterzuschlagen. Es prickelte. Überall.

»Bin ich nicht«, widersprach sie, allerdings war es wenig glaubhaft. Aber Konstantin lachte nicht. Ganz im Gegenteil.

Ein Muskel an seiner kantigen Wange zuckte. »Hören wir auf mit den Spielchen«, forderte er und zog sie mit einem Ruck an seinen harten Körper. Sie rang nach Luft. Der Sauerstoff im Raum genügte nicht mehr.

»Welche Spielchen?«, hauchte sie.

»Du weißt, was ich meine.« Er starrte wie hypnotisiert auf ihre Lippen. »Das will ich schon lange tun. Zu lange. Ich kann nicht mehr dagegen ankämpfen.«

Und dann senkte er seinen Mund auf ihren. Es war kein zärtlicher Kuss. Er war hart, fordernd und leidenschaftlich. Genau das, was sie jetzt brauchte. Wonach sie sich gesehnt hatte. Die Welt um sie herum blieb stehen, sie konnte an nichts mehr danken, außer an Konstantin und das, was seine Liebkosungen mit ihr anstellten.

Lissi keuchte auf, als sie seine Zunge spürte, die Einlass forderte. Bereitwillig öffnete sie ihre Lippen für ihn. Konstantin löste ihren Zopf, sodass ihre braunen Haare in Wellen über ihre Schultern fielen. Seine starken Hände wühlten durch ihre Locken, als könnte er nicht genug von ihr bekommen.

Sie klammerte sich an seinem Hemd fest wie eine Ertrinkende. Es war unglaublich, noch nie hatte sie jemand so intensiv geküsst. Sie wollte mehr davon. Viel mehr.

Konstantin stöhnte in ihren Mund, während er sie gegen die Wand schob. Sie hatte keine Ahnung, wie viel Zeit verging, sie wusste nur eins: Es sollte niemals aufhören.

Dass es auch ihm ähnlich erging, fühlte sie an ihrem Bauch. Deutlich. Seine Erektion drückte sich durch den Stoff seiner Jeans und ließ sie erschaudern. Das Ziehen in ihrer Mitte wuchs zu einem drängenden Pochen. Immer heftiger wurden ihre Küsse, immer schneller kam ihr Atem.

»Nein!« Keuchend schob sie Konstantin von sich.

Sie schlug sich die Hand vor den Mund. Was tat sie hier eigentlich?

»Aufhören!«

Konstantin sah genauso mitgenommen aus, wie sie sich fühlte. Und doch, sie war einerseits erleichtert, dass sie endlich wieder zur Besinnung kam. Andererseits war sie enttäuscht.

Sie war wütend auf ihn und noch wütender auf sich selbst. Gleichzeitig war sie verlegen und wagte nicht, ihm ins Gesicht zu sehen. Was sollte sie sagen? Was sollte sie tun? Er glaubte doch nicht wirklich, dass sie mit ihm ins Bett gehen würde?

»Lissi«, hörte sie seine heisere Stimme dicht bei sich.

»Nicht«, sagte sie.

Lissi wandte sich ab und stürmte davon.

Sie hastete die Treppe nach oben und flüchtete sich in die Sicherheit ihres Zimmers. In ihrem Kopf drehte sich alles. Sie hatte keine Ahnung, was das eben gewesen war.

Warum hatte er sie geküsst? Und schlimmer! Warum hatte sie ihn zurückgeküsst, ja, sich ihm regelrecht an den Hals geworfen, als hätte sie seit Tagen darauf gewartet?

Ihre heftige Reaktion auf seine rohen Zärtlichkeiten war noch viel frustrierender.

Verflucht. Sie schüttelte den Kopf und schlug sich mit der Hand gegen die Stirn. Sie hatte nicht nachgedacht, und das war ihr Fehler gewesen. Sie hatte sich von einem dummen Impuls leiten lassen, was sie jetzt bereute. Etwas an Konstantin Waichinger veranlasste sie dazu, immer wieder ihren Verstand auszuschalten. Das durfte nicht noch einmal passieren.

11

Konstantin stand mit einem Glas Rotwein auf seinem Balkon, während er die Nummer seiner Eltern wählte. Er hatte ihnen noch nicht frohe Weihnachten gewünscht, sondern es seit Stunden vor sich hergeschoben, aber jetzt musste er es tun. Es war ihm ganz recht gewesen, dass er den Abend in der Küche hatte verbringen können, so war er beschäftigt gewesen und hatte keine Zeit zum Nachdenken gehabt. Wobei es ihm nicht geschadet hätte, wenn er seinen Grips nicht komplett abgestellt hätte. Was war nur in ihn gefahren?

Er schloss die Lider für einen Augenblick, leider hatte es nicht den gewünschten Effekt, denn sofort sah er direkt wieder Lissis hübsches Gesicht vor seinem inneren Auge.

Verflucht.

»Waichinger?«, hörte er seine Mutter am anderen Ende.

»Hallo Mama, ich bin's.«

»Oh, hallo Konstantin. Wir haben schon gedacht, du rufst gar nicht mehr an.«

Na klar. Sie konnte nicht sagen, dass sie sich freute, sie musste direkt mit einem Vorwurf anfangen. Er unterdrückte ein Seufzen.

»Ich wolle euch frohe Weihnachten wünschen. Hattet ihr einen schönen Abend?«

»Ja, ja, natürlich. Wie immer. Deine Oma war bei uns, wir haben Gans gegessen. Alles wunderbar.«

»Sehr schön, das freut mich.«

»Hast du denn ganz alleine gefeiert?«

»Ich hatte einen ganz wunderbaren Abend.« Er meinte jedes Wort so, wie er es sagte. Tatsächlich war es der beste Heiligabend seit Jahren gewesen.

»Ja? Das ist schön. Wo warst du?«

»Ich habe in der Küche der Pension ausgeholfen, es gab einen Personalausfall …«

»Wie bitte?«, unterbrach sie ihn. Ihre Stimme klang unnatürlich hoch. »Das ist doch nicht dein Ernst, oder?«

Konstantin konnte ein Schmunzeln nicht unterdrücken. Aus einem seltsamen Grund machte es ihm Spaß, seine Mutter zu schockieren. Es war klar, dass derartige Arbeiten unter ihrer Würde waren. Die Gans hatte sie garantiert auch nicht selbst zubereitet. »Doch, Mama. Absolut. Es war Not am Mann.«

»Mein Gott, wie schrecklich.«

»Das war es gar nicht. Ich hatte eine Menge Spaß.« Nicht nur wegen der Küchenarbeiten. Vor allem wegen Lissis Gesellschaft, aber das würde er seiner Mutter garantiert nicht erzählen.

»Konstantin!«, war alles, was sie noch hervorbrachte.

»Willst du mir noch mal Papa geben?«

»Der ist gerade schon nach oben gegangen.«

»Na schön, dann sehen wir uns ja übermorgen.«

»Ich hoffe, dann wirst du mit uns essen und nicht in der Küche stehen.«

Er verdrehte die Augen. »Keine Sorge.« Wobei er sich fragte, ob er nicht lieber Teller spülen würde, als den prüfenden Blicken seiner Eltern ausgesetzt zu sein.

»Gut, dann, äh, frohe Weihnachten, Konstantin.«

»Frohe Weihnachten und eine gute Fahrt.«

Er legte auf und ließ sein Handy in der Gesäßtasche seiner Jeans verschwinden. Dann atmete er tief ein. Die Luft war eiskalt, die Nacht sternenklar. Lech sah mit seinen schneebedeckten Bergen, die im Mondlicht hell leuchteten, und den unzähligen Lichtern im Dorf einfach traumhaft aus. Obwohl es sehr kalt war, blieb er noch einen Augenblick auf seinem Balkon und genoss die Stille.

Der Gedanke, was Lissi wohl gerade machte, kam aus dem Nichts. Er hatte, nachdem sie aus der Küche gerannt war, noch eine ganze Weile gewartet, aber sie war nicht zurückgekommen. Schließlich war er auch gegangen und hatte sich noch den Rest Rotwein eingegossen. Nun war er unschlüssig, was er tun sollte. Er war schon einmal nach unten geklettert, in wenigen Sekunden wäre er vor ihrer Tür. Aber was sollte er sagen? *Entschuldigung, dass ich dich geküsst habe?*

Er verzog seinen Mund. Nein, lügen wollte er nicht, denn es tat ihm nicht leid.

Bedauerlicherweise durfte es dennoch nicht noch mal passieren. Er ärgerte sich über seine mangelnde Zurückhaltung, gleichzeitig fühlte er sich seltsam lebendig. Beinahe schon aufgedreht.

Auf dem Weg neben dem Haus lief ein kicherndes Paar vorbei. Die Frau war bei ihrem Begleiter eingehakt, er erzählte mit weit ausschweifenden Bewegungen etwas offenbar sehr Lustiges. Erst nach einigen Sekunden konnte Konstantin sich von diesem Anblick losreißen.

Wollte Lissi überhaupt eine Beziehung? Vermutlich, denn sie war nicht der Typ für unverbindliche Affären. Das war der Moment, der ihn wieder vollständig klar denken ließ. Konstantin wusste, dass er ihr nie das geben konnte, was sie verdiente. Alleine der Gedanke daran war absurd. Er war ein Einzelgänger, er hatte gute Gründe dafür, und das würde auch so bleiben. Er musste einfach seine Hormone unter Kontrolle bringen. Und wenn die Saison vorbei war, würde er weiterziehen und wieder für »Ärzte ohne Grenzen« arbeiten.

In den nächsten zwei Tagen blieb Konstantin kaum eine Minute, um durchzuatmen. Der Ort wurde von Urlaubern überschwemmt, jedes Haus war ausgebucht. Er war sehr froh darüber, gleichzeitig ertappte er sich immer wieder dabei, wie er an Lissi dachte und sich fragte, was sie machte und was sie von dem Kuss hielt.

Ein Klopfen an der Tür riss ihn aus seinen Grübeleien. »Ich habe den nächsten Patienten für Sie.«

»Ja, danke. Kommen Sie rein.«

Magda tauchte auf. »Tag, Herr Doktor«, sagte sie.

»Oh, ist alles in Ordnung?«

»Ja, alles bestens. Ich wäre froh, wenn du mir die blöden Fäden jetzt ziehen würdest.«

Konstantin hob eine Augenbraue, er sah, dass Franzi grinste. »Magda, das wird leider nicht möglich sein.«

»Wieso denn nicht? Ich habe keine Probleme. Ich muss arbeiten!«

»Setz dich doch bitte, ich schau es mir einmal an.«

Franzi begriff, dass sie hier nicht gebraucht wurde, und verließ das Behandlungszimmer wortlos. Konstantin entfernte den Verband und kontrollierte die Wundränder und die Naht. »Es wird.«

»Gut, dann raus mit dem Zeug. Ich hab' so kein Gefühl im Finger.«

»Ich fürchte, ein paar Tage wirst du dich gedulden müssen. Zehn Tage müssen sie drinbleiben.«

Magda schnaubte. »Das kann doch wohl nicht sein.«

»Ich fürchte doch.«

Sie fluchte auf Polnisch. »Keine Chance?«

Konstantins Mundwinkel bogen sich nach oben. »Es spricht nichts dagegen, dass du kleinere Arbeiten wieder übernimmst, die du vielleicht mit links machen kannst.« Er vermutete, dass sie das ohnehin längst wieder tat.

Ihr Schweigen verriet sie.

»Und wie klappt das?«

Sie stöhnte. »Nicht gut. Ich bin nun mal kein Linkshänder.«

»Tut mir ja auch leid, aber es ist nicht zu ändern.«

»Wo hast du überhaupt in den letzten zwei Tagen gesteckt?«

Er blinzelte, sagte aber nichts.

»Irgendwas schiefgelaufen am Vierundzwanzigsten? Die Küche sah ja aus wie ein Schlachtfeld, und keiner war mehr da.«

»Äh«, stammelte er.

»Ich wollte mir noch ein Glas Milch holen …«

»Oder wolltest du kontrollieren?«

Magda zwinkerte. »Würde ich nie. Na ja, jedenfalls war um zwölf keiner mehr in der Küche, dafür sah es aus, als hätte eine Bombe eingeschlagen. Ich habe drei Stunden gebraucht …«

»Magda! Du sagst mir jetzt nicht, dass du aufgeräumt hast bis in die frühen Morgenstunden?«

»Gut«, sie zuckte mit den Schultern. »Dann sag ich es halt nicht. Hat offenbar nicht geschadet.« Sie hob ihre Hand und hielt sie ihm dicht vor die Nase.

»Na schön.«

»Also, was war los? Ich dachte, du wolltest helfen?«

Konstantin spürte, dass er unter Magdas forschendem Blick rot wurde. Verdammt, die Frau hatte die Nummer der Inquisitorin wirklich gut drauf. Die Wahrheit konnte er ihr ja wohl schlecht verraten, aber er war ebenfalls sicher, dass sie jedwede Lüge enttarnen würde. Deshalb zuckte er lediglich mit den Schultern und brummte: »Habe ich auch.«

»Hm.« Magda kniff ihre Lippen zusammen. »Irgendwas ist komisch an der Sache. Lissi sieht es auch nicht ähnlich, dass sie einfach abhaut. Habt ihr euch gestritten? Ich weiß, das Mädchen kann manchmal ein bisschen ruppig wirken, aber sie hat ein Herz aus Gold. Das ist der Sport, der sie so hart gemacht hat. Dabei ist sie innen ganz weich. Moment mal.« In ihren Augen blitzte etwas auf, sie forschte in Konstantins Gesicht, der anfing zu schwitzen. »Aha. Das hätte ich mir denken können.«

Er atmete ein. »So, Magda«, sagte er und griff nach neuem Verbandszeug. »Dann werden wir den Finger mal einpacken, damit sich nichts entzündet, wo es bis jetzt schon so gut verheilt ist.«

Magda tippte auf seine Brust. »Wenn ich auch nur eine Klage über dich höre, mein Junge, dann sorge ich eigenhändig dafür, dass du nie wieder einer Frau ein Herz brechen kannst.«

»Ich habe keine Ahnung, wovon du redest.« Leugnen war noch immer die beste Möglichkeit.

»Du verstehst mich schon sehr gut. Ich hab gleich gemerkt, dass die Funken zwischen euch fliegen.«

Er lachte. Es klang falsch und aufgesetzt, wie er leider feststellen musste. »Sei nicht albern, Magda. Ich wohne in der Pension, ich bin nett zu allen.«

Sie hob eine Augenbraue und schenkte ihm einen Blick, der ihm eindeutig zu verstehen gab, dass sie ihm kein Wort glaubte.

Gott, wenn er nicht mal eine Polin im Rentenalter täuschen konnte, wie sollte er dann noch mehrere Monate mit Lissi unter einem Dach leben, ohne es komplett zu versauen? »Immer trocken halten«, sagte er am Ende und stand auf. »Schönen Tag noch, Magda.«

Sie erhob sich und bedankte sich. »Heute Abend gibt's Tafelspitz. Ganz zart.«

»Ich habe leider schon außer Haus was vor.«

»Ach, was denn?« Sie schaute misstrauisch.

»Meine Eltern kommen für ein paar Tage.«

»Tatsächlich?«

»Ja, Magda. Sie wohnen im Hotel Post.«

Damit schob er die rundliche Frau aus dem Behandlungszimmer und verabschiedete sich. Nachdem sie gegangen war, schloss er die Tür hinter sich und lehnte sich von innen dagegen. Er atmete tief durch und schüttelte den Kopf. Entweder hatte die Frau Röntgenaugen, oder sein hormonelles Problem war schwerwiegender, als er gedacht hatte, wenn man ihm schon ansah, dass er seit Tagen nur an das eine dachte. *Oder an die eine.* Er schnitt eine Grimasse.

Lissi hatte das große Los gezogen. Oder eher nicht. Die ganze Woche würde sie ein Ehepaar aus England als Kunden haben, die beide zwar so taten, als könnten sie Ski fahren, in Wahrheit aber auf jeder Piste Gefahr liefen, sich den Hals zu brechen. Immer wieder versuchte sie ihnen klarzumachen, dass sie mehr Kontrolle über die Carvingskier bekommen mussten, aber das nette Ehepaar war ein hoffnungsloser Fall. Wenigstens hatte sie es erfolgreich geschafft, Konstantin aus dem Weg zu gehen. *Oder er ihr*, flüsterte ein Stimmchen in ihrem Hinterkopf.

Was auch immer der Grund war, dass sie sich nicht begegneten, es war gut so. Denn, auch ohne ihn zu sehen, nahm er viel zu viel Raum in ihren Gedanken ein.

»Okay, Leute«, sagte sie auf Englisch. »Jetzt fahren wir große Kurven. Ihr streckt die Arme nach oben, wenn die Skier parallel zum Berg sind, und legt sie dann auf die Knie, wenn wir um die Kurve fahren. So, schaut mal her. Ich zeige euch, wie ich es meine.«

Lissi schob sich an und führte ihnen die Übung vor, nach zwei Schwüngen blieb sie stehen und gab ihnen ein Zeichen, dass sie nun loslegen konnten.

Caroline und Matthew gaben ihr Bestes, aber das war es dann auch schon. Um ein Haar hätten sie Lissi umgefahren. Sie konnte gerade noch ausweichen. Bis zum Mittag ging es so weiter. Sie wählte eine Hütte, wo man sehr lange auf seine Bestellung warten musste. Nach dem Mittagessen kämpften die beiden wacker, doch dann kam es, wie es kommen musste, und Matthew stürzte.

»Bist du in Ordnung?«, fragte Lissi und half ihm auf.

»Ich bin nicht sicher. Mein Knie tut weh.«

»Kannst du noch weiterfahren?« Sie stieg nach oben, um den aus der Bindung gesprungenen Ski zu holen und ihn zurück zu Matthew zu bringen.

»Ich versuche es. Ist ja nur noch hier runter, richtig?«

»Ja, wir sind schon auf der Schlegelkopf-Piste.«

Er biss die Zähne zusammen. »Das schaffe ich.«

»Darling, bist du sicher? Wir können auch Hilfe holen.«

»Kommt gar nicht infrage, ich lasse mich doch hier nicht abtransportieren wie ein Stück Fleisch.«

Caroline seufzte. »Er ist so ein Sturkopf. Aber dann gehen wir zum Arzt.«

»Es ist nichts«, brummte er und fuhr los. Sein gequältes Stöhnen bei jeder Kurve sagte etwas anderes. Dennoch schaffte er es bis ganz nach unten, ohne einmal Halt zu machen.

»Das hätten wir«, rief Lissi und löste ihre Bindung. »Kann ich was für dich tun, Matthew?«

Er schüttelte den Kopf. »Alles bestens.«

Leider sah es gar nicht so aus, er hatte mittlerweile Probleme, das Knie zu belasten. »Er muss zum Arzt«, entschied Caroline. »Wo ist der?«

Lissi nickte. »Ja, würde ich auch empfehlen. Besser, wenn man das kontrolliert.«

Wenig später waren sie zu dritt auf dem Weg, Lissi trug Matthews und ihre Skier, er humpelte, und Caroline schimpfte mit ihrem Mann.

»Danke, du bist wirklich ein Schatz«, flötete Caroline, als sie vor der Praxis standen.

»Dann viel Glück«, wünschte sie den beiden.

Caroline stützte ihren Mann auf dem Weg hinein. Lissi schaute ihnen hinterher, dann holte sie ihr Telefon und spitzte auf die Uhr. Kurz nach drei, vielleicht könnte sie selbst noch eine Runde drehen. Der Tag war irgendwie frustrierend verlaufen.

Als sie wieder aufschaute, blickte sie in Konstantins Gesicht. »Huch!«, rief sie aus.

»Hi«, grüßte er.

»Musst du nicht arbeiten?«

Etwas Blöderes hatte sie ja wohl kaum von sich geben können.

»Doch, muss ich. Aber ich muss auch kurz was erledigen. Ich habe vergessen, einen Tisch im Restaurant vom Hotel Post zu bestellen.«

Für wen brauchte er denn da eine Reservierung? So schnell der Gedanke gekommen war, versuchte sie ihn zu verdrängen. Es ging sie nichts an, mit wem er zum Essen verabredet war. Der Kuss hatte schließlich nichts bedeutet. Umso besser, wenn er eine andere Frau romantisch ausführte. Und das konnte man im Hotel Post. Auf jeden Fall. Das nobelste Haus am Platz. Er ließ sich nicht lumpen, das musste man ihm lassen.

»Schön, dann viel Spaß.« Leider klang ihre Stimme alles andere als gut gelaunt.

Lissi wollte sich selbst eine Ohrfeige verpassen. Stattdessen blieb sie regungslos stehen.

»Meine Eltern kommen für ein paar …«

»Du musst mir doch nicht erzählen, was du vorhast«, fiel sie ihm ins Wort.

Moment mal, seine Eltern? Schon wieder war sie in die Falle getappt. Noch mehr irritierte sie die Erleichterung, die sich bei ihr einstellte, nachdem klar geworden war, dass er kein Date hatte.

»Okay, Lissi. Wie geht's dir?« Seine blauen Augen forschten in ihrem Gesicht.

Sie zuckte die Schultern. »Bestens. Und selbst?«

Er verzog seine sinnlichen Lippen. Irgendwie wirkte er nervös, beinahe schon gehetzt. Was war mit ihm los? »Ach, ja. Alles gut.«

Sie hatte keine Ahnung, was sie sagen sollte. Die Verlegenheit färbte ihr Gesicht mit sehr hoher Wahrscheinlichkeit tiefrot. Hoffentlich schob er es auf die Kälte. »Bleiben deine Eltern über Silvester?«

O Gott. Vermutlich dachte er jetzt, dass sie ihn ausfragen wollte.

»Nein, ist nur ein Kurzbesuch.«

Sie nickte. »Ach so.«

»War schön, dich zu sehen, Lissi. Mach's gut. Ich bin ein bisschen in Eile. Die Praxis ist voll, aber ich muss …«

»Hey, ich kann das doch für dich übernehmen. Kein Problem.«

»Würdest du?«

»Ja, sicher. Für wann und wie viele Personen?«

»Heute, am besten gegen halb acht. Für drei.«

»Wird erledigt.«

Konstantins Gesicht hellte sich auf. »Du bist ein Schatz.« Er drückte ihr einen Kuss auf die Wange, was mit dem Helm auf ihrem Kopf gar nicht so leicht war.

Unbeholfen trat sie von einem Fuß auf den anderen. »Äh, ja. Keine Ursache.«

Er tippte mit dem Zeigefinger auf ihre Nase. »Danke! Ich revanchiere mich.«

Damit ließ er sie mit klopfendem Herzen stehen und verschwand mit langen Schritten zurück in der Praxis. Lissi blinzelte irritiert, schulterte ihre Skier und machte sich daran, ihren Auftrag zu erledigen. *Wenigstens habe ich mich ihm heute nicht gleich wieder an den Hals geworfen,* dachte sie und verdrehte die Augen auf dem Weg zum Hotel Post.

12

Das Abendessen mit seinen Eltern wurde noch schlimmer, als er befürchtet hatte. Nachdem er schon zwischen Vorspeise und Hauptgang immer wieder bohrende Fragen über seine Pläne hatte beantworten müssen, gab seine Mutter beim Dessert noch einmal alles. Eine Kellnerin stellte gerade den »Mohr im Hemd« vor ihm ab, als ihn die nächste Frage von der Seite erwischte. »Konstantin, du musst doch verstehen, dass dein Vater sein Lebenswerk nicht in fremde Hände geben will.«

Verstehen war nicht das Problem, es war ihm klar, was sein Vater sich wünschte. Trotzdem wollte er sich nicht vereinnahmen lassen.

»Ich habe auch hier ein Angebot, mit in eine Praxis einzusteigen«, sagte er aus Trotz, um sie zu provozieren. Es gelang ihm wohl, denn seine Mutter schnappte nach Luft und ließ ihre Gabel fallen.

Konstantin beobachtete ihre Reaktion wie aus weiter Ferne, gleichzeitig traf ihn die Erkenntnis härter als ein Schlag in die Magengrube. Die Vorstellung, hier länger als nur für ein paar Monate zu arbeiten, war gar nicht so übel. Er erstarrte, und im nächsten Moment begriff er, dass das nicht möglich war. Er hatte andere, wichtigere Aufgaben in Afrika. Außerdem war es nur so dahingemurmelt, er hatte es doch nie ernst gemeint, er hatte nur seine Mutter schockieren wollen ...

»Das kannst du nicht tun«, hauchte sie jetzt und wirkte, als wäre sie einer Ohnmacht nahe.

»Liebes«, sagte sein Vater und legte die Hand auf ihren Oberarm. »Ich finde, wir sollten langsam wirklich mal das Thema wechseln. Nicht wahr, Konstantin?«

»Nichts lieber als das«, gab dieser zurück und zerteilte seinen Schokokuchen mit der Gabel. Der Kern war noch flüssig, es duftete verführerisch. Leider hatte er überhaupt keinen Appetit mehr, er stocherte nur lustlos darin herum.

»So, mein Junge. Dann erzähl doch mal, wie ist die Praxis hier ausgestattet?«

Konstantin war dankbar für die Möglichkeit, über Belangloses zu sprechen. Die beiden Männer verloren sich in den technischen Details des örtlichen Kernspintomographen, seine Mutter schwieg, was zur Abwechslung sehr erholsam war.

Auf dem Weg in die Pension wich etwas von der Anspannung des Abends von ihm ab. Obwohl er erst seit ein paar Wochen in Lech war, fühlte es sich beinahe schon wie Nachhausekommen an, wenn er die Straße zur Pension Schneeglöckchen hinaufmarschierte.

Moment mal.

Nach Hause? Was war nur los mit ihm? Erst der Aussetzer beim Essen und jetzt das?

Er hielt inne und schaute in den sternenklaren Nachthimmel. Die eiskalte Luft stach wie kleine Nadelstiche auf seiner Nase.

Die Pension, ach was, der ganze Alpenraum war alles andere als ein Zuhause für ihn. Er musste verrückt geworden sein.

Schnellen Schrittes legte er die letzten Meter bis zum Schneeglöckchen zurück. Der Schnee knirschte unter seinen ledernen Winterstiefeln. Die Haustür war bereits abgeschlossen, als er ankam. Glücklicherweise hatte er seinen Schlüssel dabei. Obwohl er pappsatt war – das Essen im Hotel Post war wirklich hervorragend gewesen –, wollte er nicht gleich auf sein Zimmer gehen. Er war noch viel zu aufgedreht, um sich gleich schlafen zu legen. Vorsichtig schlich er in die Küche, denn er wollte weder jemanden erschrecken noch zu laut sein, falls niemand mehr da war. In der Küche brannte kein Licht mehr, also knipste er es an und tapste zum Kühlraum. Er hatte keine Ahnung, wie man die Zapfanlage im Speisezimmer bediente, und vielleicht fand er ja eine Flasche Bier dort. Nein, alles war aufgeräumt und bestens organisiert. Dann doch im Stübchen.

Tatsächlich gab es dort eine Schublade mit gekühlten Getränken, aber einen halben Liter wollte er auch nicht. Er seufzte und fuhr sich über das Gesicht, Alkohol war sowieso keine Lösung. Deshalb nahm er sich eine kleine Flasche Fanta. Er trank einen Schluck und stieß ein genüssliches »Ah« aus. Hin und wieder schmeckte das klebrige Zeug hervorragend.

Konstantin löschte die Lichter und lief nach oben. Im zweiten Stock zögerte er.

Nein. Was sollte er tun? Klopfen und warten, dass ihn Lissi rein ließ?

Er hastete weiter. Er musste aufhören, ständig an sie zu denken.

Die Tage bis zum Jahreswechsel flogen nur so dahin. Lissi versank – glücklicherweise – in Arbeit, sie kam kaum zum Nachdenken. Konstantin hatte sie seit der letzten Begegnung vor der Praxis nicht mehr getroffen. Leider half das nur bedingt, denn sie sah ihn überall. Bis sie dann feststellte, dass er es doch nicht war. Es war absurd.

Aber heute wollte sie nicht an ihn denken. Sie zog sich die Jacke des Skiclubs Arlberg über und machte sich auf den Weg zum Stammtisch, der einmal die Woche im Hotel Krone stattfand. In den Weihnachtsferien waren erwartungsgemäß die meisten Mitglieder anwesend, da viele von außerhalb kamen. Lissi schüttelte unzählige Hände, unterhielt sich mit ebenso vielen Gästen, Bekannten und Kollegen, bis sie sich kurz vor elf verabschiedete. Lukas zog sich ebenfalls an. »Soll ich dich begleiten?«, bot er ihr an. Sie konnte schlecht Nein sagen, denn er wohnte ganz in der Nähe. Sie schaute sich noch einmal kurz um. Erst jetzt fiel ihr auf, dass sie Toni nicht begegnet war. »Sag mal, war Toni heute gar nicht da?«

Lukas kniff die Augen ein wenig zusammen und überlegte. »Nee, den hab ich nicht gesehen.«

»Komisch, der fehlt doch nie bei einem Stammtisch. Hast du ihn auf der Piste getroffen, oder ist er vielleicht krank.«

»Krank ist er nicht. Hab ihn kurz vor Feierabend noch mit einer kleinen Gruppe auf dem Kriegerhorn gesehen.«

Lissi nagte an ihrer Unterlippe. »Seltsam. Meinst du, es ist alles in Ordnung mit ihm? Sonst lässt er sich doch keinen Stammtisch entgehen, vor allem nicht den zwischen den Jahren.«

Lukas zog den Reißverschluss seiner Jacke nach oben und setzte sich die Mütze auf den Kopf. »Ach was, er hat sicher bloß keine Lust. Kommst du?«

Lissi zog sich auch an und folgte ihm hinaus. »Soll ich mal nach ihm schauen?«

»Wieso das denn, der liegt bestimmt schon im Bett. Hatte vielleicht keine Lust auf so viele Leute, und ich könnte es ihm nicht verdenken. Er wird ja auch nicht jünger.«

»Quatsch. Solche Abende haben ihm immer wahnsinnig viel Spaß gemacht, ich finde es komisch, dass er nicht da war.« Ein ungutes Gefühl beschlich sie.

»Sei ned deppert«, tadelte Lukas sie. »Na, komm.«

Lissi fügte sich und ging neben ihm her. Er plapperte munter drauflos, aber sie hörte gar nicht hin.

»Seh ich dich morgen?«, fragte er, als sie vor der Pension angekommen waren.

»Was war da noch mal?« Sie hatte gar nichts mitbekommen, und Silvester zu feiern hatte sie noch weniger im Sinn.

»Na, im Ambrosius hatten wir doch gesagt. Bis Mitternacht haben die meisten ja Programm, wir treffen uns dann alle um halb eins. Dann geht die Party richtig los.«

»Ich weiß nicht, wir haben sicher viel zu tun in der Küche, Magda ist noch nicht wieder fit«, versuchte sie sich rauszureden.

Lukas seufzte. »Ach, Lissi. Manchmal frage ich mich, wie lange ich noch warten soll.«

Sie riss die Augen auf. »Wie bitte?«

Lukas trat von einem Fuß auf den anderen. »Na ja. Du weißt schon. Ich hab immer gedacht, dass irgendwann …«

Mist. Sie hatte es geahnt. »Mensch, Lukas«, sagte sie und seufzte. »Ich fürchte, mit uns, das wird nichts.«

Sie sah den verletzten Ausdruck in seinen Augen.

»Ich kann warten.«

»Lieber nicht. Weißt du, ich suche wirklich keinen Partner. Ich fühle mich wohl alleine.« Sie schaute ihn bedauernd an.

»Verstehe.«

Für einen Moment schwiegen sie. Schließlich straffte er sich. »Ja, dann wünsche ich eine gute Nacht. Vielleicht ja bis morgen.«

»Gute Nacht, Lukas.«

Sie blickte ihm nachdenklich hinterher. Er war so ein netter Kerl, aber er löste leider kein Herzklopfen bei ihr aus.

Ganz anders als Konstantin.

Verdammt. Nun dachte sie schon wieder an ihn. Das musste aufhören. Lissi zog am Türgriff, dann hielt sie inne.

Nein. Sie konnte nicht einfach schlafen gehen. Sie würde eine kleine Runde durchs Dorf drehen und bei Toni vorbeigehen. Nur um sicher zu sein, dass alles okay war.

Auf dem Weg zu seinem Häuschen überlegte sie, was sie dort wohl erwartete. Wenn Licht brannte, würde sie klingeln. Wenn nicht, was dann? Dann lag er vermutlich im Bett und schlief, aber was war, wenn doch etwas passiert war? Er könnte gestürzt sein oder noch schlimmer, einen Schlaganfall erlitten haben.

Du wirst neurotisch, sagte ein Stimmchen in ihrem Kopf. Er ist kerngesund.

Ja, vielleicht. Aber sie hatte einfach dieses Bauchgefühl, dem musste sie nachgehen. Lieber einmal umsonst nachsehen, als sich hinterher Vorwürfe machen.

»Oh, hallo.« Konstantin kam um die Ecke, er war auch auf dem Heimweg. Beinahe wären sie zusammengestoßen, weil sie so in Gedanken versunken gewesen war. »Wo willst du denn hin?«

Lissi antwortete nicht sofort, sie war zu überrascht. Und da war es wieder, das Herzklopfen. Genau dann, wenn sie es am wenigsten brauchen konnte.

»Entschuldige, das geht mich natürlich überhaupt nichts an«, beeilte sich Konstantin zu sagen, sofort meldete sich ihr schlechtes Gewissen.

»Nein, schon okay«, gab sie zurück. Keine Ahnung, warum es ihr so wichtig war, dass er nicht das Falsche schlussfolgerte. »Ich will nach einem Kollegen sehen, er war in den letzten Wochen so seltsam, und heute Abend war er dann nicht beim Stammtisch. Er hat vor Kurzem seine Frau verloren, und, na ja, ich mache mir einfach Gedanken.« Ihr wurde heiß unter der dicken Winterjacke. Vermutlich dachte Konstantin das Gleiche wie Lukas, dass sie maßlos übertrieb und es nicht ihre Sache war.

»Willst du, dass ich mitkomme?«, bot er ihr völlig überraschend an.

Sie zögerte und wunderte sich. Gleichzeitig freute sie sich, dass er nicht glaubte, sie hätte eine Schraube locker.

»Immerhin bin ich Arzt«, fügte er noch hinzu und lächelte aufmunternd.

Zum Dahinschmelzen.

Nein, sie würde sich jetzt nicht von diesen dämlichen Schmetterlingen im Bauch ablenken lassen. Lissi atmete durch.

»Ja, gut. Komm doch mit. Es ist nicht weit.« Sie gingen los, und ihr fiel auf, dass sie sich in Konstantins Begleitung wohlfühlte. Ganz anders als bei Lukas wenige Minuten zuvor. Das Schweigen mit ihm war unangenehm und beklemmend gewesen, mit Konstantin war sogar die Stille harmonisch.

»Sicher ist auch gar nichts, aber als er heute Abend nicht da war, da habe ich mir irgendwie Sorgen gemacht. Es ist bloß so ein komisches Gefühl. Total albern, ich weiß«, sprudelte es irgendwann aus ihr hervor. Es war besser, mit ihm zu sprechen, als sich den Kopf darüber zu zerbrechen, warum sie sich in seiner Nähe so gut aufgehoben fühlte. Was sie wirklich nicht brauchte, war jemand, der mit ihr Händchen hielt. Und doch …

»Nein«, sagte Konstantin ruhig. »Es ist ganz und gar nicht albern. So ein Bauchgefühl kommt meist nicht von ungefähr. Wer ist es denn, kenne ich ihn?«

»Ich bin mir nicht sicher. Er heißt Toni und ist ein Skilehrer. Seine Frau hatte Krebs. Es ging so schnell, von der Diagnose bis zu ihrem Tod sind kaum ein paar Wochen geblieben. Es war schrecklich. Toni hat das nicht gut weggesteckt, ich habe schon mit seinem Sohn geredet, weil er so dünn geworden ist und so niedergeschlagen wirkt. Sonst war er immer fröhlich, gut gelaunt und hatte ein kleines Bäuchlein. Er ist wie ausgewechselt, hager, traurig und abwesend.«

»Das klingt nicht gut. Er ist ein guter Freund der Familie?«

»Na ja. Irgendwie schon. Ich kenne ihn mein ganzes Leben. Ich mache mir einfach Sorgen. Bestimmt übertreibe ich.« Sie lachte künstlich.

»Das sehen wir ja gleich.«

Lissi gefiel, wie verständnisvoll er war und dass er nicht wie Lukas ihre Befürchtungen abtat.

»Mist«, stieß sie hervor, als sie bei Tonis Haus ankamen. »Alles dunkel.«

»Vielleicht schläft er ja schon.«

Lissi blieb stehen und legte sich eine Hand ans Kinn. »Vielleicht.«

»Willst du klingeln?«

Sie hatte eine Idee. »Nee, pass mal auf. Ich schau mal hinten. Die Tür zum Keller ist eigentlich nie zu.«

Sie hörte, dass Konstantin ihr folgte, und war ihm dankbar. Nicht, weil sie sich fürchtete. Es tat einfach gut, jemanden wie ihn bei sich zu haben.

Tatsächlich, die Kellertür war nicht verschlossen. Leise trat sie ein und knipste das Licht an. An der Wand hingen drei Paar Skier, aber auf der Heizung für die Skischuhe stand nur ein Paar, und zwar die seiner verstorbenen Frau Antonia.

»Mist«, stieß sie hervor. »Seine sind nicht da.«

Panik breitete sich in ihr aus, sie hatte also doch recht gehabt.

»Vielleicht ist es ja nichts. Sie könnten zur Reparatur sein?«

Lissi schüttelte den Kopf. »Das würde mich wundern, er flickt eigentlich alles selbst. Ich weiß nicht.«

»Kommt man von hier ins Haus?«

»Ja, sicher. Hier geht's lang.«

»Dann lass uns nachsehen, ob er da ist.«

Sie rief Tonis Namen, aber niemand antwortete. Das Haus lag im Stillen. »Ich schalte das Licht an«, sagte sie und nach und nach durchsuchten sie jeden Raum. Alles war fein säuberlich aufgeräumt, im Wohnzimmer lag ein aufgeschlagenes Album mit Fotos.

»Guck mal hier.« Lissi zeigte darauf und betrachtete es näher. »Da fehlt eins.«

»Hm«, brummte Konstantin. »Jetzt habe ich auch ein ungutes Gefühl. Wo könnte er sein? Meinst du, ihm ist was passiert?«

Sie presste die Lippen aufeinander und überlegte. »Er ist so ein guter Skifahrer, das glaube ich nicht. Außerdem hat Lukas ihn kurz vor Feierabend auf dem Kriegerhorn mit Gästen gesehen. Da war noch alles okay.«

Konstantin wurde blass.

»Konstantin?«

Er schüttelte kaum merklich den Kopf. »Sorry, da leide ich immer Flashbacks, wenn ich höre, dass jemand verschwindet.«

Lissi trat auf ihn zu. »Es tut mir leid, das wollte ich nicht.«

»Schon gut.« Er straffte sich. »Ist schon in Ordnung.«

»Ich glaube, er hat seinen Lebensmut verloren. Er und seine Frau, sie waren so lange zusammen. Er kommt einfach nicht zurecht. Das habe ich ja schon mit seinem Sohn besprechen wollen, aber der hat mich nur angemotzt, dass alles okay wäre. Und jetzt das.«

»Glaubst du, er will sich was antun?«

»Ich bin mir nicht sicher. Früher hätte ich gesagt, so was würde der Toni nie machen. Aber so, wie ich ihn erlebt habe in den letzten Wochen … Ich weiß nicht.«

»Dann sollten wir ihn suchen.«

»Ja, aber ich habe keine Ahnung, wo wir da anfangen sollen?«

Außerdem war es schon spät, es war dunkel, und die Temperaturen lagen auf dem Berg weit unter null Grad. Wenn etwas passiert war, dann … sie wollte den Gedanken nicht zu Ende denken.

Lissi ging unruhig im Zimmer auf und ab, dann fiel ihr Blick auf ein Foto an der Wand. »Schau mal, das ist das Hochzeitsfoto der beiden.« Es zeigte den jungen Toni mit seiner Antonia. Sie hatte zwar ein Hochzeitskleid und er einen Anzug an, sie standen jedoch auf Skiern im Schnee und strahlten.

»Wo ist es aufgenommen worden?«

»Warte mal.« Sie trat näher. »Kriegerhorn. Da ist noch die alte Bergstation im Hintergrund.«

»Könnte er dort vielleicht sein?«

Lissi machte große Augen. »Ich habe keine Ahnung, aber wenn er an einem Platz ist, den er mit seiner Frau verbindet, dann vielleicht dort.«

»Wie kommen wir da hin?«

»Schwierig. Es ist dunkel, die Pistenraupen sind auch längst fertig.« Lissi rieb sich die Nasenwurzel. »Moment mal, vielleicht können wir ein Schneemobil nehmen.«

»Wo kriegen wir eins?«

»Los, komm. Ich weiß schon, wo.«

Hastig verließen sie Tonis Haus und rannten durch den Ort zum Gebäude der Pistenrettung. Lissi kannte den Zugangscode, so blieben ihr zeitraubende Telefonate erspart.

»Kannst du mit dem Ding umgehen?«, fragte Konstantin sie, während sie das Tor öffnete.

»Wenn die Lage nicht so ernst wäre, würde ich jetzt einen blöden Spruch machen. Natürlich kann ich das. Kommst du mit?« Sie wollte ihn zu nichts drängen, schließlich kannte sie nun den Grund dafür, warum Konstantin beim Skifahren so panisch reagiert hatte. Auf einem Schneemobil würde es sicher nicht besser sein.

»Natürlich.« Er wirkte gefasst und entschlossen, wenngleich auch ein bisschen blass.

Für eine Sekunde verhakten sich ihre Blicke ineinander.

»Danke«, hauchte sie mit belegter Stimme.

Konstantin nickte. »Du kennst den Weg, nehme ich an?«

Nun lachte sie doch, es war kein amüsiertes Lachen, vielmehr versuchte sie nur, Spannung abzubauen. »Ich bitte dich. Blind!«

Kurz darauf saßen sie auf dem Schneemobil, Lissi am Gas und Konstantin hinter ihr. Er hielt sich an ihr fest und wartete darauf, dass sich Panik in ihm ausbreitete, aber nichts geschah. Er war fokussiert und bereitete sich auf mögliche Szenarien vor. Wenn Toni verletzt war, war es gut, dass er dabei war. Er konnte hoffentlich helfen. Das knatternde Geräusch durchdrang die Stille der Nacht und war nahezu ohrenbetäubend. Lissi fuhr sicher, aber so schnell wie möglich hinauf.

»Wir sind gleich da«, schrie sie irgendwann über den Fahrtwind und den Lärm der Maschine hinweg zu Konstantin. Kurz darauf hielt sie an, der Motor lief noch.

Sie sprang vom Sitz und fing an zu suchen. Immer wieder rief sie Tonis Namen. Konstantin folgte ihr. Der Mond leuchtete hell genug, dass man auch ohne Taschenlampe gut sehen konnte. »Hier ist niemand«, gab sie niedergeschlagen zurück. »Verdammt.«

»Wo könnte er sonst sein?«

Bekümmert schloss sie die Lider für einen Augenblick. Konstantin wusste, dass sie gehofft hatte, ihn hier zu finden. »Komm mit«, rief sie plötzlich und rannte wieder zum Schneemobil.

Konstantin fragte nicht, sondern folgte ihr.

Dieses Mal dauerte die Fahrt nur sehr kurz. Lissi stellte den Motor ab und stieg langsam ab. »Warte hier.« Eine Gestalt saß zusammengesunken in der Nacht und starrte in die Ferne über die dunklen Berggipfel ins Tal.

Konstantin beobachtete, wie Lissi zu Toni ging und ihn ansprach. Sie murmelte leise und beruhigend auf ihn ein. Er antwortete mit rauer Stimme. Konstantin konnte nicht hören, was die beiden redeten, aber er war unfassbar erleichtert, dass sie ihn lebend gefunden hatten. Nach Lissis Erzählungen hatte er mit dem Schlimmsten gerechnet, – was vermutlich auch eingetreten wäre, wenn sie ihren Befürchtungen nicht nachgegangen wären. Er brauchte kein Hellseher zu sein, um zu wissen, dass Toni hier heraufgekommen war, um zu sterben. Eine Gänsehaut kroch an seiner Wirbelsäule entlang. Wie gut, dass Lissi so umsichtig reagiert hatte.

»Konstantin?«, rief Lissi. »Kommst du mal bitte?«

Er erwachte aus seiner Starre. »Ja, klar.«

Mit wenigen, langen Schritten war er bei ihnen. »Guten Abend. Ich bin Konstantin Waichinger«, sprach er Toni leise an.

»Lassts mich doch einfach in Ruhe. I mog nimmer.« Seine Stimme klang rau. Vermutlich hatte er geweint.

»Bitte, Toni. Du musst mitkommen.«

»Ihr könnts mich zu nix zwingen! Ich will bloß bei meiner Antonia sein.«

»Konstantin, was sollen wir nur tun?«, flüsterte Lissi.

»Darf ich kurz mit Ihnen reden?«

Toni antwortete nicht.

»Ich würde Ihnen gern eine Geschichte erzählen.« Konstantin setzte sich neben den alten Mann in den Schnee. »Ich hatte einmal einen Bruder …«

Und dann schilderte Konstantin, wie gerne er mit seinem Bruder unterwegs gewesen war. Dass sie sich blind verstanden hatten. Sie waren eine Einheit gewesen. Er erklärte auch, dass sie für eine Tour in den Alpen trainiert hatten, auch wenn ihnen klar gewesen war, dass sie nie gewonnen hätten. Aber darum war es ihnen nicht gegangen. Und dann kam er zu dem einen Tag, der sein ganzes Leben verändert hatte.

»Ich war krank, mein Bruder Tobias ist ohne mich gegangen. Er kam nicht mehr zurück.« Konstantin räusperte sich, zu nah gingen ihm die Erinnerungen auch jetzt. »Es wurde nie auch nur ein Lebenszeichen oder eine Spur von ihm gefunden.«

»Warum erzählst du mir das, Junge.«

»Weil es Menschen gibt, die Sie lieben! Tun Sie ihnen das nicht an.«

»I konn einfach ned mehr so weitermachen.«

»Ich verspreche Ihnen, wenn Sie mitkommen, dann werden wir einen Weg finden, es erträglicher zu machen. Glauben Sie mir, das Leben hält noch viel für Sie bereit. Ihre Kinder, Ihre Enkel …«

Toni seufzte. »Ich vermisse sie so sehr.«

»Glauben Sie, Antonia hätte gewollt, dass Sie für sie sterben?«

»Nein, sicher nicht. Sie wollte immer nur das Beste für mich.«

»Wenn Sie es schon nicht für sich tun wollen, kommen Sie für die Menschen mit, denen was an Ihnen liegt. Die Sie lieben.«

Es dauerte noch eine ganze Weile, bis Konstantin Toni so weit hatte, aber irgendwann ließ er sich auf die Beine helfen. Er selbst war komplett durchgefroren, er trug ja nur eine Jeans und keine wetterfesten Klamotten. Aber das war nichts, was ein heißes Bad nicht wieder wettmachen konnte.

Lissi und Konstantin brachten Toni nach Hause. Danach holte Konstantin etwas zur Beruhigung aus der Praxis, während sie den völlig unterkühlten Mann mit Wärmflaschen und Decken aufwärmten. Als Konstantin zurück war, sagten sie kaum ein Wort. Irgendwann, es war mitten in der Nacht, schlief Toni endlich ruhig und fühlte sich auch nicht mehr wie ein Eisblock an.

Konstantin bedeutete Lissi, ihm zu folgen, es war nicht nötig, den Herrn in ein Spital bringen zu lassen.

»Meinst du, wir können ihn alleinlassen?«, fragte sie und schaute ihn fragend aus ihren grünen Augen an.

»Warten wir noch eine halbe Stunde. Aber ich denke, bis morgen dürfte hier alles in Ordnung sein. Ich kümmere mich darum, dass er behandelt wird.«

»Seine Kinder müssen involviert werden.«

»Selbstverständlich.«

Lissi fiel ihm um den Hals und drückte sich an ihn. »Ich bin so dankbar, dass du mitgekommen bist. Alleine hätte ich das nie geschafft.«

Konstantin legte seine Arme um sie und streichelte über ihren Rücken. Ihre Schultern zuckten, sie schniefte leise. »O Gott, ich will nicht heulen.«

»Es ist schon okay. Lass es nur raus«, murmelte er und vergrub seine Nase in ihren nach Pfirsich duftenden Locken.

»Er wollte sich wirklich umbringen.«

»Ich kann ihn ein bisschen verstehen.« Konstantin schloss die Augen und genoss die Wärme, die von Lissi ausging. Sie war tröstlich und gab ihm Kraft. Ihn selbst hatte der Abend sehr mitgenommen, auch wenn er das vor ihr nie zugeben würde. Und doch war es nicht nur schrecklich gewesen, es fühlte sich an, als hätte sich der festsitzende Knoten in seinem Magen ein wenig gelockert, wenn er an die Berge und den Schnee dachte.

»Du vermisst ihn sehr, hm?« Lissi hob ihren Kopf. In ihren Augen schimmerten Tränen.

Konstantin schluckte. »Es vergeht kein Tag, an dem ich nicht um ihn trauere.«

Sie blinzelte und legte ihm eine Hand an die Wange. »Es tut mir unendlich leid.«

Er lehnte sich gegen ihre Finger und schloss die Lider. Sehnsucht strömte durch seine Adern, gleichzeitig war da ein bittersüßer Schmerz, weil er wusste, dass er sich der Stimmung nicht hingeben durfte. Er umschloss ihre Hand und nahm sie von seiner Haut, ließ sie aber nicht los. »Mit dem Beruhigungsmittel sollte Toni eigentlich schlafen«, wechselte er das Thema. Er konnte jetzt nicht über Tobias sprechen.

Lissi trat zurück und räusperte sich. »Ja, in Ordnung. Dann lass uns gehen. Es ist schon spät.«

Auf dem Rückweg schwiegen sie größtenteils. Lissi tippte ein paar Nachrichten, informierte Tonis Familie über den Vorfall und sagte auch gleich bei seinem Chef Bescheid, dass er morgen nicht kommen würde. Einzelheiten würde sie persönlich erläutern, das war nichts, was sie per SMS verschicken wollte.

In der Pension angekommen blieben sie im Foyer stehen. »Gute Nacht«, sagte Konstantin. »Schlaf schön.«

Ihre großen Augen wirkten wie dunkle, grüne Seen. Er fühlte, dass sie eine Umarmung brauchte, dass sie sich nach ihm sehnte. Sein Herz wurde schwer, denn er wusste, dass das kein günstiger Zeitpunkt war. Die Emotionen waren am Überkochen, und morgen würde sie es bereuen. Er spürte allerdings auch, es war ein schönes, aber gleichzeitig sehr beängstigendes Gefühl. Konstantin trat auf sie zu und legte ihr einen Finger unter das Kinn. »Wenn du wüsstest, wie gern ich dich küssen würde …«

Lissi rührte sich nicht, aber das Sehnen in ihrem Blick ließ ihn schneller atmen. Sein Herz zog sich schmerzhaft zusammen, Verlangen pulsierte durch seine Adern.

»Ich verstehe schon«, erwiderte sie. Ihre Stimme klang enttäuscht.

Aber nein. Sie verstand gar nichts. Er wollte sie schütteln und sie anschreien, dass es nicht daran lag, dass er sie nicht begehrte, aber kein Wort kam über seine Lippen.

Wütend über sich selbst trat er zurück. »Ich glaube nicht, Lissi. Es fällt mir so schwer, dir aus dem Weg zu gehen. Und doch denke ich den ganzen Tag nur an dich.« Er atmete hörbar aus. »Aber es wäre keine gute Idee, was soll ich sagen? Ich …«

Ihr Gesichtsausdruck wurde verschlossen. »Glaub mir, ich habe schon verstanden. Du suchst nichts Festes.«

»Das allein ist es nicht.«

»Hör auf.« Sie winkte ab. »Lass uns den Abend nicht verderben. Ich, … es war schwierig heute. Wir sind emotional aufgewühlt. Ich will nicht …«

Und dann riss er sie in seine Arme, presste seine Lippen auf ihre und brachte sie zum Schweigen. Konstantin stöhnte in ihren Mund, sie schmeckte so gut. Süß und verführerisch. Ihr sportlicher Körper hatte dennoch an genau den richtigen Stellen Kurven, die sie jetzt an ihn schmiegte. Er wollte sie. O Gott, er wollte sie so sehr.

Sein Blut schoss in tiefere Regionen und verhinderte, dass er auch nur noch einen weiteren klaren Gedanken fassen konnte.

Irgendwie kam er dennoch zur Besinnung und löste sich von ihr. Schwer atmend fuhr er sich durch die Haare. Lissi blinzelte, ihr Blick war verhangen. Ihre Lippen waren geschwollen und leicht geöffnet, ihre Wangen gerötet. Sie hatte nie schöner ausgesehen.

Es kostete ihn größte Beherrschung, nicht da weiterzumachen, wo er eben aufgehört hatte, sie nicht über seine Schulter zu werfen und wie ein Neandertaler in sein Zimmer zu schleppen.

»Es tut mir leid.« Seine Stimme war kaum mehr als ein heiseres Flüstern.

Die Enttäuschung in ihrem Blick schnitt in sein Herz. Er wollte es ihr erklären, aber kein Wort kam aus seinem Mund.

»Mach das nie wieder!«, stieß sie zwischen zusammengepressten Zähnen hervor und hob ihre Hand. Dann ließ sie sie wieder sinken und schüttelte den Kopf.

»Was tue ich hier eigentlich?«, sagte sie mehr zu sich selbst als zu ihm.

Konstantin stand nur da, wie bestellt und nicht abgeholt. Er hätte sich besser gefühlt, wenn sie ihm eine geknallt hätte. Sie hatte jedes Recht dazu, denn er verhielt sich wie ein riesengroßes Arschloch.

Konstantin machte auf dem Absatz kehrt und stürmte in sein Zimmer, ehe er es sich anders überlegte und seine primitiven Instinkte doch noch Oberhand gewinnen würden.

13

Tage, an denen andere feierten, bedeuteten für die Lecher Arbeit. Lissi hatte sich noch nie so darüber gefreut wie heute. Es gab mehr als genug zu tun. Silvester war neben Weihnachten der wichtigste Abend im Jahr, zumindest was das Menü anging. Für heute hatten sie Salat, Suppe, Lammkarree mit Rosmarinkartoffeln und Gemüse und als Nachtisch Vanille-Parfait mit Pflaumenkompott geplant. Wer dann immer noch nicht satt war, konnte sich am Käse bedienen, den sie auf einem großen Brett mit Trauben, Feigensenf und Crackern anrichten würden. Wenn mit dem Timing alles klappte, dann wären sie mit dem Essen und Kaffee bis Mitternacht durch, sodass die Gäste dann die Pension verließen, um das große Feuerwerk zu verfolgen. Sie selbst hatte wenig Interesse an Böllern und würde dem aus dem Weg gehen. Üblicherweise nahm niemand Notiz davon, auch heute würde sie zusehen, dass sie klar Schiff machte und nicht draußen darauf wartete, bis ihr jemand eine Rakete ins Gesicht schoss. Außerdem hatte sie nicht vor, die Küche wie an Weihnachten im Chaos zu verlassen. Dass Konstantin wieder auftauchte, sich einmischte und sie am Ende völlig aus dem Konzept brachte, glaubte sie nicht. Nachdem er gestern davongelaufen war, war sie sicher, dass er sie nicht noch einmal küssen und ihr fortan aus dem Weg gehen würde. Männer wie er vermieden Komplikationen gerne.

Und das war gut so. Sie war erleichtert.

Das redete sie sich zumindest ein.

»Bin wieder da«, verkündete Magda und band sich eine Schürze um.

»Wie, du bist wieder da? Was hast du mit der Schürze vor?«

»Kind, du bist doch sonst nicht so schwer von Begriff! Heute ist Silvester!«

»Darfst du arbeiten?«

»Sicher.« Sie hob ihre Hand hoch und zeigte einen blauen Verband. »Alles wieder in Ordnung.«

Lissi zog eine Schnute. »Du lässt dich nicht von mir aufhalten?«

»Sicher nicht.«

»Na schön, aber zum Feuerwerk gehst du nachher raus!«

Sie arbeiteten Seite an Seite, die Stunden flogen dahin. Die Klamotten klebten an ihrem Körper, eine Strähne hatte sich aus ihrer Frisur gelöst. Dazu brannten ihre Füße, als hätte sie einen Marathon hinter sich.

»Noch fünf Minuten, Magda. Los, geh und zieh dir was an, damit du den Jahreswechsel nicht verpasst.«

»Ach was, das ist doch immer das gleiche Geknalle. Geh du raus. Ich mache hier weiter. Ich bin lange genug ausgefallen.«

»Nein, meine Liebe. Das kommt gar nicht in die Tüte. Du hast an Weihnachten hier noch wie ein Elf bis in die Nacht geputzt, das machst du nicht noch mal. Du bist schon den ganzen Tag auf den Beinen. Jetzt verschwinde bitte aus der Küche, ehe ich dich persönlich rauswerfe.« Lissi hob einen Kochlöffel und drohte ihr spielerisch damit.

»Du bist ein sturköpfiges, hübsches Ding.«

»Das werte ich mal als Kompliment. Und jetzt geh!«

Magda lachte und schüttelte den Kopf. »Na gut. Aber ich komme wieder.«

»Hm«, Lissi legte sich einen Finger an die Lippe. »Das klingt irgendwie nach einem Filmzitat. Ich komme bloß nicht drauf, aus welchem Film.«

»Terminator.«

»O Gott. Aus welchen Tiefen meines Unterbewusstseins kam das auf einmal her?« Lissi kicherte und verdrehte die Augen. Sie ging zu Magda und umarmte sie. »Danke für das alte Jahr, auf ein gutes neues!«

»Vergiss nicht, dir was zu wünschen!«

»Was sollte ich mir wünschen, ich habe doch alles.«

Magda hob eine Augenbraue und schaute sie sehr eindringlich an. Dann zuckte sie die Schultern und verließ die Küche ohne ein weiteres Wort.

Lissi nagte an der Innenseite ihrer Wange, während sie die Industriespülmaschine mit schmutzigem Geschirr füllte.

»Überraschung!« Jemand umarmte sie von hinten und hob sie hoch.

Lissi schrie auf und schlug um sich. »Bist du verrückt! Lass mich sofort runter.«

»Sag mal, begrüßt man so seinen Lieblingsbruder?«

»Ich habe nur einen! Erik, lass mich auf der Stelle runter, oder du riskierst deine Nachkommen.«

»Das ist ein Argument.« Ihr Bruder setzte sie wieder auf dem Boden ab.

Lissi drehte sich mit einem Grinsen im Gesicht um. »Was machst du hier?«

»Ich wollte dir einen guten Rutsch wünschen.«

»Das ist ja süß, aber wo ist Eva, und was ist mit euren Gästen?«

»Ich geh doch gleich wieder.« Er drückte ihr einen Kuss auf die Wange. »Und du? Warum hängst du in der Küche rum?«

Lissi verzog ihren Mund. »Ist doch nichts Besonderes.«

Erik hob eine Augenbraue. »Aha.«

»Was aha.«

»Ach, nichts. Es ist dein Leben, mir doch egal, ob du deine Zeit in der Küche verplemperst.« Er grinste sie an.

Lissi schlug ihm spielerisch auf den Oberarm. »Komm, verzieh dich. Geh lieber zu deiner Frau und strapazier ihre Nerven.«

»Das werde ich. Also, Kleine. Komm gut rüber!«

»Du auch. Und grüß Eva lieb. Ich schau morgen mal vorbei.«

»Wie ich dich kenne, bist du Neujahr die Erste auf der Piste.«

Lissi lächelte. »Wäre möglich, bei dem angesagten Wetter wäre ich blöd, wenn ich mir das entgehen lasse, wenn ich schon mal keine Gäste habe.«

Erik drückte sie noch einmal kurz. »Glaub mir, dein Leben wäre schöner, wenn du endlich mal jemanden an dich ranlassen würdest. Und da meine ich jetzt nicht deinen Frauenarzt.«

»Gott, du bist so ein Depp. Bist du betrunken, oder was?«

»Ich sag's ja nur.« Er hob abwehrend die Hände.

»Tschüss, Erik.« Sie wandte sich wieder dem Geschirr zu. Ihr Bruder verpasste ihr noch einen Klaps auf den Hintern, den sie mit einem »Au« kommentierte, dann verschwand er so schnell, wie er gekommen war.

Lissi schnaufte und rieb sich über die Stirn. Sie hörte, dass die Tür noch einmal aufging. »Was hast du denn noch vergessen? Du bist ja eine echte Plage.« Lissi griff sich ein Geschirrtuch, drehte sich um und warf es nach Erik.

Leider war es nicht Erik, der nun ein nasses Leinentuch im Gesicht kleben hatte.

»Hilfe! Ich dachte eigentlich, hier drin wäre ich sicher!«

»Konstantin!«, stieß sie hervor und schlug sich die Hände vor den Mund.

Er befreite sich und warf es zurück. Darauf war Lissi nicht vorbereitet, es klatschte ihr gegen die Brust.

»Treffer!«, rief Konstantin und reckte eine Faust in die Luft. »Damit sind wir quitt, würde ich meinen.«

»Was machst du hier?«, fragte sie, immer noch völlig perplex.

Er grinste schief. »Ich würde sagen, ich wohne hier.«

Lissi konnte sich ein Grinsen nicht verkneifen. »Stimmt. Aber was machst du in der Küche? Warum bist du nicht draußen und schaust dir das Feuerwerk an. Du hast noch«, sie spähte auf die Uhr über der Tür, »drei Minuten.«

»Hab Erik getroffen, er meinte, ich soll dich holen.«

Lissi zog eine Grimasse. »Der Kerl ist eine Nervensäge.«

Konstantin streckte seine Hand nach ihr aus. »Kommst du?«

Sie dachte gar nicht daran und verschränkte ihre Arme vor der Brust. »Bist du auch betrunken? Oder warum glaubst du, dass ich mit dir mitgehe?«

Er lachte. »Nein. Ich habe Bereitschaft, aber das Essen war köstlich.«

Sie tippte mit der Fußspitze auf den Boden. »Die Zeit läuft ab. Wenn du dich nicht sputest, verbringst du den Jahreswechsel zwischen dreckigen Töpfen.«

Konstantin wirkte belustigt – und sehr selbstsicher. Seine schmalen Hüften steckten in einer dunklen Hose, dazu trug er ein hellblaues Hemd, das er bis zu den Ellenbogen hochgekrempelt hatte. Locker und doch irgendwie schick. Er sah verdammt gut aus, sie konnte den Blick kaum von seinen breiten Schultern lösen. Lissi räusperte sich und wurde immer nervöser, weil er nichts erwiderte, sondern sie nur mit seinem Blick fixierte.

»Willst du, dass ich dich wegtrage und nach draußen zerre?«

Sie riss ihre Augen auf. »Das hättest du wohl gern.«

Konstantin sagte nichts, aber das »Ja« schwebte unausgesprochen im Raum. Ihr Herz schlug schneller, viel zu schnell. Nein, heute nicht, nahm sie sich vor. Sie würde sich nicht noch einmal von ihm küssen lassen, egal wie sehr sie sich danach sehnte. Es führte zu nichts, und an einem One-Night-Stand, oder was auch immer aus der Silvesterstimmung resultierte, war sie ungefähr so interessiert wie an einem schneelosen Winter.

»Und?«, fragte er. Seine Stimme klang dunkel und verheißungsvoll. Kleine Schauer rieselten über ihren Rücken.

Es war brandgefährlich, wenn sie sich darauf einließ. Sie traute sich selbst nicht, wenn er nur einen Schritt machte, wusste sie nicht, ob sie ihn noch einmal von sich schieben konnte. Die körperliche Anziehung konnte sie nicht leugnen, aber das bedeutete noch lange nicht, dass sie ihr nachgeben musste. Andererseits, inmitten von fremden Leuten würde er sie wohl nicht wieder »überfallen«. Das würde aber auch bedeuten, dass sie sich die Knallerei antun musste. Sie wägte ein Übel gegen das andere ab.

»Nur, wenn du mich nicht anbaggerst«, sagte sie schließlich.

Konstantins Augenbrauen schnellten in die Höhe. »Ähm. Ja, okay.«

»Und ich gehe nur kurz vor die Tür, nicht weiter.«

Seine Augen funkelten. »Sonst noch was, Schneekönigin? Die Uhr tickt. Oder ist das deine Taktik? Den Jahreswechsel mit Diskussionen zu verbringen?«

Lissi verzog ihren Mund, dann warf sie mit einem Schwamm nach ihm. »Hilfe, du bist ja bald noch nerviger als mein Bruder.«

Damit ging sie an ihm vorbei und rempelte ihn bewusst mit ihrer Schulter an. »Kommst du, oder was?«

Konstantins dunkles Lachen ertönte hinter ihr, dann hörte sie seine Schritte. Im Foyer begegneten sie einigen Gästen, die gerade dabei waren, sich anzuziehen. »Ich brauche noch eine Jacke«, sagte sie zu ihm.

Er kommentierte nichts, griff sich ihre Hand und zog sie die Treppe mit nach oben. Sie wollte protestieren, sich wehren, aber dann hätte jeder mitbekommen, dass sie die Scarlet O'Hara gab, und das wollte sie noch weniger. Seufzend folgte sie ihm nach oben. Auf dem zweiten Treppenabsatz zischte sie ihm zu: »Wehe, du kommst mir zu nahe!«

»Keine Sorge, Lissi. Ich werde mich beherrschen.« Er war nicht sauer, er klang im Gegenteil sehr erheitert. *Ob er wirklich nüchtern ist?,* fragte sie sich. Aber ja, seine Augen hatten klar gewirkt, anscheinend hatte er einfach einen sehr komischen Humor.

Einen Humor, der dir gefällt, flüsterte das Stimmchen in ihrem Kopf.

Halt doch die Klappe, hätte sie am liebsten zurückgebrüllt, aber dann würde sie tatsächlich wie eine Irre dastehen.

»Warum bin ich nicht selbst auf die Idee gekommen?«, hörte Konstantin Lissi sagen, als er sie auf seinen Balkon schob.

Hier und da knallten einige Raketen, es war nur noch wenig Zeit bis Mitternacht. »Von hier hat man eine super Aussicht.« Lissi sagte das, als ob sie hier nicht zu Hause wäre. Konstantin fand das ein wenig seltsam, sie hatte doch bestimmt schon mal beim Feuerwerk zugesehen.

»Stimmt«, erwiderte er knapp. »Erzähl mir nicht, dass dir der Gedanke nicht schon mal gekommen ist?« Er zog sich den Reißverschluss hoch und setzte eine Mütze auf.

»Hm. Um ehrlich zu sein, ich war nie so der Silvester-Typ. Entweder war ich im Skizirkus unterwegs oder in der Küche. Für großartiges Feiern war keine Zeit, für mich hat dieser Tag nicht den Stellenwert wie für viele andere.«

»Hm«, gab er von sich. »Wieso nicht?«

Sie schaute in die Ferne. »Weiß nicht.«

Konstantin zog sein Handy aus der Hosentasche und ließ den Countdown laufen. »Noch fünfzehn Sekunden: Mach dich bereit.«

»In sechzehn Sekunden wird sich mein Leben nicht dramatisch verändern.«

Er grunzte.

»Und wehe, du küsst mich.«

»Keine Sorge. Ich bleibe ganz brav.« Nicht, dass ihm der Gedanke nicht schon mal gekommen wäre, aber es war gut, die Fronten klar abzustecken. Gleichzeitig freute er sich, dass er mit Lissi zusammen sein konnte. »Noch acht.«

Er zählte rückwärts. Einige schienen es mit der Zeit nicht so genau zu nehmen, denn das Feuerwerk ringsum begann. Von überall her schossen Raketen in die Luft. Leute jubelten, lachten und schrien vor Freude.

»Drei, zwei, eins. Happy new Year!« Er ließ das Handy in seine Jackentasche gleiten und nahm Lissi in die Arme. »Frohes Neues.«

Zuerst war sie ganz steif, dann, nach einem kurzen Augenblick, erwiderte sie seine Umarmung. »Frohes Neues«, sagte auch sie.

Konstantin hielt sein Versprechen, obwohl der Moment sehr innig war, und küsste sie nicht. Er schob sie ein Stück von sich und schaute ihr in die Augen. Im Dunkel der Nacht wirkten sie beinahe schwarz. »Ich wünsche dir, dass alle deine Träume in Erfüllung gehen.«

Lissi schluckte. »Deine auch.«

Rings um sie tobte das Feuerwerk, aber keiner von ihnen schien Notiz davon zu nehmen. Für ihn gab es nur noch Lissi. Er hielt sie noch immer an den Schultern fest. Jetzt ließ er seine Hände sinken und griff nach ihren.

»Keine Knutscherei«, murmelte sie und wich seinem Blick dabei nicht aus.

»Versprochen«, gab er heiser zurück.

Die Welt um sie herum wurde unscharf. Er öffnete seine Lippen, aber er hatte keine Ahnung, was er sagen sollte, das nicht den Moment zerstörte.

Eine Rakete flog dicht am Balkon vorbei, es zischte laut und Funken sprühten. Lissi schrie auf und versteckte sich an seiner Brust. Konstantin taumelte einen Schritt zurück, weil er nicht damit gerechnet hatte, dass sie sich mit vollem Gewicht auf ihn lehnen würde.

»O Gott«, stieß sie hervor.

»Du hast Angst?«

Sie nickte und hob ihren Kopf. »Wehe, du erzählst das jemandem.«

»Mache ich nicht. Wieso?«

Lissi atmete tief durch. »Ach, nicht wichtig.« Langsam fing sie sich wieder und löste sich von ihm. »Sorry.«

»Erzähl es mir«, bat er sie und lächelte schwach. »Wenn wir schon nicht knutschen dürfen.«

Sie erwiderte sein Grinsen, was ihn überraschte. »Dürfen! Ich will nicht.«

»Du lügst.« Er hatte keine Ahnung, wieso, aber es machte ihm wahnsinnigen Spaß, sie zu necken. Die Spannung zwischen ihnen war nach wie vor da, aber sie hatten es im Griff. Für den Moment jedenfalls. »Komm schon, erzähl, wovor du dich fürchtest, sonst küsse ich dich vielleicht doch.«

»Was für eine Drohung!« Sie lachte. »Na schön. Ich war vielleicht acht. Es war ein paar Tage vor Silvester, wir haben Knallfrösche, Böller und Raketen gehabt.«

»Wir?«

»Na, meine Freunde und ich. Erik war auch dabei.«

»Und?«

»Wie es halt so ist. Kinder spielen, Sachen gehen schief.«

»Was ist passiert?«

»Meine Freundin hat eine Rakete ins Gesicht bekommen. Sie hatte schlimme Verbrennungen, beinahe hätte sie ein Auge verloren.«

»O Gott. Wie schrecklich. Wo ist sie heute? Du meinst nicht Franzi?«

»Nein, Simone lebt nicht mehr in Lech. Nach der Matura ist sie nach Wien zum Studieren gegangen und dort auch geblieben.«

»Habt ihr noch Kontakt, wie geht es ihr heute?«

»Sie war danach anders, zurückhaltender, ängstlicher. Außerdem hatte sie eine ganze Reihe Operationen, ihr Gesicht war halbseitig entstellt. Sie hat uns zwar nicht die Schuld gegeben, aber sie wollte auch nicht wirklich mehr viel mit uns zu schaffen haben.«

»Es tut mir leid.«

»Schon gut. Mir tut es vor allem für sie leid, wir waren zu unvorsichtig.«

»Unfälle passieren.«

»Ja, leider.« Sie seufzte. »Aber seitdem kann ich Feuerwerk nicht mehr so viel abgewinnen.«

»Ich dachte, ich würde dir was Gutes tun, indem ich dich hier rausschleppe. Du bist oft so pflichtbewusst, viel zu sehr.«

Lissi lachte traurig. »Das sagt der Richtige.«

»Vielleicht sind wir uns doch ähnlicher, als wir glauben.« Er murmelte es mehr zu sich selbst, aber an ihrer Reaktion merkte er, dass er es nicht hätte sagen sollen. Sie zog sich zurück, ohne etwas zu erwidern.

»Hey«, Konstantin neigte seinen Kopf. »Woran denkst du?«

Lissi lehnte sich mit den Ellenbogen auf das Geländer und blickte in den Himmel. Immer noch erleuchtete das Feuerwerk die Nacht. »Ich weiß nicht.«

Er stellte sich so neben sie, dass seine Arme ihre berührten. »So viele Menschen, die genau jetzt glücklich sind. Oder unglücklich. Beides liegt sehr eng beieinander. Heiratsanträge oder ein Streit, der die Beziehung endgültig kappt. Was ich an solchen Tagen nicht mag ist dieses ›Du musst jetzt und sofort auf Knopfdruck fröhlich sein, schließlich ist doch Silvester‹. Eigentlich hatte ich mich mit einer Pizza in meinem Zimmer einschließen wollen.«

Sie wandte ihm ihr Gesicht zu. »Warum hast du es nicht getan?«

»Ich habe mir tatsächlich drei Gänge und Käse einverleibt, weil ich gehofft hatte, dich zu sehen.«

Lissi stieß ein »Oh« hervor.

»Ziemlich irre, oder?«

Sie lächelte schwach. »Wie man es nimmt. Und, hat es sich gelohnt?«

Konstantin gluckste. »Noch so ein Spruch, der so typisch deutsch ist.«

»Österreichisch, mein Herr.«

»Ja, oder das.«

»Und, hat es?«

In Konstantins Bauch breitete sich ein sehr merkwürdiges Kribbeln aus. Er fühlte sich nervös und gleichzeitig unsicher. »Jede Sekunde mit dir lohnt sich.«

Er wich ihrem Blick aus, weil er Angst hatte, dass sie etwas darin lesen konnte, das ihn verletzlich machte. Konstantin konnte sich nicht erlauben, seine mühsam errichtete Schutzmauer zu gefährden, und dennoch – irgendetwas in ihm trieb ihn immer wieder in ihre Nähe. Er konnte es sich selbst nicht erklären.

»Wieso?«

»Ich weiß nicht, wieso. Alles, was ich weiß, ist, dass ich viel zu oft an dich denke. Eigentlich die ganze Zeit.«

»Und das ist nicht gut?«

Er drehte sich zu ihr. »Sag du es mir.«

Lissis Lippen waren leicht geöffnet. »Um ehrlich zu sein, ich bin vermutlich genauso verwirrt wie du.«

Konstantin wickelte sich eine Strähne, die sich aus ihrer Mütze schlängelte, um den Finger. »Erinnerst du dich noch an eines unserer Gespräche, ganz zu Anfang?«

»Ich glaube, ich erinnere mich an jedes Wort, das wir gewechselt haben.«

»Du hast zu mir gesagt, dass du nicht auf der Suche bist.«

Sie nickte. »Und du auch nicht.«

»Was ist, wenn man etwas gefunden hat, obwohl man es gar nicht gesucht hat?« Sein Herz schlug ihm bis zum Hals.

Lissi stieß sich von der Umrandung ab. Konstantin ebenso. Sie standen sich gegenüber und sagten kein Wort. Er wusste, dass sie ihn genauso begehrte wie er sie. Es war absurd und wundervoll zugleich.

Konstantin griff nach ihrer Hand, er strich mit dem Daumen über ihre Haut. »Ich weiß einfach nicht, wie ich dich aus meinen Gedanken bekommen soll.« Seine Stimme war rau.

Lissi blinzelte und neigte den Kopf ein wenig. »Ich auch nicht.«

»Du auch nicht«, wiederholte er leise.

Sie nickte. Konstantins Herz schlug einen Salto. Verlangen strömte durch seine Adern und erschwerte ihm das Denken zunehmend.

Das hier war nicht falsch, es war perfekt.

»Ich weiß, was ich vorhin gesagt habe«, flüsterte sie und trat auf ihn zu. »Aber wenn es nicht hilft, dass wir uns aus dem Weg gehen, vielleicht bringt es was, wenn wir …«

Konstantin sog scharf die Luft ein, als sie sich an ihn schmiegte. »Wenn wir was?«

»Eine Nacht«, sagte sie mit erstaunlich fester Stimme. »Danach verlieren wir nie wieder ein Wort darüber.«

Ihm wurde schwindelig. Blut schoss in tiefere Regionen. »Was sagst du da?«

»Ich will nicht mehr reden. Lass es uns tun.«

Konstantin schloss die Augen und atmete durch. Er konnte sich schon jetzt kaum mehr beherrschen. Lissi legte ihm eine Hand an die Wange, dann stellte sie sich auf die Zehenspitzen und küsste ihn. Zaghaft und unschuldig. Alles andere als das, was sie war.

Lissi war eine Sirene. Eine Göttin. Ein Traum.

Er konnte nicht mehr. Mit einer ruckartigen Bewegung presste er sie an sich und erwiderte ihren Kuss. Seine Zunge forderte Einlass, den sie ihm bereitwillig gewährte. Ein unmenschlicher Laut schlich sich über seine Lippen. Konstantin riss ihr die Mütze vom Kopf, vergrub seine Hände in ihren seidigen Locken. Scheiße, er war schon jetzt so erregt, dass er auf der Stelle kommen konnte, dabei hatten sie noch nicht mal die Jacken abgelegt.

»Bist du sicher?«, fragte er atemlos zwischen zwei Küssen. »Wenn wir da reingehen, gibt es kein Zurück mehr.« Er nahm ihre Hand und legte sie auf seinen Schritt, sodass sie seine Erregung fühlen konnte.

Sie strich quälend langsam darüber und verwehrte ihm eine Antwort. Stattdessen drängte sie ihn unter vielen Küssen in sein Zimmer.

Lissi ist Verführung pur, dachte er, während sie sich gegenseitig die Klamotten vom Leib rissen.

Sie hatte einen unglaublichen Körper, fest und definiert, gleichzeitig rund und weich an den richtigen Stellen. Sanft schob er Lissi aufs Bett, legte sich über sie und drängte sich pochend gegen ihren Bauch. Er musste etwas Tempo aus der Sache nehmen, sonst war das Liebesspiel schneller vorbei, als er bis drei zählen konnte.

Lissi rieb sich an ihm, sie dachte gar nicht daran zu warten.

»O Gott«, stöhnte er und warf den Kopf in den Nacken. »Warte!«

Konstantin küsste sie hart, dann ließ er von ihren Lippen ab und arbeitete sich über ihre Wangen, ihren Kiefer, ihren Hals bis zu ihren Brüsten voran. Er saugte an einer Brustwarze und liebkoste die andere mit seinem Daumen. Lissi wand sich unter ihm und seufzte leise auf. »Du schmeckst so gut«, raunte er und küsste ihren Bauch, streichelte sie zwischen den seidigen Schenkeln.

Er fand großen Gefallen daran zu sehen, wie sie auf seine Liebkosungen reagierte. Gleichzeitig schürte es sein Verlangen. Endlich war er an ihrer intimsten Stelle angelangt. Zärtlich schob er seine Hände unter ihre Pobacken. Lissi keuchte auf, als er seine Zunge sanft um ihre Perle kreisen ließ. Nicht zu fest, aber dennoch bestimmt. Sie genoss es sichtlich, ihr Atem ging stoßweise. Lissis Finger hatten sich in sein Haar gekrallt, ihre Beine lagen auf seinen Schultern. Immer ungeduldiger zuckten ihre Hüften unter seinem Mund. Als sie sich unter ihm versteifte und seinen Namen schrie, stöhnte er auf und kostete jede Sekunde ihres Höhepunkts aus, als wäre es seiner.

Als er spürte, dass sie ruhiger wurde, arbeitete er sich unter unzähligen Küssen zu ihrem Gesicht vor. »Du bist unglaublich«, murmelte er an ihren Lippen.

»Was ist mit dir?«, fragte Lissi.

»Nur mit der Ruhe, Schneekönigin.« Er stand auf, ging ins Bad, nahm ein Kondom aus seinem Necessaire und kehrte zu ihr zurück. Er riss die Packung auf, es gefiel ihm, wie Lissi ihn aus halb gesenkten Lidern beobachtete.

»Willst du?«, bot er an.

Sie schüttelte den Kopf, die Lippen hatte sie leicht geöffnet. »Ich sehe dir gern zu.«

Alleine, wie sie das sagte, brachte ihn beinahe um den Verstand. Die Gefahr, als schlechtester Liebhaber aller Zeiten diese Nacht zu beenden, war groß. Dennoch genoss er ihre Aufmerksamkeit, während er das Kondom langsam über seinem erigierten Schaft abrollte. Und dann wollte er nicht mehr warten.

Sanft legte er sich zwischen ihre Beine und küsste sie. Lissi reckte ihm ungeduldig ihr Becken entgegen. Er lachte rau. »Wenn du wüsstest, wie sehr ich das hier mag.«

Er drang mit nur einem Stoß ein. Lissi stöhnte auf und hielt sich an ihm fest. Sie umklammerte seine Hüften mit ihren langen Schenkeln und fing an, sich unter ihm zu winden.

Verdammt, wollte er rufen, *du machst mich fertig*, aber kein Wort kam über seine Lippen. Nicht sofort in ihr zu explodieren, kostete seine volle Konzentration. Konstantin biss die Zähne aufeinander und schloss die Augen. Sie war unglaublich eng und doch so bereit für ihn. Langsam stieß er in sie, zog sich wieder zurück, um dann erneut kraftvoll in sie einzudringen. Sie brauchten keine Worte, ihre Körper verstanden sich auch so. Lissis leise Seufzer, sein heiseres Stöhnen vermischten sich miteinander wie ihr Atem. Immer wieder stieß er in sie, küsste sie dabei leidenschaftlich. Er spürte, dass auch ihre Lust wuchs. Immer schneller trieb er sie beide auf den Gipfel der Erlösung zu. Es kostete ihn größte Anstrengung, und doch war es das pure Vergnügen, seinen eigenen Höhepunkt hinauszuzögern, um ihren zu erwarten. Erst, als sie ihre Nägel in seine Haut drückte, ihre Schenkel noch fester um ihn schlang und ihren Kopf zur Seite warf, um ihre Ekstase unterdrückt herauszuschreien, ließ auch er los. Es war unglaublich.

Erst nach einer Weile kamen sie beide zu Atem. Er rollte sich von ihr, entsorgte das Kondom und zog sie in seine Arme. Dann drückte er ihr einen Kuss auf den Scheitel.

Niemand sprach ein Wort, vermutlich weil keiner von ihnen wusste, was man sagen sollte, ohne die Stimmung zu ruinieren. Er hatte den Sex mit ihr genossen, aber er war kein Dummkopf und würde ihr nicht die große Liebe versprechen.

Lissi schmiegte sich an ihn und legte eine Hand auf seinen Bauch. Ihre Wärme und ihre Nähe lullten ihn ein. Irgendwann merkte er, dass er sich zu wohl fühlte, zu geborgen, um noch länger wach bleiben zu können, und schlief ein.

14

In den folgenden Wochen gingen sie sich zwar nicht mehr gezielt aus dem Weg, aber es ergab sich auch keine Situation, in der sich diese prickelnde Spannung zwischen ihnen aufbaute. Vielleicht lag es daran, dass Konstantin nicht mehr ungefragt in der Küche auftauchte. Vielleicht aber auch daran, dass sie am Silvesterabend letztendlich geklärt hatten, dass es nicht mehr geben würde als eine Nacht. Die war unglaublich gewesen, beinahe wie ein Traum. Es war gut, dass sie vorher angesprochen hatten, dass es dabei bleiben würde, so waren keine Missverständnisse entstanden.

Lissi war im Morgengrauen des Neujahrstages aus Konstantins Bett geschlüpft, hatte kurz geduscht und war dann in die Küche verschwunden, um aufzuräumen und dann die leeren Pisten zu genießen.

Leider hatte der Sex mit ihm nicht den gewünschten Effekt erzielt. Sie hatte ihn aus ihrem Kopf bekommen, sich nicht mehr ständig die Frage stellen wollen, was wäre wenn. Leider dachte sie danach noch viel öfter an ihn.

Der Januar war mit wenigen, zufälligen Begegnungen verstrichen. Es war klar, Konstantin ging ihr aus dem Weg.

Weil er schlauer war als ich.

Oder geübter darin, unangenehme Situationen zu vermeiden. Tja, nun würden sie sich aber gleich sehen, denn Erik hatte dafür gesorgt, dass sie Konstantin noch einmal mit auf die Piste nahm. Hätte sie sich dagegen gewehrt, wäre ihr Bruder misstrauisch geworden, also hatte sie nur gesagt: »Kein Problem.« Die gemeinsame Nacht würde sie einfach nicht erwähnen und so tun, als wäre es nie passiert.

Liebe kommt, Liebe geht, überlegte Lissi, während sie in ihre Skistiefel schlüpfte.

Moment mal. Von Liebe war sowieso nie die Rede gewesen, und es war absurd, dass sie daran dachte. Körperliches Verlangen war nicht mit Gefühlen gleichzusetzen, und die brachte sie mit Sicherheit nicht für Konstantin auf. Er war attraktiv, witzig und intelligent, aber eben kein Mann zum Heiraten. Sein unsteter Lebenswandel, die vielen weit entfernten Einsatzorte, es war klar, dass er nicht sesshaft werden wollte. Und das war die einzige Art von Beziehung, auf die sie sich einlassen würde – wenn überhaupt.

Nein, nicht mal das. Sie brauchte keinen Mann zum Glücklichsein.

»Oh, da bist du!« Konstantin tauchte im Türrahmen auf.

»Ja, ich dachte, wir wären verabredet?« Sie hob ihren Kopf.

»Muss ich wirklich?«

»Schon vergessen? Dann solltest du den Mund beim nächsten Mal nicht zu voll nehmen.« Und was er mit seinem Mund tun konnte, wusste sie auch noch ganz genau. Hitze stieg ihr in die Wangen, sie hoffte, dass er es nicht mitbekam.

»Da hast du recht. Leider kann ich manche Herausforderungen nicht einfach sausen lassen.«

»Erik ist vielleicht einfach der bessere Tennisspieler.«

»Er muss mich verarscht haben. Das ist er nämlich nicht.«

»Wie auch immer.« Sie stand auf. »Dann hättest du nicht mit ihm wetten sollen.«

»Ich weiß. Tut mir leid, dass du das nun ausbaden musst.«

Konstantins schiefes Lächeln erweckte die Schmetterlinge in ihrem Bauch zum Leben. »Keine Sorge, das kenn ich schon. Bei der nächsten Wette wählst du vielleicht besser einen anderen Einsatz.« Sie zwinkerte.

»Da kannst du Gift drauf nehmen. Aber erst mal muss ich das hier überleben.«

»Weiß Erik, warum du nicht Ski fahren gehen magst?«

Ein Schatten huschte über sein Gesicht. »Nein. Er glaubt, ich kann es einfach nicht.«

»Und du hast es ihm natürlich nicht erzählt.«

Konstantin zuckte die Schultern. »Nö.«

»Typisch Mann.« Aber sie konnte ihn verstehen, sie selbst sprach auch nicht mit jedem über ihre Probleme. Trotzdem war sie überrascht, wie eng das Verhältnis der beiden in der kurzen Zeit geworden war. Erik und Konstantin trafen sich nicht nur ein- bis zweimal zum Tennis, sie gingen auch hin und wieder – wenn die Arbeit es zuließ – ein Bier trinken.

Es war fast ein wenig beängstigend, wie Konstantin jeden in ihrem Umfeld für sich einnahm. Gleichzeitig würde sie nicht vergessen, dass er am Ende des Winters wieder verschwinden würde. Wohin, das wussten die Götter.

Ende Januar war nicht viel los im Ort, deswegen hatte sie auch Zeit, mit ihm auf den Berg zu fahren. Insgeheim musste sie sich eingestehen, dass sie sich darauf freute, Zeit mit ihm zu verbringen. Laut würde sie das jedoch nie zugeben.

Eine halbe Stunde später saßen sie im Schlegelkopf-Lift.

»Geht's?«, fragte sie.

Konstantin nickte, sah jedoch nicht sehr entspannt aus.

»Ist es okay, wenn wir aufs Kriegerhorn fahren? Du warst ja schon mal oben, aber da war es dunkel. Wie geht es Toni? Hast du was gehört?«

»Er bekommt Medikamente und ist auch noch für eine Woche in einer Klinik. Aber er hat sich wieder gefangen.«

Lissi seufzte. »Es ist nicht leicht.«

»Nein.«

Sie schwiegen eine Weile. »So, da sind wir auch schon. Jetzt fahren wir gleich rüber in den nächsten Lift. Du weißt ja, wie es geht.«

Konstantin atmete hörbar aus.

Wenige Minuten später ging es mit der Kriegerhornbahn hinauf auf den Gipfel. Der Himmel strahlte in einem satten

Azurblau, nur ein paar wenige Schleierwölkchen trübten den Horizont. Der weiße Schnee glitzerte in der Wintersonne.

»Es ist so schön«, murmelte Konstantin.

Lissi legte ihm eine Hand auf den Oberschenkel. »Wir schaffen das zusammen.«

Er nickte, sagte aber nichts.

Oben angekommen fuhr Lissi an den Rand der Piste und schloss die Schnallen ihrer Skistiefel, Konstantin ebenso.

»Wie geht es dir?«, wollte sie wissen.

Dabei beobachtete sie ihn. Er wirkte deutlich entspannter als beim ersten Mal. Das war ein gutes Zeichen, fand sie.

»Ist okay.«

»Was kann ich für dich tun?«

Er schluckte und sah sie ernst an. »Es hilft mir ungemein, dass du einfach bei mir bist. Ich begreife langsam, dass das Leben weitergeht, auch ohne ihn. Aber es ist hart. Besonders hier oben.« Er ließ seinen Blick über die traumhaft schöne Landschaft schweifen.

Lissi schossen Tränen in die Augen. Sie spürte seinen Schmerz, als wäre es ihrer. Ein wenig ging es ihr ähnlich, wenn sie hier war, auch wenn ihr Verlust nicht mit seinem zu vergleichen war. Das, was ihr Ex getan hatte, war mehr ein eiskaltes Abservieren gewesen, endlich hatte sie begriffen, dass sie ohne ihn sowieso besser dran war, dass er sie nie geliebt, sondern nur das Image der Skirennläuferin bewundert hatte. Sie nickte Konstantin zu, sagte aber nichts.

Konstantin atmete tief durch und schloss die Lider. »Ich weiß, dass ich es kann. Ich möchte es so sehr.«

»Lass es uns langsam angehen. Ich fahre vor, du hinterher, okay?«

»Früher wäre mir das nicht passiert«, versuchte er zu scherzen.

»Was?«

»Dass mir eine Frau vorweg fährt.«

Lissi wackelte mit den Augenbrauen, dann schob sie ihre Skibrille auf die Nase. »Zeiten ändern sich, mein Freund. Und jetzt komm.«

Sie entschied, dass es besser wäre, ihn nicht länger mit Samthandschuhen anzufassen. Er wirkte deutlich aufgeräumter und viel weniger ängstlich als beim ersten Mal. Vielleicht war es wirklich so, dass mit jedem Mal Ski fahren ein wenig mehr von der Blockade gelöst werden konnte. Sie wünschte, dass er es bald wieder genießen konnte.

Konstantin fühlte bei den Abfahrten den eisigen Wind auf seinen Wangen, und der Hauch eines Hoffnungsfunkens erglomm. Zum ersten Mal seit Jahren glaubte er, dass er vielleicht irgendwann wieder echte Freiheit auf dem Gipfel empfinden konnte, nicht mehr nur Angst und Beklemmung. Dass es bis dahin noch ein langer Weg war, war ihm dennoch bewusst. Aber allmählich konnte er ohne Horror und ohne Schuldgefühle hier stehen und begann es wieder zu genießen. Es war beinahe so, als würde Tobias gleich neben ihm auftauchen und ihm eine Herausforderung zurufen. Konstantin begriff in dieser Sekunde, dass er zwar nie über den Verlust hinwegkommen würde, es aber nicht seine Schuld und das Schicksal nicht mehr zu ändern war. Es war schrecklich, aber es löste nicht mehr die gleiche Panik in ihm aus wie noch vor ein paar Wochen.

Am Nachmittag waren seine Beine müde, aber sein Kopf erfrischt. So gut hatte er sich lange nicht mehr gefühlt.

Nachdem er seine Skier und Schuhe wieder beim Verleih abgegeben hatte und in seine Stiefel geschlüpft war, wandte er sich an Lissi. »Kann ich dich noch auf einen Kaffee einladen?«

»Ich weiß nicht …«

»Komm mir nicht damit, dass du noch so viel zu tun hast.« Er legte ihr freundschaftlich einen Arm um die Schulter, und sie verließen den Laden.

Sie lachte. »Na gut. Dann sage ich das nicht. Aber glaubst du, das ist eine gute Idee?«

»Was denn? Wir haben immerhin den ganzen Tag miteinander verbracht, ohne übereinander herzufallen.«

Lissi riss die Augen auf. »Schrei es doch gleich vom Turm!« Sie schnaubte.

»Also denkst du doch manchmal daran?«

»Doch?«

Er schnalzte mit der Zunge. »Ich meine ja nur. Vergessen kann man so eine Nacht ja nicht.«

»Ich dachte, wir hatten vorher abgemacht, dass es dabei bleibt?«

»Ja, entschuldige. Das war blöd von mir.«

»Ich würde lieber nach Hause gehen.«

»Gut, dann begleite ich dich.«

»Ach was, lass dich doch nicht von mir aufhalten.«

»Lissi. Du hältst mich nicht auf. Schon mitbekommen? Ich treffe meine eigenen Entscheidungen.«

Konstantin ärgerte sich, dass er die Klappe nicht hatte halten können. Er wusste selbst nicht, wieso er auf die Silvesternacht angespielt hatte. Natürlich war klar, dass sie beide einer Stimmung nachgegeben hatten. Immerhin war das Angebot von ihr gekommen, wie hätte er da ablehnen können? Außerdem hatte er es gewollt. Wenn er ehrlich zu sich war, dann wollte er sie immer noch. Sie war attraktiv, schlagfertig und äußerst sexy.

Aber sie sah das anders und letzten Endes war das auch gut so.

Schweigend gingen sie nebeneinander her. »Lass mich wenigstens deine Skier tragen«, bat er.

Lissi lachte auf. »Das mache ich selbst, aber danke.«

»Bloß keine Schwäche zeigen.«

»Ich bitte dich. Ich könnte noch vier Paar obendrauf packen und hätte keine Probleme mit dem Gewicht.«

»Das meine ich nicht.«

Lissis schweres Seufzen entging ihm nicht. Er musste endlich den Rand halten, sonst würde sie wirklich sauer werden. »Tut mir leid. Mir ist wohl die Höhenluft zu Kopf gestiegen.«

»Macht ja nichts. Trotzdem wäre es mir recht, wenn du nicht herumposaunen würdest, dass wir miteinander im Bett waren.«

Er musste schmunzeln. »In Ordnung. Hast du es nicht mal deinen Freundinnen erzählt?«

Auf der anderen Straßenseite winkte ihnen Sabrina zu, die mit einer Gruppe Kinder auf dem Weg zum Übungslift war. Sie waren sich ein paarmal begegnet, er fand sie nett, aber mehr auch nicht.

»Sicher nicht.«

»Echt? Ich dachte, ihr Frauen besprecht alles untereinander.«

»Nur Geschichten, von denen wir wollen, dass es weitergeht.«

Bumm.

Das hatte gesessen. Dabei hatte sie selbstverständlich recht.

»Was ist? Tut die Wahrheit weh?« Der Spott in ihrer Stimme war nicht zu überhören.

»Ein bisschen«, neckte er sie.

Im Schneeglöckchen verschwand Lissi im Skiraum. Er wartete kurz, dann entschied er sich, eben hier einen Kaffee zu trinken. Im Gastraum saß Lissis Vater mit dem Schnösel, der die Pension kaufen wollte.

»Guten Tag«, grüßte er und setzte sich an einen Tisch, der etwas entfernt stand. Er hatte nicht vor zu lauschen, auch wenn er sich wunderte. Soweit er wusste, waren die Gespräche seit der Familiensitzung, in der sich Lissi und Erik gegen einen Verkauf ausgesprochen hatten, auf Eis gelegt worden. Nur, was machte der Kerl dann hier?

Sollte er Lissi Bescheid geben? Eigentlich ging es ihn nichts an, er war niemandem gegenüber zu etwas verpflichtet, und doch hatte er das Bedürfnis, sie zu informieren.

Noch während Konstantin mit sich rang, sah er, dass Lissi in der Tür stand. Sie hatte ein Lächeln auf dem Gesicht, das einfror, als sie ihren Vater mit dem potentiellen Käufer erblickte.

Georg sprang auf. Lissi blieb ruhig.

»Ja, wir haben alles besprochen«, der Besucher stand ebenfalls auf. »Dann telefonieren wir in den kommenden Tagen.«

Georg Reisinger schnappte sichtlich nach Luft. Wortlos tauschten die Männer einen Händedruck aus, woraufhin der andere – beinahe fluchtartig – verschwand. Das war alles sehr seltsam. Hatte Georg sich nicht an die Absprachen gehalten? Was hatte er vor? Konstantin beobachtete das Schauspiel, ohne Teil davon zu sein. Kaum war der Kerl aus der Tür, feuerte Lissi ihrem Vater einige sehr deftige Sätze an den Kopf. Er konnte sie verstehen, irgendwie.

Georg stotterte. »Lissi, so war es doch gar nicht … Lass mich doch … erklären.« Er griff sich an die Brust und rang nach Atem. Im nächsten Augenblick stöhnte er und schwankte.

Konstantin war sofort klar, dass hier etwas ganz und gar nicht stimmte.

»Papa?« Lissis Stimme klang dünn.

»… keine Luft«, röchelte er. »Schmerzen …« Und dann sank Georg Reisinger in sich zusammen.

Konstantin sprang auf und war bei Georg, ehe er auf dem Boden aufkam.

»Was ist los?«, rief Lissi schrill.

Während ihr Vater die Augen geschlossen und das Gesicht vor Schmerz verzerrt hatte, prüfte er seinen Puls. Die Anzeichen waren eindeutig, es hatte schon in den letzten Wochen den Anschein gemacht, dass etwas nicht in Ordnung war. *Verdammt*, dachte Konstantin, *ich hätte auf einer Untersuchung bestehen müssen.*

»Lauf in die Praxis, ich brauche Medikamente. Akuter Herzinfarkt, sie sollen auch gleich einen Hubschrauber anfordern. Und den Defibrillator mitbringen, oder habt ihr einen?«

»Was?«

»Na los, Lissi. Geh! Hundert Prozent sicher können wir erst sein, wenn wir ein EKG haben, aber hier ist keins. Beeil dich!«

»O Gott!«

Georg stöhnte, das riss sie aus ihrer Starre. Lissi stürmte aus dem Gastraum.

Während Konstantin Georgs Körper hochlagerte und die Knöpfe seines Hemdes öffnete, versuchte er mit ihm zu sprechen und ihn zu beruhigen. Immerhin, er war noch bei Bewusstsein, auch wenn sein Puls unregelmäßig ging. Er hoffte inständig, dass nicht noch Kammerflimmern dazukam, was leider in dreißig Prozent der Fälle auftrat.

Magda und Johanna kamen aus der Küche geeilt, sie begriffen sofort, was los war. Johanna weinte leise und hielt Georgs Hand, während Magda vor die Tür ging – um Gäste abzuhalten, wie sie sagte. Konstantin war froh, dass die Polin so umsichtig und praktisch dachte. Nicht viele Menschen konnten in derartigen Situationen die Ruhe bewahren.

Die Zeit bis zu Lissis Rückkehr erschien ihm endlos. Immer wieder stöhnte Georg, er schwitzte stark und hatte große Schmerzen und Atembeschwerden. Trotzdem war er froh, dass er einen Puls hatte und ansprechbar war. »Wir werden dir gleich helfen, Georg. Am besten ist es, wenn du versuchst ruhig zu atmen. Medikamente und Hilfe sind unterwegs.«

Er begegnete Johannas Blick, und er las in ihren Augen die stumme Frage.

Konstantin nickte ihr aufmunternd zu, das war das Einzige, was er momentan für sie tun konnte.

Endlich ging die Tür auf, Ludwig Bodenhof, ein Kollege aus der Praxis, kam mit einer Tasche und einem Defibrillator angelaufen, Lissi im Schlepptau. Konstantin klärte ihn kurz auf. »Der Hubschrauber ist gleich da, landet auf dem Rüfikopfplatz. Wagen für den Transport kommt gleich.«

Johanna weinte still. Konstantin legte Georg einen Zugang, während Ludwig den Blutdruck maß und ihn abhörte. »Rhythmusstörungen, ich gebe ihm eine Kapsel Nitroglyzerin, Aspirin intravenös und Diazepam.«

Von da an ging alles ganz schnell, Sanitäter kamen ins Zimmer. Johanna Reisinger eilte voraus, sie würde mit ins Krankenhaus fliegen. Georg wurde für den Transport vorbereitet und auf eine Liege gehoben.

»Wohin bringen sie ihn?«, fragte Lissi.

»Innsbruck, die Intensivmediziner sind sehr gut dort«, gab Ludwig Bodenhof zurück und drückte Lissis Schultern aufmunternd.

Sie war tapfer und hielt sich gerade. »In Ordnung. Ich fahre hin.«

»Du solltest in dem Zustand nicht Auto fahren.«

»Ich bringe sie«, mischte Konstantin sich ein. »Meine Patienten müsstest du dann übernehmen.«

»Ist gut. Ich fahre mit bis zur Übergabe.«

Wenig später saß er mit Lissi in seinem BMW, sie schniefte und schaute aus dem Fenster.

Konstantin legte ihr eine Hand auf den Oberschenkel. »Es wird alles gut, Lissi.«

»Und was, wenn nicht?«

»Wir haben alles getan, er hat die richtigen Medikamente, und das ist bei einem Infarkt das A und O. Zeit ist der kritische Faktor.«

»Aber es kann doch immer noch was passieren.«

»Die nächsten achtundvierzig Stunden wird er engmaschig überwacht werden. Vermutlich werden sie eine Reperfusion anstreben. Das bedeutet, eine Wiedereröffnung des verschlossenen Gefäßes, um das betroffene Herzmuskelgewebe zu retten. Wie ich Ludwig verstanden habe, ist Innsbruck da sehr gut ausgestattet.«

Lissi schniefte erneut. »Ich weiß es nicht.«

Konstantin fischte eine Packung Taschentücher aus der Mittelkonsole seines Wagens. »Hier. Bitte. Ich erkläre es dir. Sie dehnen die Herzkranzgefäße auf und setzen einen Stent. Das ist heute Standard«, versuchte er sie weiter zu beruhigen.

Anderthalb Stunden später standen sie im Wartebereich des Innsbrucker Krankenhauses. Lissi umarmte ihre Mutter. Konstantin ließ den beiden etwas Raum und ging hinaus, um Kaffee zu holen. Auf dem Weg brachte er die neusten Informationen in Erfahrung. Zunächst wollte man ihn wegschicken, erst als er sich als Arzt auswies, klärte man ihn auf. Er war erleichtert zu hören, dass es auf dem Flug keine weiteren Komplikationen gegeben hatte. Konstantin bedankte sich und kehrte mit dem Kaffee in den Warteraum zurück.

Lissi und Johanna sprangen gleichzeitig auf. »Und?«

»Ich habe mit dem diensthabenden Arzt gesprochen. Georg wird jetzt so, wie ich es Lissi schon auf der Fahrt erklärt habe, versorgt. Sie versuchen mittels Herzkatheder das verschlossene Gefäß mit einem Stent zu stabilisieren und das Blutgerinnsel zu entfernen, um den Herzmuskel zu schützen.«

Johanna brach erneut in Tränen aus. Lissi legte ihr einen Arm um die Schultern. »Alles wird gut, Mama.«

Konstantin bewunderte sie für ihre Stärke. Er wünschte, er könnte mehr tun. Ihm blieb nicht mehr, als die beiden zu beruhigen. Nach zwei weiteren Stunden bekamen sie die Information, dass alles gutgegangen sei und Georg nun auf die Intensivstation verlegt werde. »In einer halben Stunde können Sie sich dort melden. Bitte klingeln Sie und warten Sie, bis jemand kommt.«

Johanna nickte. »Natürlich.«

»Mama, kann ich mitkommen?«

»Ja, sicher. Aber nur kurz. Er ist bestimmt noch schwach und mitgenommen.«

»Ich möchte nur sehen, dass es ihm gutgeht. Konstantin, kannst du da mit dem Arzt reden? Das Fachchinesisch versteht von uns ja keiner.«

Er nickte. »Gerne. Ich bin froh, wenn ich helfen kann.«

Johanna blickte zu ihm auf, dann trat sie auf ihn zu und umarmte ihn. »Ohne dich wäre er sicher tot.«

Konstantin wurde verlegen. Er versuchte den Kloß im Hals herunterzuschlucken, während er Johannas Rücken tätschelte. »Nicht doch«, sagte er.

»Wir sind dir so dankbar!«, pflichtete auch Lissi bei.

Kurz darauf begaben sich die drei auf den Weg zur Intensivstation, dafür mussten sie in die erste Etage und bis zum Ende des Ganges laufen. Mit jedem Schritt spürte Konstantin die Sorgen und Ängste der beiden Frauen mehr. Vermutlich waren sie noch nicht auf vielen Intensivstationen gewesen, er bedauerte, dass sie nun diese Erfahrung machen mussten.

Johanna klingelte. Als jemand antwortete, teilte sie ihren Namen mit, und wen sie besuchen wollten.

»Einen Augenblick, jemand holt Sie ab.«

Konstantin drückte auf den Knopf eines Spenders und sprühte sich Desinfektionsmittel auf die Hände. »Ihr auch bitte«, sagte er und rieb sich die Finger.

Johanna zitterte leicht, Lissi wirkte erstaunlich gefasst, während sie kurz darauf einem in Blau gekleideten Pfleger einen endlosen Gang folgten. Konstantin hatte den beiden zuvor den Rat gegeben, sich nicht groß umzuschauen und einen Blick in die angrenzenden Zimmer zu vermeiden, – man wusste nie, was man da zu sehen bekam. Normale Menschen waren es nicht gewohnt, Leid und Tod mit mitzuerleben, sie sollten sich auch nicht daran gewöhnen. Sie gehörten hier nicht hin, und doch waren sie da. Leider.

Konstantin erfuhr vom diensthabenden Arzt, dass die Behandlung erfolgreich und der Stent gesetzt worden war. Georg ging es den Umständen entsprechend gut. »Bis jetzt sieht alles nach einem unkomplizierten Verlauf aus«, sagte Dr. Neumann, während er etwas in seiner Akte notierte. »Er wird ein bis zwei Tage hier bei uns bleiben und dann auf normal verlegt.«

Konstantin hörte aufmerksam zu.

»Je nachdem, wie schnell er sich erholt, wird er sieben bis vierzehn Tage bleiben müssen. Danach würden wir eine Anschlussbehandlung in einer Rehabilitationsklinik empfehlen. Es ist natürlich auch möglich, dass er in einem ambulanten Therapiezentrum behandelt wird. Wie ich es verstanden habe, betreibt die Familie eine Pension?«

Konstantin nickte. »Ja, das ist richtig.«

»Ist gerade stressig, mitten in der Saison. Auch wenn der Infarkt glimpflich ausgegangen ist. Ich würde ihn stationär unterbringen wollen. Er müsste auch zwanzig Kilo abnehmen, das Übergewicht ist Gift für die Gefäße.«

Das war Konstantin klar. »Ja, da stimme ich zu. Ob er psychische Stabilisierung braucht, muss man dann entscheiden. Ich hatte gerade einen Fall, da war es schwierig.«

»Ja, gerade bei Männern darf man das nicht unterschätzen. Das ist absolut richtig. Gut wäre, wenn er Mitglied in einer ambulanten Herzgruppe werden könnte.«

»Ob es das in Lech gibt, weiß ich nicht.«

»Sie kommen nicht von dort?«

»Bin nur für die Saison da.«

»Ach so. Super Skigebiet. Na, da haben Sie es ja gut getroffen, Herr Kollege.«

Konstantin rang sich ein Lächeln ab. »Ja, das passt schon. Ich danke Ihnen, dass Sie sich die Zeit genommen haben, um mich ins Bild zu setzen.«

»Aber gerne doch. Wenn Sie noch Fragen haben, rufen Sie einfach auf der Station an und lassen sich durchstellen.«

Die beiden tauschten einen Händedruck aus, dann schaute Konstantin nach den drei Reisingers. Johanna saß an Georgs Bett und hielt seine Hand. Er schlief, was nach der Tortur kein Wunder war.

Als Lissi Konstantin erblickte, weiteten sich ihre Augen. Sie kam auf ihn zu. »Und?«

»Sieht gut aus. Den Umständen entsprechend. Sollen wir deiner Mutter etwas bringen?«

»Nein, ist okay. Ich habe Erik angerufen. Er ist auf dem Weg und hat eine Tasche für beide gepackt und auch ein Zimmer für sie organisiert. Sie will natürlich hierbleiben. Ist ja klar. Ich kümmere mich um die Pension. Aber Papa geht vor.«

Er nickte und drückte ihre Hand. »Ich bin auch noch da. Wir schaffen das.«

Lissi schluckte und blinzelte. Konstantin verstand, dass das nicht Ort und Zeit war, um über andere Dinge zu sprechen, das wollte er auch gar nicht. Um Lissi nicht noch mehr in Verlegenheit zu bringen, ließ er ihre Hand los und ging zu Johanna. »Johanna, ich habe mit dem Arzt gesprochen«, sagte er leise. Sie hob den Kopf. »Es ist so weit alles gut. Er ist nur zur Überwachung hier. Er hatte Glück. Alles Weitere wird sich dann in den nächsten Tagen klären. Eine Woche muss er aber mindestens bleiben.«

Sie nickte. »Danke. Ich weiß gar nicht, wo ich anfangen soll.«

Konstantin tätschelte ihre Schulter. »Gar nicht, Johanna. Ich bin froh, dass ich diese guten Nachrichten nach dem Schreck überbringen kann. Ich fahre mit Lissi jetzt zurück. Wenn du etwas brauchst, melde dich jederzeit. Und sei es nur, um zu reden.«

Johanna schluckte, sichtlich bewegt. »Dankeschön. Dich hat der Himmel geschickt.«

Konstantin lächelte schwach. »Halt die Ohren steif und sag Georg, dass er ab jetzt erst mal nur noch Schonkost bekommt. Keinen Schweinebraten mehr.«

Endlich kehrte etwas Farbe in Johannas Gesicht zurück. »Garantiert nicht. Nie mehr. Nur noch Gemüse und leichte Gerichte.«

»Ich hoffe, er wird es mit Fassung tragen.«

»Dem zieh ich die Ohren lang, wenn er sich nicht daran hält.«

»So ist es richtig. Also, Johanna. Mach's gut.«

Nachdem auch Lissi sich von ihrer Mutter und ihrem schlafenden Vater verabschiedet hatte, machten sie sich auf den Rückweg.

15

Lissi hielt, neben den Gästen, alleine in der Pension die Stellung. Konstantin war, nachdem sie in Lech angekommen waren, noch mal in die Praxis gegangen, um dort nach dem Rechten zu sehen. Lissi hatte sich zwar schon mehrfach bei ihm bedankt, dass er so schnell und richtig reagiert hatte, dennoch blieb die Sorge, dass sie ihm nie genug würde danken können. Außerdem fühlte sie sich in seiner Gegenwart geborgen und sicher. Sie schob es auf die Umstände. So etwas Schreckliches erlebte man zum Glück nicht öfter.

Lissi war total erledigt, als sie die Tür zu ihrem Zimmer hinter sich ins Schloss zog. Nachdem sie alle über den Zustand ihres Vaters ins Bild gesetzt und den Pensionsbetrieb für die kommenden Tage geregelt hatte, hatte sie nur noch das Bedürfnis, ins Bett zu kriechen und zu schlafen.

Mit einem Seufzen schlug sie ihre Bettdecke zurück, als ein Klopfen an der Terrassentür sie zusammenzucken ließ. Ihr Herz machte einen Satz.

Sie drückte den Griff herunter und zog sie auf. »Hi«, hörte sie Konstantins dunkle Stimme, während sie den Vorhang beiseiteschob.

»Wir haben auch normale Türen«, gab sie zurück und merkte, wie sich ihre Mundwinkel nach oben bogen.

»Das wäre ja langweilig.« Er zwinkerte. »Darf ich kurz reinkommen? Ich glaube, wir haben minus zwanzig Grad hier draußen.«

»Könnte hinkommen.« Sie fröstelte, weil sie nur noch Shirt und Pyjamahose trug. »Es ist Winter, also völlig normal. Vielleicht bist du ja nur falsch angezogen. Aber bitte, komm rein.« Sie trat mit einem Lächeln im Gesicht zur Seite.

Eigentlich hätte sie sich unwohl oder nervös fühlen müssen, stattdessen freute sie sich, dass er da war. »Was kann ich dir anbieten?«, fragte sie.

Konstantin winkte ab. »Danke, ich habe eben im Tannberger Hof einen Happs gegessen, bin also versorgt.«

»Ein Bier?«

»Nein, deswegen bin ich nicht hier.«

»Nicht?« Sie blickte zu ihm auf.

»Ich wollte fragen, wie es dir geht.«

Damit hatte sie gerechnet. Sie wusste nicht, was sie darauf antworten sollte, daher hob sie die Schultern und machte ein unschlüssiges Gesicht.

Konstantins Züge wurden weich. »Kann ich dich kurz in den Arm nehmen? Ich kann mir vorstellen, wie schwierig der Tag für dich war. Keine Sorge, ich habe nur ganz anständige Absichten, ehrlich. Nichts würde mir ferner liegen, als dass ich dich jetzt belästigen würde …«

»Hey, schon gut.«

Er streckte seine Arme aus. »Komm her, Schneekönigin.«

Lissi ließ ihre Schultern sinken und trat auf ihn zu. Konstantin drückte sie an sich, und sie schlang ihre Arme um seine Hüften. Ihr Gesicht bettete sie an seine Brust. Er trug nur ein dünnes T-Shirt und eine Jeans. Seine Füße waren nackt. Und er roch himmlisch, nach Duschgel und Mann. Sie schloss ihre Augen und versuchte an nichts zu denken. Sie merkte, wie er immer wieder zart über ihren Rücken strich. Sie sagten nichts, Worte waren nicht nötig.

Sie lauschte seinen gleichmäßigen Atemzügen und seinem Herzschlag. Seine Nähe beruhigte sie so sehr, dass sie gähnen musste.

»Du bist völlig erschöpft«, stellte er fest, hielt sie aber weiter fest.

Lissi nickte. »War ein harter Tag.«

»Ich wollte nur sehen, dass alles in Ordnung ist.« Langsam löste er sich von ihr.

»Nein, bitte geh nicht.« Sie schaute zu ihm auf. »Ich …«

»Lissi, ich möchte die Situation nicht ausnutzen.«

Sie ergriff seine Hand. »Ich möchte nicht alleine sein. Bitte, Konstantin. Ich will es nicht komplizierter machen, aber heute Nacht brauche ich dich an meiner Seite.«

Er legte eine Hand an ihre Wange und fixierte sie mit seinem Blick. »Ich werde dich nicht anrühren. Ich bin nicht so ein Kerl, deswegen bin ich nicht hier runtergeklettert.«

»Das weiß ich doch. Bleibst du?«

Der Ausdruck auf Konstantins Zügen war unergründlich, schließlich seufzte er leise und fing an, sich auszuziehen.

Lissi runzelte die Stirn.

»Du glaubst doch nicht, dass ich in Jeans schlafe, oder?«

»Nein, natürlich nicht.« Sie lachte und klopfte auf die Matratze. »Groß ist es nicht …«

Mit einem Satz war er hineingesprungen. Sie schrie vor Überraschung leise auf. »Huch, ganz schön dynamisch.«

Er wackelte anzüglich mit den Augenbrauen. »Das merkst du jetzt erst?«

Lissi legte sich neben ihn und breitete die Decke über ihnen aus. »Spinner.«

Ehe sie sich versah, hatte er sie geschnappt und fing an, sie zu kitzeln. »Dir gebe ich gleich Spinner. Sag, dass du es zurücknimmst.«

Zwischen zwei Lachanfällen brachte sie ein »Niemals« hervor, was dazu führte, dass er seine Attacke verstärkte. Irgendwann konnte sie nicht mehr und kapitulierte. »Ich gebe auf!«, rief sie atemlos.

»Wie sehr willst du es?«, forderte er amüsiert.

»Bitte, ich kann nicht mehr«, flehte sie.

»Na gut. Gnade sei dir gewährt.« Er ließ sie los, zog sie aber sofort wieder in seine Arme und bettete ihren Kopf an seine Schulter. »Gut so?«

»Wunderbar.« Sie kuschelte sich an ihn. »Willst du fernsehen?« Lissi zeigte auf einen kleinen Flachbildschirm neben dem Schreibtisch.

»Du?«

»Lass uns mal durchzappen, ehe ich doch noch auf dumme Gedanken komme.«

Sie hörte, wie er scharf die Luft einsog.

»Sorry.«

»Ich bin auch nur ein Mann, und ich muss sagen, du riechst verdammt gut.«

Lissi schmunzelte, gleichzeitig freute sie sich über das Kompliment. »Du auch«, murmelte sie und fischte nach der Fernbedienung auf ihrem Nachttisch.

»Okay, Schneekönigin. Lass mich eins klarstellen: Wenn du keinen Sex willst, dann bitte auch keine sexuellen Anspielungen.« Er klang ein wenig gequält.

Im Fernsehen flimmerte ein Krimi.

»Verstanden.« Sie kicherte und schaute auf den Bildschirm.

Einige Minuten verstrichen, Konstantin seufzte.

»Was ist?«

»Das hier ist schwieriger als gedacht.«

»Was meinst du?«

Er streichelte ihren Oberarm mit seinem Daumen. »Dich nicht zu küssen, dich nicht zu lieben.«

Dich nicht zu lieben.

Wie er das wohl meinte?

Ihr Herz schlug schneller. »Ich habe es dir nicht verboten, oder?«

Konstantin stöhnte. »Das ist nicht hilfreich, Schneekönigin. Das dürfte dir wohl klar sein. Nach dem Tag will ich das nicht …«

Sie hob ihren Kopf und drehte sich zu ihm um. »Und was ist, wenn ich will?«

Er schloss die Augen und rang sichtlich mit sich. »Nicht, Lissi. Tu das nicht.«

Sie fühlte sich zurückgesetzt, andererseits hatte er vielleicht recht. »Okay«, sie rollte sich auf die Seite und bettete ihren Kopf wieder in seine Armbeuge. »War nur ein Angebot.«

»Himmel. Ich weiß, dass ich das bereuen werde, aber gerade bin ich verdammt stolz auf mich.«

»Ich nicht so.«

Er lachte rau. »Du bist einzigartig.«

»Du irgendwie auch.«

Sie schwiegen, Lissi lauschte seinen Atemzügen. »Bist du noch wach?«

»O ja. Und wie.«

Sie kicherte. »Sorry.«

»Schon okay. Versuch du zu schlafen. Träum schön.« Er küsste ihren Scheitel.

»Du auch.«

»Es ist aber wirklich verdammt eng in deinem Bett.«

»Ist nun mal nicht für zwei gemacht.« Mit einem Grinsen im Gesicht schloss sie die Augen, legte ihren Arm über seinen Bauch und zu ihrer eigenen Überraschung schlief sie sehr bald ein.

Konstantin hatte kaum ein Auge zugetan. Wie auch, wenn *sie* neben ihm lag. Aber er hatte richtig gehandelt. Er hatte sie und die Situation nicht ausnutzen dürfen. Sein Nacken schmerzte und von seinen Eiern brauchte er gar nicht erst anzufangen. Die waren mittlerweile sicher dunkelblau.

»Morgen«, murmelte sie, als ihr Wecker klingelte, und rieb sich verschlafen die Augen.

»Morgen«, brummte er.

Lissi streckte sich und stieß dabei mit ihrem Po gegen seine Erektion. »Oh!«, brachte sie überrascht hervor und wäre um ein Haar aus dem Bett gefallen, wenn er sie nicht festgehalten hätte.

»Sorry«, gab er mit einem schiefen Grinsen von sich.

Sie sprang aus dem Bett und kratzte sich am Kopf. »Äh, ich muss duschen und dann zum Frühstückrichten runtergehen.«

Konstantin war schneller, er griff ihr Handgelenk. »Nicht so hastig, junge Dame.«

»Was?« Sie sah noch verführerischer aus, wenn sie rot wurde, so wie jetzt.

»Wir sollten über eine Regelung sprechen«, sagte er und setzte sich auf.

»Was meinst du?« Sie verengte ihre Augen.

»Na, es ist doch klar, dass das viel zu viel für dich alleine ist.«

»Und? Soll ich jetzt zumachen, oder wie?«

»Nein, natürlich nicht.«

»Was meinst du dann?«

»Ich gehe euch ein bisschen zur Hand.«

»Wie willst du das denn anstellen?«

»Missbrauch mich als Küchenhilfe, ich habe doch an Weihnachten schon gezeigt, dass ich das kann.«

»Glaubst du, das ist eine gute Idee?«

Er hob eine Augenbraue. »Hast du eine bessere?«

Sie verzog ihren Mund. »Nicht wirklich.«

»Dann ist es abgemacht.«

»Was ist das mit uns?«, fragte sie, und ihre Augen wurden größer.

»Ich habe keine Ahnung, um ehrlich zu sein. Aber es fühlt sich irgendwie besser mit dir an als ohne dich.«

Sein Herz schlug Kapriolen, aber es stimmte.

»Ich weiß gar nicht, was ich antworten soll.«

»Nichts. Gar nichts. Versuchen wir nicht, das jetzt groß zu analysieren, okay? Ich möchte dir helfen.«

»Und sonst?«

»Ich weiß nicht. Lassen wir es auf uns zukommen.«

Sie überlegte einen Augenblick, dann nickte sie zögerlich. »Einverstanden.«

Konstantin erwartete beinahe, dass sie ihm ihre Hand wie zu einem Geschäftsabschluss reichte, stattdessen beugte sie sich zu ihm und küsste ihn auf die Wange.

Er schloss die Augen und seufzte lautstark. »Du riechst immer noch gut …«

Sie gab ihm einen Klaps auf die Brust. »Tja, Pech gehabt …« Und dann verschwand sie aus dem Zimmer.

Konstantin blieb noch einen Moment liegen und verschränkte die Arme hinter seinem Kopf. Er hatte keine Ahnung, worauf er da genau zusteuerte, aber er wusste, dass es sich gut anfühlte. Sehr gut sogar. Mit einem zufriedenen Grinsen stieg er aus dem Bett, schlüpfte in Jeans und Shirt, ehe er den normalen Weg nach oben nahm. Da er ohnehin nie abschloss, hatte er kein Problem, in sein Zimmer zu kommen. Dennoch war er ein bisschen erleichtert, dass ihm niemand begegnete, ehe er selbst unter die Dusche sprang.

Eine halbe Stunde später kam er in die Küche und bot seine Hilfe an. Magda fiel ihm direkt um den Hals und bedankte sich überschwänglich. »Du wirst nicht auch noch unser Küchenjunge«, flötete sie. »Lebensretter reicht völlig.«

Lissi kicherte, während sie einige Scheiben Käse zusammenrollte und sie dann auf ein Jausenbrett legte. »Gib ihm erst mal einen Kaffee, er sieht aus, als hätte er es nötig«, meinte sie zu Magda und funkelte ihn an.

Dieses kleine Biest! Er machte große Augen, und sie schien einen Heidenspaß daran zu haben, auf seine schlaflose Nacht anzuspielen. Das würde er ihr heimzahlen. Gleich heute. Er konnte es kaum abwarten.

Magda reichte ihm einen Kaffeebecher und ließ ihren Blick zwischen den beiden hin- und hergleiten, als ob sie ihn fragen wollte, was hier los war. Er zuckte nur die Schultern und zwinkerte. »Also, kann ich nichts tun?«, fragte er.

»Du kannst rübergehen, dich setzen und frühstücken«, sagten die beiden wie aus einem Munde.

»Hatte ich irgendwie befürchtet.«

Er gab sich geschlagen, frühstückte und ging dann in die Praxis. Gegen neun rief er auf der Intensivstation des Innsbrucker Krankenhauses an. Georg hatte die Nacht gut überstanden, wenn er sich weiter so machte, würde er morgen auf ein normales Zimmer verlegt werden. Beruhigt rief er in der Pension bei Lissi an.

»Pension Schneeglöckchen, guten Tag«, beantwortete sie.

»Hi, ich bin's.«

»Wer ist ich?«

»Konstantin.«

»Wieso rufst du nicht auf meinem Handy an?«

»Weil ich die Nummer nicht habe.«

»O Gott, ist alles in Ordnung mit Papa? Ich habe vorhin mit Mama gesprochen, da war alles …«

»Hey«, unterbrach er sie. »Alles bestens, das wollte ich dir nur sagen.«

»Himmel, du hast mich erschreckt.«

»Tut mir leid.«

»Schreib dir meine Handynummer auf, dann kann das nicht mehr passieren.«

»Ich kann dich auch da erschrecken.«

»Witzbold.«

»Gehst du heute nicht auf die Piste?«

»Nein, ich habe mich für diese Woche als nicht verfügbar gemeldet, es weiß ja jeder, dass der Papa im Krankenhaus ist.«

»Okay.«

Für einige Sekunden sagten sie nichts. »Konstantin?«

»Ja?«

»Was ist noch?«

»Eigentlich nichts, aber irgendwie mag ich es, mit dir zu telefonieren.«

»Du bist ja ein Scherzkeks.«

»Bis später, Schneekönigin.« Dann legte er auf und stellte fest, dass er ihre Handynummer immer noch nicht hatte. Egal, sagte er sich, und dann kam auch schon sein nächster Patient.

Am Ende eines langen Tages kehrte er aus der Praxis in die Pension zurück. Zum Abendessen gab es heute Gulaschsuppe und nicht wie sonst mehrere Gänge. Die Gäste waren informiert und hatten vollstes Verständnis. Konstantin löffelte einen Teller im Stehen, ehe er sich im Getränkeausschank versuchte.

Als die Letzten sich auf ihre Zimmer verabschiedet hatten, war auch er so müde, dass er kaum mehr die Augen offen halten konnte. Die fehlenden Stunden der vorigen Nacht machten sich bemerkbar. Er gähnte hinter vorgehaltener Hand.

»Du solltest ins Bett gehen, Junge«, hörte er Magda hinter sich.

»Was ist, spionierst du mir nach?«, scherzte er.

»Sollte ich?«

Er fühlte sich irgendwie ertappt. Hitze schoss in seine Wangen. »Nee, nee«, brummte er nur und winkte ab.

Magda kniff die Augen zusammen und musterte ihn. Es kam ihm so vor, als ob sie mit ihrem Röntgenblick genau sehen könnte, was er im Schilde führte. »Gute Nacht«, wünschte sie ihm schließlich und verschwand wieder in der Küche.

Auf dem Weg in sein Zimmer fiel Konstantin ein, dass er nicht mit Lissi abgesprochen hatte, wie es nun weiterging. *Gut*, dachte er, *dann werde ich es wohl herausfinden müssen.* Er schmunzelte zufrieden.

Die Aufregung hatte sich auch bei Lissi einen Tag nach dem Herzinfarkt ihres Vaters langsam gelegt. Natürlich machte sie sich immer noch Sorgen um ihn, aber er hatte großes Glück gehabt, und nun würde er hoffentlich etwas an seinen ungesunden Gewohnheiten verändern. Gleichzeitig wünschte sie sich, dass ihr Vater die Geschichte nicht zum Anlass nahm, die Pension Schneeglöckchen doch noch zu verkaufen. Sie hatte sich gestern fürchterlich aufgeregt, als sie Peter Höflinger im Gastraum mit ihrem Vater beim Kaffee vorgefunden hatte. Bis jetzt hatte sie noch gar keine Zeit gehabt, daran zu denken. Sollte sie es selbst in die Hand nehmen und ihm sagen, dass er sich sein Angebot in die Haare schmieren konnte? Nachdenklich ging sie in die Wohnung, putzte sich die Zähne und schlüpfte in ihren Pyjama. Sie knipste auf dem Weg in ihr Zimmer das Licht aus und wollte sich direkt ins Bett legen. Im nächsten Moment sprang sie wie von der Tarantel gestochen auf und stieß einen spitzen Schrei aus.

»Hmmm?«, murmelte eine dunkle Stimme verschlafen. »Lissi? Alles okay?«

»Konstantin! Gott, du hast mit fürchterlich erschreckt. Was machst du hier?«

Lissi knipste die Nachttischlampe an. Konstantin legte sich eine Hand über die Augen. »Bis eben habe ich geschlafen.«

Sie verschränkte die Arme vor ihrer Brust, dann lachte sie. »Tja, sieht so aus, als hätte ich dich geweckt.«

»Was ist denn los? Komm her.« Blind tastete er nach ihr, fand ihren Arm und zog sie so stürmisch zu sich ins Bett, dass sie noch einmal leise vor Überraschung aufschrie.

»Hör auf zu schreien, Schneekönigin«, brummte er an ihrem Hals und bedeckte ihn mit zarten Küssen. »Ich tue nichts, was du nicht willst.«

»War das so abgesprochen?«

»Ich nix verstehen.«

Sie lachte und löschte das Licht. Konstantins starke Arme schlangen sich um ihren Körper. Sie musste zugeben, dass es sich unglaublich gut anfühlte, ihn bei sich zu haben. An die Zukunft wollte sie keinen Gedanken verschwenden. Wenn sie gestern eins begriffen hatte, dann, dass die Zukunft sehr schnell ganz anders verlaufen konnte, als man es sich vorstellte. »Willst du weiterschlafen?«, fragte sie leise und ließ ihre Hände an seinem Oberkörper auf- und abgleiten.

»Garantiert nicht, wenn du das mit mir machst.« Er atmete aus. »Hör bloß nicht auf.«

Lissi grinste und kletterte auf ihn. Dann küsste sie ihn und alles andere war vergessen. Konstantins Hände landeten auf ihren Hüften, und seine Zunge spielte mit ihrer. Im Nullkommanichts war sie so nackt wie er. Ihr keuchender Atem und das leise Rascheln der Bettwäsche waren die einzigen Geräusche im Raum.

»Kondom«, keuchte sie irgendwann.

Sie spürte, dass Konstantin unter sein Kissen griff.

»Du bist vorbereitet.«

»Willst du dich jetzt darüber beschweren?« Seine Stimme klang heiser, seine Brust hob und senkte sich schnell.

»Sicher nicht.«

In Windeseile hatte er es übergestreift. Lissi ließ sein Geschlecht in sich gleiten und warf den Kopf in den Nacken. Gott, er war so groß, und doch passte es perfekt.

Konstantins Hände ruhten wieder auf ihren Hüften. »Warum ist verdammt noch mal das Licht aus? Ich will dich sehen?«

Er tastete nach dem Nachttisch, traf den Schalter aber nicht ganz, sodass die Lampe scheppernd zu Boden fiel. »Mist!«, knurrte er.

Lissi ließ ihre Hüften kreisen.

»Himmel!«, keuchte er. »Ja, so. Das ist so gut.«

Immer schneller trieben sie auf den Höhepunkt zu. Konstantin reckte ihr seine Hüften ungeduldig entgegen, sein Griff wurde fester. Sie genoss jede Sekunde und jede Empfindung. Sie beugte sich zu ihm und küsste ihn, während sie ihren Unterleib immer wieder auf seine Erektion sinken ließ, um sich dann zurückzuziehen. Sie konnte es kaum mehr aushalten, das bittersüßte Gefühl in ihrer Mitte hatte sich zu einem brennenden Sehnen aufgebaut, das nur er stillen konnte. Zähne schlugen zwischen wilden Küssen aufeinander, ihre Körper waren schweißbedeckt. »Ich kann nicht mehr«, stieß er unter zusammengepressten Lippen hervor.

Und dann kam sie. Sie kam so heftig und intensiv, dass sie alles um sich herum vergaß. Sie grub ihre Zähne in seine Schulter und krallte sich im Laken fest. Nur am Rande spürte sie, dass auch er sich unter ihr versteifte und immer wieder ihren Namen flüsterte. Erst, als sich ihr Atem einigermaßen beruhigt hatte, ließ sie sich von ihm gleiten. Sie fühlte sich wunderbar und zufrieden gleichzeitig. Eine süße Trägheit hatte ihre Muskeln und ihr Gemüt erfasst, noch nie hatte sie sich so wohlgefühlt wie mit Konstantin.

»Das war unglaublich«, raunte er in ihr Ohr und küsste sie noch einmal.

»Ja«, war alles, was sie dazu sagen konnte.

Es zu tun und alle Hemmungen zu verlieren, war eine Sache, darüber zu reden eine andere. »Hast du noch mehr Kondome dabei?«

Er lachte heiser. »Darauf kannst du Gift nehmen.«

Lissi schmunzelte. »Lieber nicht.«

»Wer ist jetzt der Scherzkeks?«, neckte er sie und gab ihr einen Klaps auf den Po. Seine Hand ließ er danach gleich liegen.

»Du bist jedenfalls ein schönes Früchtchen!«

»Finden wir jetzt nette Koseworte füreinander?«

»Ich dachte, du hättest schon eins für mich.«

»Stimmt. Schneekönigin.«

»Gefällt mir irgendwie.«

»Mir auch.«

»Schläfst du hier?«

»Wenn du möchtest?«

»Solange meine Eltern nicht da sind …«

Er lachte. »Ich hatte für einen Moment vergessen, dass ich bei meinem katholischen Mädchen dann wieder fensterln muss.«

»Tja …« Mehr sagte sie nicht.

»Sehen wir dann ja.«

»Genau. Und jetzt schlaf.«

»Jawohl!«

»Gute Nacht.« Sie küsste ihn lange.

»Jetzt ist mir nicht mehr nach schlafen.«

»Mir auch nicht.«

16

Lissis Vater wurde nach einer Woche entlassen und kam gleich im Anschluss zur Reha. Zwar hatte er sich mit Händen und Füßen gewehrt, aber Johanna hatte sich geweigert, ihn mitzunehmen, und schließlich hatte er eingelenkt. Lissi wünschte sich, dass ihr Vater ebenso einsichtig mit dem Verkauf der Pension werden würde, beziehungsweise mit dem Nicht-Verkauf. Natürlich sprach sie das Thema momentan nicht an, aber es belastete sie dennoch. Viel Zeit zum Nachdenken blieb ihr allerdings nicht, die Tage waren ausgefüllt mit der Organisation in der Pension, und morgen würde sie auch wieder als Skilehrerin arbeiten.

»Mama«, tadelte sie, als sie in die Küche kam. »Du sollst doch nicht schon wieder schuften. Die letzten Tage waren stressig genug für dich.«

»So ein Unsinn. Rumgesessen bin ich den ganzen Tag lang, sonst nichts.«

Lissi schüttelte den Kopf. »Du bist unverbesserlich. Es hat auch ohne dich alles gut geklappt. Die Gäste mochten es, dass wir abends einen deftigen Eintopf mit frischem Brot serviert haben. Sie haben gesagt, drei Gänge zur Nacht wären ihnen sowieso zu viel, weil sie auf der Piste meistens ordentlich mittagessen.«

Johanna Reisingers Augen wurden groß. »Na, so weit kommt's noch, dass wir hier nur noch eine Suppe reichen.«

Lissi atmete hörbar aus. »Das stimmt doch gar nicht. Ein Linseneintopf mit Hirschwürstel und Sauerteigbrot ist was Feines, das musst du zugeben.«

»Wir haben das immer so gemacht. Drei Gänge, und es hat sich bisher keiner beschwert.«

Da hatten sie es wieder. Hier musste immer alles so gemacht werden wie schon vor zwanzig Jahren. Lissi war genervt, sagte aber nichts. Sie wollte nicht mit ihrer Mutter streiten, sie hatte wirklich genug Sorgen gehabt. Trotzdem störte es sie.

»Hauptsache, ihr verkauft nicht an den Höflinger«, konnte sie sich aber nicht verkneifen.

»Das ist gerade kein Thema.«

»Ich wundere mich nur, was er hier gewollt hat.«

»Bitte, Lissi. Nicht jetzt.«

Wann dann, überlegte sie, hielt aber den Mund. »Gut, dann ein andermal. Ich gehe dann heute Abend noch aus.«

»Wohin denn?«

»Treffe Franzi und Sabrina.«

»Ach, schön, grüß sie von mir.«

»Mach ich.«

Sie erwischte sich dabei, wie sie sich wünschte, mit Konstantin darüber reden zu können. Aber sie hatte ihn seit heute Morgen nicht gesehen, er war vermutlich noch in der Praxis. In der kurzen Zeit hatte sie sich schon viel zu sehr an ihn gewöhnt, er war zu einer großen Stütze für sie geworden. Nicht nur mental, sondern auch in körperlicher Hinsicht. Lissi war nicht klar gewesen, wie sehr sie es vermisst hatte, von jemandem im Arm gehalten zu werden. Und er hatte durchaus auch andere Qualitäten, die über das Kuscheln hinausgingen. Sie lächelte versonnen, während sie nach oben ging und sich für den Abend umzog.

Eine Stunde später saß sie mit Sabrina und Franzi in der Pizzeria San Marco.

»Du schaust irgendwie verändert aus«, fand Franzi und drehte ihre Spaghetti mit einer Gabel auf.

»Stimmt, jetzt, wo du es ansprichst«, pflichtete auch Sabrina bei. »Neue Frisur?«

Lissi lachte. »Quatsch. Die Bluse ist vier Jahre alt und meine Haare stehen ab, als hätte ich in eine Steckdose gefasst.«

Franzi hob eine Braue und schob sich die Nudeln in den Mund, dabei ließ sie ihre Freundin keine Sekunde aus den

Augen. »Hm. Ja, da hast du recht«, brummte sie mit vollem Mund. »Aber da ist irgendwas anders an dir.« Sie fuchtelte mit ihrer Gabel vor Lissis Nase herum.

Diese lehnte sich ein Stück zurück und drückte das Besteck ihrer Freundin von sich. »Willst du mich aufspießen? Bei mir ist alles wie immer.«

»Hm«, machte Franzi. »Ich weiß nicht. Na ja. Vielleicht täusche ich mich ja auch. So eine gute Beobachterin bin ich nämlich scheinbar doch nicht.«

»Was ist los?«, fragte Sabrina und biss von ihrer Funghi-Pizza ab.

Ein Schatten huschte über Franzis Gesicht. »Ich weiß auch nicht. Beim Waschen habe ich einen komischen Zettel in Josefs Hose gefunden.«

»Komischer Zettel?«, wiederholte Lissi und pustete auf ihre brodelnd heiße Lasagne.

»Ja.«

»Was stand drauf?«, wollte Sabrina wissen.

»Keine Telefonnummer, wenn du das meinst.« Franzi schaute düster in ihre Nudeln.

»Spann uns doch nicht so auf die Folter«, bat Lissi.

»Okay«, Franzi seufzte. »Danke, dass es dich gibt. Und ein Herzerl dahinter.«

Sabrina atmete scharf ein, und Lissi nagte an ihrer Unterlippe. Das klang wirklich nicht gut. »Und … sonst ist alles wie immer? Vielleicht eine alte Bekannte?«

»Malst *du* Herzerl auf die Zettel?« Sabrina schüttelte vehement den Kopf. »Nee, also, da würde ich auch mal nachforschen.«

»Stimmt, wenn ich euch eine Nachricht schicke, dann mach ich da auch mal eins dazu, aber bei einem Mann? Das kann man ja leicht falsch verstehen. Und, hast du ihn schon mal drauf angesprochen?« Lissi versuchte es vorurteilsfrei anzugehen, was nicht ganz leicht war in Anbetracht der Fakten.

»Ich trau mich nicht«, murmelte Franzi und stocherte lustlos in ihrem Essen.

Sabrina beugte sich etwas nach vorne. »Und … sein Handy? Hast du da schon mal nachgesehen?«

»Sabrina!«, stieß Lissi hervor. »Ist das nicht ein totales No-Go? Also, ich würde das nicht wollen.«

»Wer will das schon. Aber unter den Umständen? Ich meine, hallo? Die beiden haben das Aufgebot schon bestellt. Oder, Franzi? Habt ihr doch?« Sabrinas Appetit war ungeschmälert, sie schob sich den Rest ihrer Pizzaecke in den Mund.

»Ja, haben wir«, sagte Franzi und wirkte auf einmal total niedergeschlagen. »Ich habe natürlich nicht in seinem Handy nachgesehen, wir vertrauen uns.« In ihren Augen schimmerten Tränen.

»Ach, Süße, nicht weinen. Vielleicht ist es ja nichts«, versuchte Lissi ihre Freundin aufzumuntern.

»Ja genau«, fügte Sabrina in einem sarkastischen Tonfall hinzu. »War sicher nur eine Kundin.«

Lissi verpasste der Wienerin einen Tritt unter dem Tisch und sah sie mit großen Augen an, dass sie bitte endlich die Klappe halten sollte. Franzi war schon traurig genug.

Aus dem Augenwinkel sah sie, wie zwei neue Gäste zur Tür hereinkamen.

Ihr Bruder Erik hatte Konstantin im Schlepptau.

»Ach, schau mal einer an. Der Herr Doktor.« Sabrina grinste in Lissis Richtung. »Wie läuft's eigentlich bei euch? Hab euch neulich auf der Piste gesehen, da habt ihr ziemlich vertraut gewirkt.«

Hitze schoss in Lissis Wangen. »Sei nicht albern, er wohnt bei uns. Ist doch klar, dass man sich da besser kennenlernt. Außerdem habe ich es Erik zu verdanken, dass ich mit Konstantin auf die Piste musste.«

»Ha! Sie wird rot, siehst du, Franzi?« Sabrina stupste Franzi in die Seite. Und die war offensichtlich froh darüber, dass sie nicht mehr über ihre Beziehungsprobleme sprechen musste. »Stimmt. Siehst du! Wusste ich es doch.«

»Äh, hallo?« Lissi wedelte vor den Gesichtern der beiden mit ihren Händen. »Merkt ihr eigentlich noch was?«

Sabrina und Franzi tauschten einen eindeutigen Blick aus. »O ja, wir merken einiges.«

»Ihr seid schlimm.«

»Und, läuft da was?« Sabrina beugte sich über den Tisch zu Lissi und ließ dabei Konstantin nicht aus den Augen.

Lissi sah, dass auch Konstantin und Erik zu ihnen schauten. Sie lächelte gezwungen und winkte knapp, ehe sie Sabrina anfunkelte.

»Schuldig«, entschied diese und nahm sich ein weiteres Stück Pizza.

Ein tiefer Seufzer schlich sich aus Lissis Kehle, ehe sie fortfuhr, in ihrer Lasagne zu stochern.

»Shit, Lissi. Du bist wirklich in ihn verknallt, oder?« Franzi starrte sie ungläubig an.

»Bin ich nicht«, beharrte sie.

»Ich finde, er ist heiß.« Sabrina wackelte anzüglich mit den Augenbrauen.

»Das Gespräch hatten wir doch schon mal«, brummte Lissi und schob sich eine Gabel Lasagne in den Mund.

»Na schön, du Geheimniskrämerin, dann erzähl es uns halt nicht. Müssen wir uns unseren Teil eben denken.«

»Habt ihr keine anderen Themen als Männer?« Lissi schüttelte ihren Kopf.

Franzi und Sabrina fingen an zu lachen. »Anscheinend nicht.«

Konstantin kam sich schon lange nicht mehr wie ein Einbrecher vor, wenn er über Lissis Balkon kletterte. Es war ein warmes Gefühl, das sich in ihm breitmachte, wenn er vor ihrer Tür stand und klopfte. Nach wenigen Sekunden ließ sie ihn in ihr Zimmer und begrüßte ihn mit einem intensiven Kuss.

»Irgendwann wird dich jemand sehen«, murmelte sie an seinen Lippen, während sie anfing an seiner Jeans zu nesteln.

»Du kannst ja auch zu mir raufkommen«, schlug er vor und ließ seine Hände unter ihr Shirt gleiten.

»Ja, vielleicht. Nur, was sage ich meiner Mutter?«

Konstantin umfasste ihre Brüste mit seinen Händen und brummte: »Lass uns jetzt nicht über deine Mutter sprechen, okay?«

Sie gab ein zustimmendes Seufzen von sich und zog ihn mit sich zum Bett. Konstantin wurde nicht müde, sich jeder Kurve ihres Körpers ausgiebig zu widmen, er liebte jede einzelne davon. Gleichzeitig konnte er nicht glauben, wie sehr er sie nach all den Nächten, in denen er sie hingebungsvoll geliebt hatte, schon wieder wollte. Es war beinahe so, dass sich die Lust steigerte, je öfter er mit ihr geschlafen hatte. Was das bedeutete, wollte er jetzt nicht analysieren, und so konzentrierte er sich wieder voll und ganz auf sie.

Lissi nestelte an einer Kondompackung und streifte es ihm mit geschickten Bewegungen über, ehe sie ihn sanft in die Kissen drückte und sich auf ihn setzte.

»Himmel«, keuchte er, als sie ihn in ihre feuchte Nässe gleiten ließ.

»Sch«, sie hielt ihm einen Finger an die Lippen. »Nicht so laut.«

Lissi ließ ihr Becken kreisen und Konstantin musste sich zusammenreißen, um kein tiefes Grollen aus seiner Kehle schlüpfen zu lassen.

Einerseits machte ihn das kleine Versteckspiel an, andererseits begann es, lästig zu werden.

Sie erhöhte ihr Tempo und schaffte es dabei, ihn immer so dicht vor seinem Höhepunkt schweben, ohne ihn kommen zu lassen. Mittlerweile sah er Sternchen vor den Augen. Irgendwann hielt er es nicht mehr aus. Mit einer bestimmten, aber dennoch zärtlichen Aktion warf er sie auf den Rücken und übernahm selbst das Kommando. »Wie du mir …«, raunte er in ihr Ohr und stieß kraftvoll in sie. Stetig und sich langsam steigernd trieb er Lissi auf den Gipfel der Lust zu, Schweißperlen bildeten sich auf seiner Stirn. Es kostete ihn größte Mühe, sich zurückzuhalten.

»Konstantin«, flehte sie keuchend. »Bitte!«

»Bitte was?«, brummte er zwischen aufeinandergepressten Kiefern.

»Bitte!«, wiederholte sie noch einmal und er entschied, dass sie lange genug die süße Qual ertragen hatten. Lissi kam mit einem leisen Schrei, Konstantin drückte sein Gesicht ins Kissen neben ihrem Kopf, um nicht das ganze Haus mit seinem Stöhnen aufzuwecken.

Schwer atmend sank er auf sie, Lissi klammerte sich immer noch an ihm fest.

Ein Klopfen an der Zimmertür ließ sie erstarren. »Lissi?«

»Äh, ja, Mama?«

»Alles in Ordnung?«

Konstantins Augen wurden groß. Schnell knipste sie das Licht aus, für den Fall, dass ihre Mutter doch noch reinkommen würde.

»Ja, klar. Ich habe nur ein paar, äh, Dehnungsübungen ausprobiert.«

Er schlug sich die Hand vor den Mund, um ein Lachen zu unterdrücken. Das war doch nicht ihr Ernst!

»Ach so, dann schlaf schön.«

»Du, äh, auch.«

Sie lauschten, bis sich Johanna Reisingers Schritte entfernten, erst dann wagte er wieder zu atmen.

»Puh«, stieß sie hervor.

»Hast du nicht abgeschlossen?«

»Vergessen.«

Er ließ sich neben ihr auf die Matratze sinken und entfernte das Kondom. »Wäre es denn so schlimm, wenn sie von uns wüsste?«

Lissi stützte sich auf den Ellenbogen und schaute ihn von der Seite an. »Ich glaube, wenn sie dich hier in meinem Bett entdecken würde, wäre das schon ein bisschen peinlich.«

»Aber ihr muss klar sein, dass du alt genug für eine Beziehung bist.« Er sagte es mit einem spöttischen Grinsen auf den Lippen, was sie nicht sehen konnte, da es dunkel im Zimmer war. Wahrscheinlich hörte sie es jedoch an seinem Tonfall.

»Ha ha«, machte sie. »Ja, ist klar. Trotzdem haben sie eher altmodische Ansichten. Wenn ich mit einem Mann zusammen bin, dann sollte das bitte schön auch etwas Ernsthaftes sein und nicht nur auf Sex basieren.«

Konstantin zögerte. Okay, also so sah sie das. »Gut. Dann hat der Mohr jetzt seine Schuldigkeit getan und kann wieder nach oben klettern.« Er schickte sich an aufzustehen, aber sie hielt ihn fest.

»Hey, was hast du vor?«

»Ich weiß nicht …«

»Bleib doch.«

»Wirklich? Was, wenn sie dich morgen früh aufwecken will?«

Lissi seufzte. »Ich schließ ab, okay?«

»Und wenn ich schnarche? Hört man das nicht?«

»Du denkst ja an alle Eventualitäten.«

»Ich will einfach keine peinlichen Situationen.«

Er spürte, dass sie sich aufrichtete. »Okay, was soll ich deiner Meinung nach tun?« Ihre Stimme klang alarmiert.

»Ich weiß es auch nicht. Einen Heiratsantrag werde ich dir deswegen nicht machen.«

Schweigen.

Konstantin begriff, dass sein Scherz nicht witzig gewesen war.

»Ja, ist mir klar“, brummte sie.

Er atmete hörbar aus. »Hey, so war das nicht gemeint. Ich fühle mich fast wie ein Teenager mit der Heimlichtuerei, und irgendwie ist das doch reichlich seltsam, findest du nicht?«

»Glaubst du, für mich ist das nicht blöd? Ich wollte mir ja längst eine Wohnung suchen, aber irgendwie kam immer was dazwischen, und jetzt, mitten in der Saison, findet man eh nichts.«

»Du hast also mit allen deinen Freunden im Kinderzimmer, in diesem Bett … O Gott, nee, da möchte ich jetzt nicht dran denken.«

»Ehrlich, das ist nicht witzig.«

»Ja, finde ich auch.«

»Ich war schon mal ausgezogen, aber nach der Trennung wollte ich nicht mehr dort wohnen, wo ich, na du weißt schon. Mein Ex und ich hatten das alles zusammen eingerichtet, das hat sich einfach nicht mehr richtig angefühlt.«

»Hey, kein Problem. Ich will wirklich nichts über Ex-Partner hören. Und du kannst wohnen, wo du willst. Alles in Ordnung.«

Langsam wurde es ihm zu kompliziert. »Soll ich lieber gehen?«, fragte er deshalb.

Lissi griff nach seiner Hand. »Nein. Bitte bleib.«

»Irgendwann werden wir auffliegen.«

»Bis dahin können wir es doch genießen. Ich war so lange eine Person des öffentlichen Lebens, ich möchte einmal ein bisschen Privatsphäre haben.«

Okay, daran hatte er noch gar nicht gedacht. »Dann bin ich jetzt also dein kleines, schmutziges Geheimnis?«

»Ich höre, dass du grinst, Konstantin Waichinger. Und *klein* bist du sicher nicht.«

Er sog scharf die Luft ein, als er ihre Finger auf seinen Lenden spürte. »Lissi«, seufzte er. »Ich mache alles, was du willst, nur hör bloß nicht damit auf.«

»Das hatte ich nicht vor …«

17

Seit der kleinen Unstimmigkeit vor ein paar Tagen hatten sie das Thema nicht mehr angeschnitten. Lissi fühlte sich wohl damit, vorerst niemandem von Konstantin und sich zu erzählen. Zumindest nicht, bis sie selbst herausgefunden hatte, was das zwischen ihnen war. Keiner von beiden hatte bisher über Gefühle gesprochen, und sie war sich sicher, dass Konstantin zwar ihre Nähe genoss, sich an seinen Absichten aber nichts geändert hatte. Am Ende der Saison würde er wieder verschwinden, und sie würde hierbleiben. Damit erübrigten sich im Grunde alle weiteren Diskussionen.

Natürlich ging sie ein Risiko ein, wenn sie sich mit ihm traf, während ihre Mutter zu Hause war, aber dazu war sie bereit. Ein Staatsgeheimnis war es ja auch nicht.

Sie stand gerade an der Rezeption und bearbeitete einige Emails, als ihr Handy brummte.

Bist du da?, schrieb Franzi. *Muss mit dir reden.*

Lissi antwortete sofort. *Klar, musst du nicht arbeiten?*

Mache früher Schluss. Komme gleich rüber.

Okay, da stimmte doch was nicht. Lissi hatte eine düstere Vorahnung, was ihrer Freundin auf dem Herzen liegen könnte. Sie hoffte, dass sie unrecht hatte.

Fünf Minuten später stürmte Franzi zur Tür herein. Ihre Augen waren gerötet, sie hatte geweint. »Hey Franzi.« Lissi trat um den Tresen und umarmte ihre Freundin. »Komm erst mal rein.«

Sie nahm sie mit nach oben, wo sie ungestört waren. In der Wohnung setzten sie sich in die Küche, die ein wenig verwaist aussah, da sie meist unten aßen. »Magst du was trinken?«

»Ein Wasser bitte.«

Lissi füllte zwei Gläser und setzte sich dann zu Franzi an den Tisch. »Was ist passiert?«

»Ich hab's gemacht.«

»Was?«

»Na, sein Handy. Ich hab es mir angeschaut, als er geschlafen hat.«

»Und?«

»Da gibt es einen epischen Chat mit einer Elena.«

Unbehagen machte sich in ihr breit. »Wer ist das?«

»Das weiß ich noch nicht, aber … klar ist, dass sie sich treffen. Immer, wenn er angeblich länger arbeitet, geht er zu ihr.«

»So ein Mist.«

Franzi wischte sich über die Augen. »Ich mag nicht mehr heulen.«

»Er ist ein Idiot.«

»Das ist mir jetzt klar. Und ich dumme Kuh koche, putze und wasche für ihn. Aber jetzt nicht mehr.«

Lissi war klar, dass ihre Freundin total neben sich stand. Sicher war Hausarbeit nicht ihr momentanes Hauptproblem. Es tat ihr leid, dass die langjährige Beziehung der beiden nun wohl in die Brüche ging.

Nichts ist für die Ewigkeit, dachte Lissi.

Irgendwann würde auch ihre Liebelei mit Konstantin ein Ende finden. Bislang hatte niemand ein Wort über eine mögliche Zukunft verloren oder überhaupt über das Öffentlichmachen ihrer … ja, was war das eigentlich? »Beziehung« konnte man es jedenfalls nicht nennen.

Franzi schniefte und riss Lissi damit aus ihren Gedanken.

»Was hast du vor?«

»Erst mal will ich wissen, wer die Schlampe ist.« Franzi trank einen großen Schluck und stellte das Glas mit so einer Wucht auf den Tisch, dass etwas überschwappte. »Sorry.«

»Kein Ding.« Lissi rieb sich die Stirn. »Wie willst du das rausfinden?«

»Heute Abend treffen sie sich.«

»Und wo?«

»Das weiß ich nicht.«

»Okay, dann wird es schwer.«

»Mann, du hast ja null kriminelle Energie in dir.«

Lissi lachte. »Nicht wirklich. Du offenbar ja schon.«

»Glaub mir, ich habe die ganze Nacht überlegt, während die Sau neben mir friedlich geschnarcht hat.«

Lissi machte große Augen und grinste. »Ähm. Und?«

»Wenn er Feierabend hat, verfolgen wir ihn.«

»Wir?«

»Ja, klar, wir. Du hilfst mir doch?« Franzi schaute sie an. Ihr Gesicht war gerötet und verheult. Auch wenn sie momentan sehr gefasst wirkte, so wusste Lissi doch aus eigener Erfahrung, dass das volle Ausmaß der Neuigkeiten sie spätestens morgen einholen würde, wenn sie den Mistkerl rausgeworfen hatte und alleine im kalten Bett lag.

»Natürlich, Süße. Wann hat er Schluss?«

»In einer halben Stunde.«

»Dann müssen wir uns beeilen.«

»Ich muss mich verkleiden.«

»Warum?«

»Na, weil er mich sonst erkennt.«

»Und wie willst du das machen?«

»Hast du nichts?«

»Sorry, dass das hier eine Pension und kein Kostümverleih ist.«

Franzi schnaubte und nagte an ihrer Unterlippe. »Nicht mal eine Perücke?«

»Nee, aber ich habe einen echt hässlichen Hut, den ich dir leihen kann. Dazu eine Sonnenbrille und Mamas Mantel. Dann dürfte es gehen.«

»Hässlicher Hut?«

Lissi winkte ab. »Lange Geschichte. Den wollte ich eh loswerden.«

»Gut. Und was ziehst du an?«

»Hm«, sie stöhnte. »Lass mich mal überlegen. Ich könnte Papas Hut aufsetzen und seinen Mantel. Wenn ich den Kragen hochklappe, könnte es gehen.«

»Du wirst als Mann …?«

»Hast du eine bessere Idee? Komm, ich bin groß genug, das könnte klappen. Wir sind ein süßes, älteres Paar.«

»Hast du einen Schal? Den solltest du dir noch umwickeln, damit man dein zartes Frauenkinn nicht sieht.«

»Zartes Frauenkinn?«

»Hallo? Hast du irgendwo Bartstoppeln und markante Züge? Ich glaube eher nicht.«

Lissi erhob sich, nahm zwei Schnapsgläser aus dem Schrank und holte einen Obstler aus der Vorratskammer. »Darauf trinken wir einen.«

Fünfzehn Minuten später standen sie hinter einer Hausecke und warteten, dass Franzis Verlobter – zukünftiger Ex-Verlobter – aus dem Gebäude kam und sich auf den Weg zu seiner Geliebten machte.

»Ich sehe gar nichts mit der Sonnenbrille«, jammerte Franzi.

»Es geht jetzt nicht anders.«

»Lissi?«, sprach sie jemand mit bekannter, dunkler Stimme an. Gerade in diesem Augenblick kam Josef aus dem Haus.

»Nicht jetzt«, fauchte sie und winkte ab. »Geh weiter. Los!«

Konstantin schüttelte den Kopf und lachte. »Bitte!«, meinte nun auch Franzi.

»Franzi?«

»Komm, zisch ab. Das hier ist wichtig!«, bat Lissi noch einmal mit Nachdruck.

Josef wandte den Kopf in ihre Richtung und Lissi sah ihre Felle schon davonschwimmen. Glücklicherweise hatte Konstantin endlich begriffen, dass er weitergehen sollte. Er lachte zwar immer noch, setzte aber seinen Weg fort.

Gott, manchmal nervte es, dass das Dorf so klein war und man quasi jedem ständig über den Weg laufen konnte.

»Hinterher!« Franzi zupfte sie am Ärmel und zog sie mit sich.

In sicherem Abstand folgten sie Josef, der den Weg nach Stubenbach einschlug. Sie wagte nicht zu sprechen. Franzis Freund hingegen war total lässig und schaute sich kein einziges Mal um. Zum Glück.

Endlich blieb er vor dem Haus Hubertus stehen und klingelte.

»Das Mitarbeiterhaus von der Bergrose. Ich flipp aus.« Franzi war vom Donner gerührt. Als sich dann auch noch die Tür öffnete und eine sehr schlanke Blondine, schlecht gefärbt, wie Lissi sofort auffiel, aus dem Haus kam, stieß ihre Freundin einen spitzen Schrei aus. Gleich darauf schlug sie sich die Hand vor den Mund.

Die beiden Übeltäter hatten davon nichts mitbekommen, denn sie küssten sich bereits. Sehr intensiv.

»Ach du Schande«, murmelte Lissi. »Schau nicht hin.«

Franzi schnaubte. »O doch. Und denen werde ich jetzt was erzählen.«

»Nicht!«, bat Lissi und hielt sie fest. »Du musst jetzt strategisch denken.«

»Strategisch?«

»Ja. Komm, wir gehen.«

»Ich will aber nicht.« Franzi stampfte, beinahe so wie ein kleines Kind, dem man den Lolli weggenommen hatte, auf den Boden.

»Doch. Später wirst du es mir danken.«

Aus dem Augenwinkel sah Lissi noch, wie Josef mit seiner Affäre im Haus Hubertus verschwand. So ein Schwein!

»Das wird er büßen«, knurrte Lissi feindselig und hakte sich bei Franzi ein. »Was hast du jetzt vor?«

Franzi ließ ihre Schultern sinken. »Volllaufen lassen?«

»Gehen wir erst mal zu dir, da haben wir mehr Ruhe und können überlegen.«

»Gott sei Dank ist es wirklich meine Wohnung. Pass auf. Ich lasse gleich mal die Schlösser tauschen.« Sie zückte ihr Telefon und wählte eine Nummer.

»Ehrlich? Ist das jetzt nicht ein bisschen übertrieben?«

»Meine Liebe. Wenn ich könnte, würde ich mir meine Vagina desinfizieren lassen. Vorgestern habe ich noch mit ihm geschlafen. Da das nichts nützt, werde ich ihn wenigstens aus der Wohnung werfen.«

»Puh.«

»Ja, das kannst du laut sagen.«

Wenig später, der Schlüsseldienst war schon da, standen sie bei Franzi und packten seinen Kram zusammen. »Du ziehst das wirklich durch?«, fragte Lissi.

»Und ob!«

Nachdem das Schloss ausgetauscht und sie alleine waren, öffnete Franzi eine Flasche Rotwein. »Glaubst du, das ist eine gute Idee?« Lissi runzelte die Stirn.

»Und ob!«

»Sag doch nicht dauernd ›und ob‹!«

»Irgendwie fehlen mir für alles andere die Worte.«

»Kann ich auch verstehen. Also, dann packen wir weiter.«

Franzi nahm einen großen Schluck direkt aus der Flasche. »Zum Glück habe ich noch nicht Ja gesagt. Stell dir mal vor! Jetzt muss ich nur einen Test machen lassen. Wer weiß, was die Schlampe für Krankheiten hat.«

»Vielleicht haben sie ja ein Kondom benutzt.«

»Eins? Wohl eher hunderte. Ich kann noch immer nicht glauben, dass mir das passiert.«

Lissi legte ihr tröstend eine Hand auf den Arm. »Du hast was Besseres verdient.«

Konstantin lag im Bett und zappte sich durch das abendliche Fernsehprogramm. Er war schon unten bei Lissi gewesen, aber sie war entweder eingeschlafen oder noch nicht zu Hause.

Vielleicht war sie ja noch mit Franzi zusammen, die beiden schienen inkognito unterwegs gewesen zu sein. Ein wenig seltsam, aber lustig.

Irgendwann stellte er den Flimmerkasten ab und drehte sich auf die Seite. Er vermisste sie.

Ach du Schreck!

War es schon so weit mit ihm?

Das durfte nicht sein, er wollte es nicht. Aber der Gedanke war so schnell aufgetaucht, dass er es nicht hatte verhindern können. Verdammt. Er riss die Augen auf und starrte im Dunkeln an die Decke. Dennoch mussten ihm die Lider zugefallen sein, denn er wurde von einem Geräusch geweckt. Etwas krachte gegen seinen Nachttischschrank.

»Au«, rief jemand, der sich sehr nach Lissi anhörte. Und doch klang ihre Stimme irgendwie anders als sonst.

»Lissi?«

»Wer soll dasn sonst sein?« Sie kicherte. »Oder kriegst du nachts öfter Besuch von andren Frauen? Ich hoffe nich...«

Okay, sie war also betrunken. Er grinste.

»Hier bin ich«, sagte er und hob seine Decke.

»Allein, hoff' ich doch.«

»Was ist mit dir eigentlich los?«, fragte er, während sie zu ihm ins Bett kroch. »Hui. Da hat jemand aber eine Fahne.«

»Ich bin nich schuld. Kannst du dich bei Franzi bedanken.«

»Was habt ihr da heute gemacht?«

»Geheime Mission.« Sie schmiegte ihren Kopf auf seine Brust und malte kleine Kreise mit ihren Fingern auf seinen Bauch.

»Willst du es mir verraten?«

»Dann wär es ja nich mehr geheim.«

»Na gut, Sherlock. Hast du mir mehr zu berichten?«

»Ich wüsste was Besseres.« Sie kicherte erneut, dann krabbelte sie unter die Decke und zerrte an seiner Shorts.

»Jesus, Lissi«, stieß er aus, als er ihre Lippen auf seinem Geschlecht spürte.

»Lissi genügt.« Und dann machte sie weiter.

»Hey, bist du sicher, dass du das …«

Eine Hand schnellte unter der Decke hervor und hielt ihm den Mund zu. »Lass mich ma ran, das wollte ich schon längst tun.«

Er räusperte sich und legte den Kopf zurück. »Du bist eine erwachsene Frau, ich halte dich nicht ab.«

Und dann stürzte sie wieder aus dem Bett ins Bad. Eindeutige Geräusche folgten.

So viel dazu.

Konstantin knipste das Licht an und schaute nach ihr. Er kniete sich neben sie und hielt ihre Haare. »Geh weg«, stieß sie matt hervor. »Ich will nich, dass du mich so siehst.«

Und dann würgte sie erneut.

Er dachte gar nicht daran, sie alleinzulassen. Sehr viel später hob er sie in seine Arme und trug sie zum Bett. Er breitete die Decke über ihr aus und holte ein Glas Wasser, das er auf den Nachttisch stellte.

»Konstantin?«, murmelte sie schlaftrunken.

»Ich bin hier«, sagte er und legte sich neben sie.

»Gut. Verlass mich nicht.«

Er spürte einen Stich in der Magengegend. Erwidern konnte er nichts darauf, denn er hasste es zu lügen.

Am nächsten Morgen schlief Lissi noch, als er das Zimmer verließ und zur Arbeit ging. Franzi saß zwar bereits an der Rezeption, aber sie war kaum mehr als ein Häufchen Elend. »Morgen, Franzi. Alles okay?«

Sie nickte, kreidebleich. »Geht so.«

»Willst du einen Tag freinehmen?«

Franzi schaute zu ihm auf, in ihren Augen schimmerten Tränen. »Wird nicht nötig sein. Hab den Drecksack rausgeworfen. Er hat nur mit den Schultern gezuckt und gesagt, er wäre sowieso gegangen, was für ein Schwein.«

»Oh!«, war alles, was er dazu sagen konnte.

»Und der Kater, das ist nichts, was eine Aspirin nicht beheben könnte.« Sie reckte ihr Kinn vor und straffte sich.

»Na, wie du meinst. Tut mir leid.«

Sie stieß einen abfälligen Laut aus. »Besser jetzt als nach der Hochzeit.«

Er wusste auch nicht, was er dazu äußern sollte. »Gut, dass du Freundinnen wie Lissi hast.«

»Genau. Sie hat mir geholfen. Ihr geht es heute bestimmt nicht besser als mir. Sie verträgt ja noch weniger als ich.«

Um ein Haar hätte er geantwortet, dass sie damit absolut recht hatte. Konstantin glaubte nicht, dass Lissi heute zur Arbeit gehen konnte. Er konnte sich gerade noch auf die Lippe beißen. »Aha«, bemerkte er nur.

»Ab sofort bin ich glücklicher Single«, verkündete sie leise und stand auf. »Und jetzt kaufe ich mir mal was aus unserer Apotheke hier.«

Konstantin verzog seinen Mund, erwiderte aber nichts mehr. Das würde für die Arme sicher ein langer Tag werden.

18

Georg Reisinger hatte in der Reha gut und gerne zehn Kilo verloren, er wirkte erholt und hatte eine gesunde Gesichtsfarbe. In zwei Wochen würden sie Ostern feiern, die Saison neigte sich dem Ende zu. »Grüß dich, Georg«, sagte Konstantin am Abend, als er in den Gastraum kam.

»Hallo Konstantin.« Er streckte ihm seine Hand hin. »Ich habe mich noch gar nicht richtig bedankt.«

»Iwo, das passt schon. Wie geht's dir?«

»Mir geht's wunderbar. Schlank bin ich geworden, nicht?« Er lächelte stolz.

»Super, ja. So kannst du dich sehen lassen.«

»Und damit ist noch nicht Schluss. Zehn müssen noch weg. Der Heimtrainer ist bestellt, ab sofort werde ich Fahrrad fahren anstatt auf dem Sofa Erdnüsschen zu naschen.«

»Sehr löblich, aber übertreib es nicht.«

»Na, sicher nicht. Ich habe einen Trainingsplan mitbekommen.«

Konstantin hoffte, dass die Euphorie auch in ein paar Monaten noch anhielt. Er schob den Gedanken, ob er dann noch hier wäre, um es mitzuerleben, beiseite. Dr. Gruber hatte ihm zwar schon mehrfach zu verstehen gegeben, dass es eine Möglichkeit gäbe, auch längerfristig hier zu arbeiten, aber Konstantin hatte bislang nie etwas darauf erwidert.

Zwischen ihm und Lissi lief es gut, dennoch machte sie keine Anstalten, ihre Eltern einzuweihen, und er glaubte daher, dass sie – wie er – davon ausging, dass die Affäre nach der Saison beendet sein würde.

Das Brummen seines Telefons erregte seine Aufmerksamkeit. »Entschuldigung«, sagte er und ging ins Foyer.

»Konstantin, dass man dich auch mal erreicht«, begrüßte ihn seine Mutter am anderen Ende.

»Hallo Mama.«

»Man hört ja gar nichts von dir!«

»Es ist viel zu tun.«

»Na, das glaube ich. Hier aber auch!«

»Wie geht es euch?«

»Ja, es muss ja. Sag mal, wo es doch zwischen den Jahren so schön war, haben wir uns überlegt, dass wir Ostern noch mal nach Österreich kommen wollen.«

Er verdrehte die Augen. »Schön! Habt ihr schon ein Hotel?« Er hoffte sehr, dass Lech ausgebucht war.

»Ja, habe ich eben bestellt.«

Seine Hoffnung zerschellte wie eine Kristallkugel, die auf einem Felsen aufschlug. »Toll!« Er versuchte möglichst gut gelaunt zu klingen, war sich aber sicher, dass es gründlich misslang.

»Und dann reden wir mal über deine Zukunft.«

Konstantin spürte, wie sich sein Magen zusammenzog. Als ob er mit seiner Mutter sprechen musste, was er als Nächstes anstrebte. »Ich habe noch keine Pläne gemacht.«

»Dann wird es Zeit, mein Junge. Dein Vater, die Praxis, wir können nicht ewig warten.«

Dann verkauft den Scheiß, hätte er am liebsten in sein Smartphone geschrien. Aber das schlechte Gewissen nagte an ihm, er hatte seine Eltern schon einmal enttäuscht und schreckte irgendwie davor zurück, ihnen diesen Wunsch abzuschlagen. Das ohnehin lädierte Band zwischen ihnen könnte dadurch komplett durchtrennt werden. Er war sich nicht sicher, ob er dazu in der Lage war.

»M-mh«, machte er daher nur.

»Das ist alles, was du zu sagen hast?«

Er versuchte das Thema zu wechseln. Nachdem er fünf weitere sehr anstrengende Minuten hinter sich gebracht hatte, verabschiedeten sie sich.

»Alles okay?« Lissi kam mit einem Korb voller Wäsche die Treppe herunter.

»Ja, wie man es nimmt. Und bei dir?«

»Ich habe Toni heute getroffen, er sieht viel besser aus. Hat wieder ein paar Pfund zugelegt.«

»Das ist toll.«

»Ja, ich habe nicht näher nachgefragt, aber ich glaube, dass ihm die Therapie und alles gutgetan haben.«

»Apropos. Dein Vater schaut ja super aus.«

Sie lächelte. »Ja, nicht? Finde ich auch. Hoffen wir mal, dass er sich weiter so gut hält.«

Das Verlangen, sie zu küssen, war groß, gerade besann er sich, dass sie das hier im Foyer nicht tun konnten. »Sehen wir uns noch?«

Sie schaute sich hektisch um. »Hast du schon gegessen? Ich brauche sicher noch eine Stunde, bis ich fertig bin.«

»Na, was tuschelt ihr da?«, rief Magda, die aus der Küche kam.

Lissi wurde rot. »Wir tuscheln überhaupt nicht.«

Konstantin konnte nicht verhindern, dass seine Mundwinkel zuckten. Lissi war so ungefähr die schlechteste Schauspielerin, der er je begegnet war. Auf ihrem Gesicht konnte nicht deutlicher ausgedrückt werden, dass Magda es auf den Punkt getroffen hatte. Ohnehin glaubte Konstantin, dass die kluge Polin mehr mitbekam, als so manchem lieb war.

»Dann lasst euch mal nicht stören«, fügte sie an und ging weiter.

Lissis machte große Augen. »Ja, ich muss auch mal in den Keller. Die Wäsche …«

»Klar. Dann bis später.«

Sie warf ihm einen finsteren Blick zu, den er mit einem rauen Lachen kommentierte, ehe er zurück zu Georg in den Gastraum ging, um etwas zu essen.

Verschlafen rieb sich Lissi die Augen, Konstantin stand vollständig angezogen neben dem Bett. Es hatte geschneit in der letzten Nacht, und er wollte offenbar vor dem Frühstück die Schneefräse bemühen. »Hast du heute nicht frei?«

»Ja, habe ich. Aber der Schnee muss ja trotzdem weg.«

»Es ist also keine senile Bettflucht?« Sie lächelte träge.

Konstantin stützte sich auf dem Bett auf und gab ihr einen Kuss. »Garantiert nicht. Soll ich mich noch mal ausziehen?«

Sie zerrte sich die Decke über den Kopf. »Schon gut. Geh Schnee schieben.«

»Kluge Entscheidung, wenn auch nicht die, äh, befriedigendere.«

Lissi lugte unter dem Federbett hervor. »Wow, was für ein Wortspiel.«

Konstantin bedachte sie mit einem sehr breiten Lächeln. »Genial, hm?«

»Sag mal, hast du Lust, heute mit mir Ski fahren zu gehen? Wir waren schon eine Weile nicht mehr, und heute wäre eine gute Gelegenheit, um noch ein bisschen … zu üben.«

Sie wusste nicht, wie sie es anders ausdrücken konnte. Konstantin hatte große Fortschritte gemacht, ihn überfiel nicht mehr die blanke Panik, wenn er sich in einen Lift setzte. Gleichzeitig hatte sie das Gefühl, dass er seinen Problemen noch immer aus dem Weg ging. Nicht, dass sie ein Recht hatte, sich einzumischen. Aber er lag ihr am Herzen, und sie wünschte sich immer noch für ihn, dass er das Skifahren irgendwann wieder unbeschwert genießen konnte, ohne an seinen verschollenen Bruder zu denken.

»Nein, sei mir nicht böse.«

Irgendwie hatte sie fast damit gerechnet, dennoch fühlte sie sich zurückgewiesen.

»Na gut«, versuchte sie möglichst leichthin zu sagen.

»Wir sehen uns.«

»Bist du beim Fackellauf dabei heute Abend?«

Gott, sie klang wie eine verdammte Klette.

»Ah, stimmt ja. Sicher, das lasse ich mir nicht entgehen.«

»Dann hab einen schönen Tag.« Sie stieg aus dem Bett und vermied es, ihm in die Augen zu sehen. Er sollte nicht die Enttäuschung darin lesen, denn sie hatte kein Recht dazu. Und sie wollte auch nicht so sein.

Weil Konstantin keine Lust hatte, schnappte sie sich ihre Freeride-Skier und marschierte zur Rüfikopfbahn. Sie hatte vor, den traumhaften Puderschnee zu genießen und den herrlichen Tag zu nutzen. Sie powerte sich richtig aus und bekam endlich wieder einen klaren Kopf. Skifahren hatte ihr schon immer dabei geholfen. Mittlerweile war es sogar so, dass sie nicht mehr dieses sehnsüchtige Ziehen verspürte, wenn über den Weltcup, Olympia oder Weltmeisterschaften gesprochen oder etwas darüber im Fernsehen gezeigt wurde. Sie hatte keine Ahnung, wann und wie es passiert war, aber es war so, und es fühlte sich gut an. Sie blickte heute mit Stolz auf ihre Karriere zurück und nicht mehr nur mit Wehmut.

Nach einer heißen Dusche, einer deftigen Jause und einer großen Apfelschorle fühlte sie sich bereit für den abendlichen Fackellauf. Am Rüfikopfplatz waren schon eine ganze Menge Leute versammelt, die Temperaturen waren mild, knapp unter null Grad.

»Hi, ihr zwei«, grüßte sie Franzi und Sabrina, die sich gerade angeregt unterhielten.

»Hallo«, gaben sie zurück und umarmten sie kurz.

Lukas stand etwas abseits, er plauderte mit einer Frau, die sie nicht kannte. *Sieh mal einer an*, dachte sie. *Er ist endlich über mich hinweg.*

Erleichtert wandte sie sich wieder ihren Freundinnen zu, und dann sah sie Konstantin. Er war in eine angeregte Diskussion mit einer hübschen Dame vertieft, die sie ebenfalls nicht kannte. Die beiden lachten und wirkten irgendwie vertraut.

Der Stachel der Eifersucht traf sie völlig unvorbereitet, sie konnte ihren Blick nicht abwenden. Natürlich durfte sie keinen Anspruch auf Konstantin erheben, und selbst wenn sie zusammen wären, könnte er sich mit fremden Frauen unterhalten.

Aber das hier war doch etwas anderes. Sie hatten nie darüber gesprochen, dass sie die Einzige war, mit der er sich vergnügte. Was, wenn er das nun … testen wollte? Oder schon hatte?

Franzis Geschichte hatte ihr mal wieder deutlich vor Augen geführt, dass viele Dinge, die man für selbstverständlich nahm, es einfach nicht waren.

»Hallo! Erde an Lissi. Was glotzt du denn so?« Sabrina piekte sie in die Seite.

»Hä? Was?«

»Also doch«, meinte Franzi triumphierend.

Lissi drehte sich um, sodass sie Konstantin nicht mehr sehen musste. »Was wollt ihr von mir?«

»Du hast die beiden gerade mit deinen Augen förmlich durchbohrt! Du bist doch nicht etwa eifersüchtig?« Sabrina grinste zufrieden.

Lissi stieß ein viel zu hohes Lachen aus. »Quatsch, ihr spinnt euch da was zurecht.«

»Lüg uns nicht an«, Franzi schüttelte den Kopf. »Warum tust du so geheimniskrämerisch? Gib es doch einfach zu!«

»Was soll ich sagen? Ja, ich hab ihn gern. Zufrieden?«

»Und weiter?«

»Es hat sich nichts an der Tatsache geändert, dass er nach der Saison wieder verschwindet.«

»Man weiß es nicht. Schau mal, Dr. Gruber ist schon so alt, ich kann mir nicht vorstellen, dass er noch lange weitermacht. Schließlich ist er schon diese Saison unterwegs, da wird er in der nächsten ja auch nicht mehr arbeiten wollen. Im Sommer vielleicht noch ein bisschen was, aber nicht diese stressigen Winter.«

Sabrina nickte zustimmend. »Ja, könnte ich mir auch denken, warum sonst hätte er diesen Winter schon jemanden gesucht.«

»Und was dann? Soll Konstantin hier im Winter für ein paar Monate arbeiten und im Sommer vielleicht wieder nach Afrika gehen?« Lissi schüttelte den Kopf.

»Wieso nicht? Du könntest ja auch mitgehen! Jetzt, wo du nicht mehr dauernd nach Neuseeland zum Skifahren musst, nicht mehr ständig an der Höchstleistung arbeiten musst. Es wäre doch super, wenn du auch mal um die Welt kommen würdest, ohne den Druck immer im Nacken zu haben.« Franzi sah das Ganze natürlich mal wieder praktisch. Aber ganz wegschieben konnte sie ihre Argumente auch nicht.

»So weit sind wir beide lange noch nicht«, gab Lissi düster von sich. Wenn Konstantin ernsthaftes Interesse an einer Beziehung hätte, hätte er doch längst was gesagt.

»Wie weit seid ihr dann?«, fragte Sabrina ungerührt.

Zum Glück musste sie nicht mehr darauf antworten. Lissi atmete erleichtert auf, als jemand mit Fackeln zu ihnen kam und dann weiterging. Gottlob nahm keine von den beiden den Gesprächsfaden beim abendlichen Lauf noch einmal auf.

Das Bedürfnis, sich immer mal wieder nach Konstantin umzudrehen, um zu sehen, ob er noch mit der Frau redete, war groß. Dennoch tat sie es nicht.

Als sie auf halbem Weg waren, stolperte ein Junge und fiel hin. Er schrie auf, seine Kleidung fing sofort Feuer. Glücklicherweise konnte es gleich gelöscht werden, aber er schien sich verletzt zu haben. Die Gruppe machte halt, es bildete sich eine kleine Traube. Nur ein paar Sekunden später tauchte Konstantin auf und verschaffte sich Platz und Gehör. »Ich bin Arzt. Würde bitte jemand die Rettung verständigen. Sieht nicht so aus, als könnte er noch weitergehen.« Er wandte sich wieder dem Jungen zu, der immer noch vor Schmerz aufschrie und laut weinte.

»Scheint gebrochen zu sein«, stellte Konstantin fest.

Es war ergreifend zu sehen, wie liebevoll er sich um den Kleinen kümmerte. Sie erinnerte sich noch gut daran, wie vorsichtig und einfühlsam er mit der süßen Emily umgegangen war. Er wäre sicher ein guter Vater.

Sie verbot sich, diesen Gedanken weiterzuspinnen. Als ob er spürte, dass sie ihn anschaute, hob er seinen Kopf. Ihre Blicke trafen sich. Der bedauernde Ausdruck in seinen Augen schnitt in ihr Herz wie eine vergiftete Klinge.

Konstantin wirkte mit einem Mal sehr traurig, und sie wusste, es galt ihr. Lissis Magen zog sich zusammen, sie konnte gerade noch verhindern, dass sie einen schmerzerfüllten Laut ausstieß, als ihr klar wurde, dass er wirklich nicht bleiben würde. Dass das Unvermeidliche nicht mehr lange hinauszuzögern war.

Sie konnte es nicht ertragen und wandte sich ab. Franzi und Sabrina folgten ihr, stellten erfreulicherweise keine blöden Fragen. Sie gingen wohl davon aus, dass sie einfach nicht als Gaffer bei dem Unfall des Kindes stehen bleiben sollten.

»Schade, dass der Lauf so enden musste«, meinte Franzi später beim Verabschieden.

Lissi hatte kaum mehr ein Wort gesagt, sie war immer noch wie gelähmt.

Auch zu Hause fühlte sie sich elend. Müde stieg sie die Treppen hinauf in ihr Zimmer, machte sich bettfertig und legte sich hin.

Zu ihrer großen Überraschung klopfte es einige Zeit später an ihrer Scheibe. Auch wenn sie es nicht wollte, schlug ihr Herz schneller, als sie Konstantin einließ. In der letzten Zeit war sie immer zu ihm nach oben geflitzt, weil sie nicht riskieren wollte, dass ihre Eltern sie doch einmal erwischten. Selbst das war ihr nun egal. Sollten sie doch, es war ihr Leben, das sie sich mit dieser Affäre schwerer gemacht hatte.

Konstantin sagte nichts, trat ein und schloss die Balkontür leise hinter sich. Dann zog er sie in seine Arme und küsste sie hart und besitzergreifend. Mit der Verzweiflung einer Ertrinkenden klammerte Lissi sich an ihm fest.

Hastig entledigten sie sich ihrer Kleidungsstücke, fielen regelrecht übereinander her. Heiseres Keuchen erfüllte den Raum. Mit einem Stoß glitt Konstantin in sie, ließ sie spüren, wie sehr er sie wollte und begehrte.

Sie hatten oft zusammen geschlafen, aber dieses Mal war anders. Intensiver. Trauriger. Wie ein Abschied.

Als Lissi kam, fühlte sie, wie eine Träne an ihrer Wange hinabrollte. Es war passiert, obwohl sie so sehr versucht hatte, es zu verhindern.

Sie hatte sich in ihn verliebt.

Sie liebte ihn.

Sie liebte ihn mehr, als gut für sie war.

Aber es würde enden. Bald. Sehr bald sogar.

Sie war überrascht, dass er sie nach dem Sex in seine Arme zog. Nicht, weil er das sonst nicht tat, nein. Lissi hatte sich darauf eingestellt, dass er dieses Mal eine fadenscheinige Begründung finden würde, um sich dann davonzustehlen. Sie hatte es beim Fackellauf in seinen Augen gesehen, sie wusste es.

Vielleicht hatte ihn auch einfach der Mut verlassen, vielleicht war er wirklich müde. Fakt war jedoch, dass keiner von beiden einen Mucks von sich gab. Konstantin küsste sie, wie so oft, auf den Scheitel, sie bettete ihren Kopf an seine Schulter. So schliefen sie ein.

In der Nacht hatte sie sich immer wieder versichert, dass er noch da war, hatte leise das ausgesprochen, was ihr zuvor klar geworden war. »Ich liebe dich«, hatte sie in die Dunkelheit geflüstert, weil sie es ihm sagen wollte, auch wenn sie keine Zukunft hatten. Dass er schlief, gab ihr Sicherheit.

Am nächsten Morgen spürte sie es, als er wach wurde. Er wandte sich vorsichtig von ihr ab und kletterte aus dem Bett. Vorsichtig schlüpfte er in seine Klamotten, um sie nicht zu wecken. Sie stellte sich schlafend, sie wollte nicht in seine traurigen, bedauernden Augen blicken. Sie war noch nicht so weit. Nicht nach letzter Nacht.

Erst, als er die Balkontür geräuschlos hinter sich geschlossen hatte, ließ sie die zurückgehaltenen Tränen zu. Sie weinte um ihretwillen, weil sie zu feige gewesen war, ihn zu bitten, dass er bleiben möge. Ihr Stolz war größer, außerdem könnte sie eine Zurückweisung nicht verkraften. Ob er wohl jemals in Erwägung gezogen hatte zu bleiben?

Vielleicht täuschte sie sich ja auch, versuchte sie sich Mut zu machen. Er hatte ja nichts *gesagt.* Jedenfalls nicht buchstäblich.

Und trotzdem hatte sie es so klar in seinen Augen lesen können, als hätte er es für sie auf einen Zettel geschrieben.

»Verdammt«, fluchte sie und legte sich eine Hand auf die Stirn.

19

Die ersten Frühlingsvorboten meldeten sich Ende März, die Tage wurden länger, die Sonnenstunden wärmer, und die Vögel fingen an zu singen.

Seit dem Fackellauf hatte sich zwischen Lissi und Konstantin etwas Grundlegendes verändert, doch keiner hatte sich in den letzten beiden Wochen getraut, es anzusprechen. Lissi gab sich unbeschwert, während Konstantin immer wortkarger wurde. Nachts liebten sie sich leidenschaftlich und schliefen eng umschlungen ein. Es schien, als wäre keiner von ihnen bereit, den Tatsachen ins Auge zu blicken und endlich den Schlussstrich zu ziehen, denn das Saisonende rauschte in Windeseile auf sie zu.

Weil es nichts zu ziehen gibt, grübelte sie und knetete den Hefeteig voller Inbrunst. Wenn das letzte Hotel geschlossen würde und damit der letzte Gast abreiste, würde auch er weiterziehen.

»Was ist denn mit dir los?«, fragte ihre Mutter.

Lissi blinzelte. »Hä? Was soll denn mit mir los sein?«

»Du verprügelst den Teig, als hätte er dir was angetan.« Johanna Reisinger schmunzelte.

»Ha ha. Sehr witzig. Je länger man knetet, desto besser. Schau, wie geschmeidig er ist«, redete sie sich heraus. Tatsächlich bemerkte sie erst jetzt, dass ihre Muskeln brannten. Vielleicht hatte sie es doch ein bisschen übertrieben.

Ihre Mutter legte ihr eine Hand auf den Arm. »Es ist wegen der Pension, nicht?«

Lissi nickte, obwohl Konstantin der Grund für ihre Abwesenheit war. Sie war so in ihren Liebesproblemen versunken, dass sie seit Tagen nicht mehr an das Angebot von Peter Höflinger gedacht hatte. »Ja«, log sie dennoch.

»Weißt du, wir haben immer geglaubt, die Pension würde eine Last für dich werden. Du bist alleine, und für eine Frau ist das alles ganz schön viel.«

Lissi verengte ihre Augen zu zwei Schlitzen. »So ein Unsinn.«

»Wir haben gedacht, dass es eine Bürde für dich sein würde. Ein Klotz am Bein. Du sollst frei sein zu gehen, wohin du möchtest.«

Sie ließ den Teig los und verschränkte die Arme vor der Brust. »Ich bin hier zu Hause, wo soll ich denn sonst hin?«

Johanna Reisinger zuckte die Schultern. »Du warst immer so gerne auf Reisen.«

»Ja, aber das war doch mein Beruf!«

»Heißt das, dass du wirklich in Lech bleiben willst?«

Lissi hielt ihre Mutter an den Oberarmen fest und sah sie eindringlich an. Dass sie dabei ihre Bluse mit Mehl bekleckerte, war ihr egal. »Natürlich! Wie oft soll ich das denn noch sagen? Ich habe so viele Ideen, was ich alles verbessern könnte. Aber ihr hört mir ja nie zu.«

»Nur weil wir deine Eltern sind, heißt das ja noch lange nicht, dass wir immer alles richtig machen.«

»Nee, sicher nicht.«

»Ich werde noch mal mit dem Papa sprechen.«

»Glaubst du denn, dass er sich jetzt auf einen Kredit einlassen würde?«

»Das kann ich dir nicht sagen, aber ich weiß, dass wir immer nur dein Bestes wollten.«

»Wie schön, dass ihr mich auch endlich mal fragt.«

Ihre Mutter hob eine Augenbraue, und Lissi wurde klar, dass sie sich ein wenig im Ton vergriffen hatte.

»Sorry«, murmelte sie deshalb. »Es geht mir einfach sehr nahe!«

»Glaubst du etwa, uns fällt es leicht?«

»Nein.«

Lissi war überrascht, als ihre Mutter sie in die Arme zog und ihr übers Haar streichelte. »Wir setzen uns noch mal zusammen, und dann reden wir. Ich glaube, für uns gibt es noch einiges, was wir erst mal begreifen mussten.«

»Ja, dass man auch als alleinstehende Frau einen Betrieb leiten kann, zum Beispiel.«

Johannas Mundwinkel bogen sich nach oben. »Ja, zum Beispiel. So, und jetzt lass mich mal den Hefezopf flechten und in den Ofen schieben, und du machst eine Pause. Du siehst wirklich müde aus. Du hast auch zu viel auf deinen Schultern getragen in den letzten Wochen.«

Widerwillig ließ sie sich von ihrer Mutter die Arbeit abnehmen.

Lissi goss sich ein Glas Saft ein und setzte sich in die Sonne nach draußen auf die Terrasse vor der Pension.

»Hi Lissi«, hörte sie eine Stimme.

Sie öffnete blinzelnd die Lider. »Oh. Ich bin wohl eingenickt.«

Konstantin ließ sich auf einen Stuhl neben ihr nieder. Zwischen ihnen stand ein kleiner Tisch. »Manchmal tut das ganz gut.«

»Ja«, gab sie zurück. »Schon Feierabend?«

Er atmete hörbar aus. »Meine Eltern sind eben angereist, ich treffe mich gleich mit ihnen.«

»Oh.« Er hatte gar nichts erzählt.

»Ja, sie bleiben über Ostern.«

Sie hatte keine Ahnung, was sie darauf erwidern sollte. »Sind sie gute Skifahrer?«

»Nein, nicht wirklich. Sie gehen ein bisschen spazieren. Hauptsächlich mir aber auf die Nerven.« Er sagte es mit einem Lächeln, aber es war klar, dass sehr viel mehr Wahrheit darin lag, als er zugeben wollte.

»Was habt ihr vor?«

»Heute Abend gehen wir im Haus Nummer acht essen.«

Sie atmete tief durch, denn was sie jetzt tun würde, war möglicherweise dumm. Aber sie hielt es nicht mehr aus, sie musste wissen, woran sie war. »Soll ich dich begleiten?«

Konstantins Kopf fuhr ruckartig herum. »Zum Essen?«

Sie nickte. »Ja. Ich meine …«

»Ich glaube nicht, dass das eine gute Idee ist.«

Die Enttäuschung, die sich in ihr breitmachte, drückte auf ihr Herz wie ein tonnenschwerer Felsen. »Verstehe.«

»Lissi«, fing er an, aber sie unterbrach ihn sofort.

»Nein, Konstantin. Wirklich. Ich habe endlich einige Dinge begriffen, und … ich bin froh.«

Er sah sie verständnislos an. »So ist es nicht. Bist du nicht immer diejenige, die das mit uns um jeden Preis geheim halten wollte?«

Er hatte nicht unrecht, dennoch war das ja wohl etwas ganz anderes. »Was, wenn ich meine Meinung geändert habe?« Sie stand auf. »Aber mach dir keine Gedanken. Es ist sicher besser so.«

Damit ließ sie ihn sitzen und ging zurück ins Haus. Sie rannte die Treppen hinauf und schloss sich im Badezimmer ein, weil sie befürchtete, dass er ihr hinterherkommen würde.

Konstantin griff sich an den Kopf, während er Lissi ungläubig nachstarrte. Er verstand nicht, was das eben sollte. Ja, natürlich hatte er gemerkt, dass sich in den letzten Wochen eine unangenehme Spannung zwischen ihnen aufgebaut hatte, weil vieles ungesagt geblieben war. Aber dass sie nun von ihm erwartete, dass er sie seinen Eltern vorstellte, war für ihn undenkbar. Mit ihnen alleine zu sein, war schon schlimm genug.

Er straffte sich und stand auf. Einerseits wünschte er sich, dass sie sich wieder vertrugen, andererseits kostete es ihn zu viel Kraft, alles wieder geradezubiegen. Er konnte es nicht. Nicht jetzt. Gleichzeitig war er wütend auf sie. Sie wusste, wie schwierig das Verhältnis zwischen ihm und seinen Eltern war. Wie konnte sie jetzt so eine Szene machen?

Verwirrt ging er in sein Zimmer, zog sich um und begab sich auf den Weg zum Hotel Post, wo er mit ihnen verabredet war.

»Konstantin, du musst langsam an deine Zukunft denken«, sagte sein Vater zu ihm, während er an seinem Steak säbelte.

Er wusste genau, wie sie sich seine Zukunft vorstellten, aber es war sein Leben. »Ich denke, dass ich eine ganze Menge erreicht habe.«

»Willst du denn dein ganzes Leben aus dem Koffer leben, in einem Fünfzehn-Quadratmeter-Zimmer?« Die Stimme seiner Mutter vibrierte vor Anspannung. Dass es unter ihrer Würde war, konnte sie nicht verbergen.

»Bis jetzt hat es mich nicht gestört.« Konstantin versuchte, ruhig zu bleiben. Es tat ihm leid, dass seine Eltern so wenig für seine Leistungen übrig hatten.

»Du wirst auch nicht jünger. Welche Frau würde denn so ein Leben mitmachen? Willst du nicht mal heiraten und eine Familie gründen?«

Konstantin biss die Zähne zusammen. Nun ging das wieder los. »Wisst ihr, ich definiere mich nicht über die Größe meines Hauses, meines Autos oder die Anzahl meiner Nachkommen.«

Ihre Züge verhärteten sich. »Ja. Dass die Familie nicht ganz oben auf deiner Liste steht, wissen wir.«

»Maren.« Nikolaus Waichinger legte seiner Frau eine Hand auf den Arm. Sie zog ihn weg.

»Lass mich. Es ist doch wahr. Wenn du endlich mal Verantwortung übernehmen würdest, wäre unser aller Leben einfacher.«

Niemand sagte ein Wort. Die Geräusche der anderen Gäste erschienen plötzlich überlaut. Das Blut rauschte durch Konstantins Adern. Seine Mutter starrte ihn an, sie war kreidebleich geworden. Er wusste, was sie dachte. Sie hatte es einmal im Streit zu ihm gesagt. *Du bist schuld, dass Tobias tot ist. Du hättest auf ihn aufpassen müssen.*

Es stand unausgesprochen im Raum. Das war es, was sie meinte, wenn sie sagte, dass er endlich »Verantwortung übernehmen« solle, weil er es damals schon nicht für Tobias getan hatte.

Ihm war übel, in seinem Kopf drehte sich alles.

Vielleicht hatten sie ja recht, und er lief wirklich nur davon, anstatt sich um das zu kümmern, was seine Vorfahren in drei Generationen aufgebaut hatten. Warum nach Afrika reisen, wenn zu Hause ein Platz für ihn freigehalten wurde?

München war kein schlechtes Pflaster, er war dort groß geworden und hatte sich dort immer wohlgefühlt. Aber jetzt, jetzt fühlte er sich dort nicht mehr wohl, weil er wusste, wie es gewesen war, als Tobias noch am Leben war. Konstantin konnte es nicht ertragen. Das war der Grund, aber er konnte es nicht aussprechen. Weil seine Eltern recht hatten, ja, er war verantwortlich. Jeder verdammte Tag erinnerte ihn daran, dass er lebte und Tobias nicht mehr da war.

Er schloss die Lider und atmete tief ein, dann sagte er: »Ich denke darüber nach.«

Nikolaus seufzte, Maren Waichinger legte ihr Besteck beiseite und tupfte sich den Mund ab. »Ich höre mir das nicht mehr länger an. Entweder du entscheidest dich bis zum ersten Mai, oder wir verkaufen die Praxis und zerstören damit eine lange Tradition.«

»Was Mama sagen will, Konstantin«, sein Vater redete ruhig, er war immer der Besonnenere von den beiden gewesen. »Wir vermissen es, dich um uns zu haben. Ich werde nicht jünger, und ja, wir würden uns freuen, wenn du in meine Fußstapfen trittst.«

Wollt ihr, dass ich mich lebendig begrabe?, wollte Konstantin rufen. Denn dem käme es gleich. Er konnte es nicht, er wollte es nicht.

Konstantin musste eine Entscheidung treffen. Sollte er ihnen in aller Deutlichkeit mitteilen, dass er nie mehr nach München zurückkehren würde, um die Praxis zu führen. Oder sollte er noch für ein paar Jahre bei jedem Wiedersehen diesen Eiertanz aufführen? Unschlüssig rieb er sich die Nasenwurzel. »Gut, dann haben wir ein Datum, an dem wir uns zusammensetzen«, verkündete er schließlich. »Können wir dann essen, oder muss ich mich noch weiter für meinen beruflichen Werdegang rechtfertigen?«

Seine Mutter schnappte nach Luft, ihr Mund öffnete und schloss sich wieder.

Nikolaus Waichinger nickte knapp. »Nein. Ich denke, vorerst hätten wir dazu alles besprochen. Das ist auch kein Ort, an dem man eine so wichtige Entscheidung trifft oder bespricht.«

Konstantin war klar, dass er sich damit nur Zeit erkauft hatte. Dennoch atmete er fürs Erste auf.

Wider Erwarten hatte er die Tage mit seinen Eltern gut überstanden, trotzdem war er froh, dass sie morgen abreisen würden. Mit Lissi hatte er seitdem kein Wort gewechselt. Er war nicht zu ihr hinuntergeklettert, und sie war nicht zu ihm gekommen.

Weil er früh wach war, schaltete er den Fernseher an, während er sich anzog. Die Nachrichten liefen, als er ein Bild mit der Überschrift »Vermisst« sah, stellte er lauter.

Die Sprecherin trug in sachlichem Tonfall die Fakten vor. Konstantin hatte sich oft gefragt, wie man es in diesem Beruf schaffen konnte, schreckliche Neuigkeiten derart emotionslos zu verkünden. »… seit vorgestern wird der achtunddreißigjährige Kaufburg-Chef Friedrich Burmann in den Schweizer Alpen vermisst. Er ist ein geübter Tourengänger. Aufmerksam geworden war man erst, als er nicht wie gewohnt zum Frühstück im Hotel erschien. Bislang fehlt jede Spur … Seine Frau und drei Kinder …«

Mehr hörte Konstantin nicht. Fassungslos starrte er auf den Bildschirm und ließ sich auf sein Bett sinken. Seine Lungen brannten, er bekam keine Luft mehr. Was musste seine Familie gerade durchmachen. Frau und Kinder, hatte sie gesagt. Sein Magen drehte sich um, er schaffte es, gerade noch aufzuspringen und ins Badezimmer zu laufen.

Konstantin erholte sich nur langsam von seinem Panikanfall, immer wieder schaufelte er sich eiskaltes Wasser ins Gesicht.

Bei Meldungen wie diesen verschwamm die Realität vor seinen Augen, er musste sich klarmachen, dass es nicht um Tobias ging. Dass er all das nicht noch einmal durchstehen musste. Die Hoffnung, die Verzweiflung, die Ungewissheit. Etwas Derartiges wünschte er niemandem, nicht einmal seinem ärgsten Feind. Er hatte geglaubt, er hätte sich endlich mit dem Verlust des Bruders abgefunden, wäre in der Lage, sich nicht mehr länger als Schuldigen zu sehen. Aber er hatte sich getäuscht. Nichts hatte sich verändert, die Lücke in seinem Herzen klaffte noch immer so tief wie am ersten Tag.

Den Dienst in der Praxis überstand er irgendwie, er erwischte sich aber immer wieder dabei, dass er aus dem Fenster aufs Kriegerhorn starrte. Die Sonne strahlte von einem azurblauen Himmel, die Schneeverhältnisse waren für März noch optimal. Warum mussten immer wieder Unglücke wie diese geschehen? Konstantin kam einfach nicht darüber hinweg, wie sollte er auch. Tobias war tot, auch wenn sie seine Leiche nie gefunden hatten. Nicht einmal ein Abschied war ihnen vergönnt gewesen.

An diesem Abend kehrte er erst spät in die Pension zurück. Das Abendessen hatte er verpasst, aber das war ihm ganz recht. Er war nicht in der Lage, Smalltalk zu führen, alleine der Gedanke an Essen verursachte ihm Brechreiz.

Erschöpft schleppte er sich die drei Stockwerke nach oben und drückte die Klinke zu seinem Zimmer herunter. Leise zog er sie hinter sich ins Schloss und schlüpfte aus den Schuhen und der dünnen Jacke.

»Hi«, sagte jemand. Er hob seinen Kopf und sah in Lissis Gesicht. Sie saß auf seinem Bett und hatte die Hände ineinander verschränkt.

»Hi«, erwiderte er. Er versuchte zu lächeln, aber es gelang ihm nicht.

»Können wir reden?« Sie schaute so hoffnungsvoll zu ihm auf, dass ihm schwindelig wurde.

Und dann wurde ihm einiges klar. Er hatte sie vermisst, sich nach ihr gesehnt. Seine Gefühle für sie waren viel tiefer, als er sich jemals hätte erträumen können. Und das war der Grund, warum sie niemals zusammen sein konnten. Er könnte einen Verlust eines geliebten Menschen nicht noch einmal ertragen. Angst schnürte ihm die Kehle zu, er bekam kaum noch Luft.

»Was gibt's?«, erwiderte er kühl und versuchte seinen inneren Aufruhr vor ihr zu verbergen.

Es zerriss ihm beinahe das Herz, aber es musste sein. Die letzten Tage waren zwar schwierig gewesen, weil er immerzu an sie gedacht hatte. Aber besser, er verschwand jetzt aus ihrem Leben als später, wenn die Gefühle für sie noch stärker wurden.

»Ich … na ja. Ich finde, wir sollten ein paar Dinge klären.«

Konstantin zog einen Stuhl hinter dem Schreibtisch hervor und setzte sich ihr gegenüber. »Ja. Das sollten wir wohl.«

»Was ist das hier mit uns?«, fragte sie. Ihre Stimme zitterte leicht.

»Wir hatten eine Menge Spaß, nicht?« Sein Tonfall klang arrogant, er versuchte den passenden Gesichtsausdruck dazu aufzusetzen. Mit jeder Sekunde baute er die Fassade, die Lissi mit ihrer Liebe eingerissen hatte, wieder auf. Es konnte nicht sein. Er konnte sie nicht lieben.

Anscheinend gelang es ihm, glaubwürdig zu wirken, denn Lissis Augen wurden groß, sie straffte sich. Er sah, wie verletzt sie war, aber er konnte es nicht verhindern. Es musste sein.

»Ah. Okay. Ja. Natürlich. Spaß, mehr war es nicht«, stieß sie mit einem leisen Zischen hervor.

»Was hast du denn gedacht? Wir waren uns doch einig, dass wir beide nicht auf der Suche sind.« Jedes Wort traf ihn selbst wie ein Peitschenhieb, dennoch musste es ausgesprochen werden.

Lissis Augen trübten sich. »Ja. Wahnsinn, dass du das so gut trennen kannst. Ich dachte …« Dann winkte sie ab und stand auf. »Ach, vergiss es. Gott, ich bin so froh, wenn du endlich abhaust.«

»Du hast es gewusst, Lissi. Ich habe dir nie etwas versprochen.« Seine Stimme klang tonlos, ihm war übel.

»Ja«, sie lachte abfällig. »Das hast du nicht. Du hast recht, ich bin selbst schuld. Weißt du was, Konstantin? Scher dich zum Teufel!«

Den letzten Satz sagte sie so leise und voller Hass, dass er zusammenzuckte. Sein Herz fühlte sich eiskalt an. Gut, das war gut so. Nichts mehr zu fühlen war eine Erleichterung.

Dann stürmte Lissi hinaus, die Tür knallte sie hinter sich ins Schloss.

Konstantin atmete hörbar aus und vergrub das Gesicht in seinen Händen. Es war besser, sie jetzt ziehen zu lassen. Jetzt, wo alles noch frisch und die Gefühle noch zart waren.

Er konnte nicht das Risiko eingehen, noch einmal einen geliebten Menschen zu verlieren. Er wusste, wenn er mit Lissi zusammenblieb und ihr stieße etwas zu, das könnte er nicht verkraften. Er kam so schon kaum klar.

20

Nur mühsam hatte Lissi ihre Fassade in den letzten Tagen aufrechterhalten können. Nicht einmal das Gespräch mit ihren Eltern und Erik hatte sie genießen können, denn ihr Triumph, dass endlich in die Pension investiert werden würde, fühlte sich hohl an. Alles erschien ihr auf einmal unwichtig.

Georg Reisinger hatte zugestimmt, dass sie das Schneeglöckchen behielten und dass gewisse Modernisierungen notwendig waren. Dem schmierigen Peter Höflinger hatte er eine endgültige Absage verpasst. Was sich sonst hier verändern würde, wollten sie im Sommer entscheiden und es dann angehen. Fürs Erste war damit das Nötigste geregelt, zu mehr war Lissi auch nicht in der Lage.

Sie stand in der Küche und rührte lustlos in einer Tasse Kaffee.

»Was ist eigentlich passiert?«, erkundigte sich Magda sanft. Sie stand am Herd und ließ Speck aus, den sie fürs Abendessen brauchte.

»Wie bitte?«

»Na, du und dein Herr Doktor?«

Lissi seufzte. »Ich weiß nicht, was du meinst.«

Magda hob den Kochlöffel und schwenkte ihn in ihre Richtung. »Mädchen, glaubst du nicht, dass ich gesehen habe, dass ihr euch schöne Augen macht?«

»Da hast du dich wohl getäuscht.«

Magda lachte. »Habe ich mich auch getäuscht, als ich gesehen habe, dass du sehr oft am Abend nach oben geschlichen bist?«

Lissis Knie wurden weich. Magda hatte es mitbekommen? Wieso hatte sie nie was gesagt? Schamesröte schoss ihr ins Gesicht.

»Tu nicht so, mir ist schon klar, dass du alt genug für einen Freund bist.«

»Alt genug?« Lissi musste nun doch schmunzeln. Es war zu putzig, wie Magda sich manchmal ausdrückte.

»Also, was ist los?«

Sie zuckte die Schultern. »Nichts ist los.«

»Na, so einfach ist es nie mit der Liebe.«

»Ach, Magda«, seufzte sie und trank von ihrem Kaffee. »Ich habe keine Ahnung.«

Die beiden schwiegen einen Moment. Die Stille wurde durch das leise Knarzen der Küchentür durchbrochen. Lissis Herz setzte einen Schlag aus, als Konstantin hereinkam. Er hatte drei leere Tassen und zwei Gläser in den Händen.

»Die hatte ich noch oben in meinem Zimmer …«, fing er an, brach dann aber ab, als er bemerkte, dass ihn die zwei Frauen anstarrten.

Magda wackelte mit den Brauen. »Wie war das noch mit dem Teufel, von dem man spricht?«

Lissi wollte die Augen verdrehen, hielt sich jedoch zurück. Zum ersten Mal seit Tagen bekam sie ihn zu Gesicht, und er sah nicht gut aus. Seine Wangen waren eingefallen, er hatte dunkle Schatten unter den Augen. So schaute niemand aus, dem alles scheißegal war.

Nicht mehr mein Problem, dachte sie und wandte sich ab, ehe sie sich dazu hinreißen ließ, etwas Dummes zu sagen.

»Willst du was essen, Konstantin?«, fragte Magda.

»Nein. Nein, danke. Ich bin noch verabredet«, gab er zurück. Sie hörte, wie sich seine schweren Schritte entfernten, erst dann atmete sie auf.

»So, Mädel. Jetzt sprich.« Die Polin tippte ihr energisch auf die Schulter.

Lissi wandte sich ihr wieder zu. »Wieso fragst du mich das? Er ist derjenige, der bald das Dorf verlässt.«

»Aha, daher weht also der Wind.«

»Keine Ahnung, was er für Pläne hat. Da hat er mich nie eingeweiht. Wir waren ja nie richtig zusammen.«

Magda seufzte theatralisch. »Hilfe! Ihr jungen Leute macht es euch immer so schwer. Weißt du, in meinem Alter kann man sich nicht mehr erlauben, Dinge nicht auszusprechen.«

»Ja, was nun? Soll ich dreißig Jahre warten?« Lissi lachte bitter.

»Nein. Aber du kannst einer alten Frau zuhören.«

»Wie wäre es, wenn du mit ihm sprichst. Ich habe nichts falsch gemacht.«

»Nein, natürlich nicht. Aber du musst auch mal von deinem Thron herabsteigen.«

Lissi riss die Augen auf. »Ach. Und wie sieht das deiner Meinung nach aus?«

»Es wäre mal ein Anfang, wenn du dir überlegst, was du willst.«

Lissi biss sich auf die Unterlippe. Ob sie wollte oder nicht, Magda hatte da nicht ganz unrecht.

»Ob ihr beide das Gleiche wollt, kann man dann ja immer noch sehen.«

»Ich habe ja versucht mit ihm zu reden«, brachte sie zu ihrer Verteidigung hervor. »Aber er hat mich knallhart abblitzen lassen.«

Magda rieb sich das Kinn. »Ich weiß auch nicht, welche Sorgen der Junge hat.«

»Bist du auf seiner Seite?«

»Ich bin auf gar keiner Seite.«

»So, dein Rat ist also, dass ich ihm hinterherlaufen soll?«

Die rundliche Polin schüttelte den Kopf. »Liebes Kind. Das habe ich nie gesagt. Es sind immer noch die Kerls, die uns nachstellen sollen. Sie müssen die Eroberer sein.«

»Ja, toller Plan. Sieht man ja, wie das läuft.«

Magda kicherte. »Ich merke schon, wir drehen uns hier ein bisschen im Kreis.«

»Was du nicht sagst.«

»Klar ist, dass Konstantin bis über beide Ohren in dich verschossen ist.«

»Ach.«

»Außer dir hat er keine auch nur angeschaut.«

»Woher weißt du das denn?«

»Ich weiß es halt.«

Lissi kniff die Augen zusammen. »Vielleicht bist du auch nur hoffnungslos romantisch.«

»Seit wann denn das?«

»Das frage ich mich auch gerade.«

Konstantin stand in seinem Pensionszimmer und telefonierte mit Dr. Gruber. Dabei schaute er durch das Fenster auf die ihm mittlerweile so vertrauten Berge ringsum. Die Sonne schien, es war ein traumhafter Tag.

»Danke für alles, Dr. Gruber.« Konstantin fühlte sich leer und kraftlos.

»Wollen Sie es sich nicht doch noch einmal überlegen?«

Er lachte künstlich. »Fürs Erste habe ich genug vom Schnee. Das muss ich Ihnen leider sagen.«

»Ja, es ist nicht jedermanns Sache«, stimmte sein Gesprächspartner am anderen Ende der Leitung zu. »Falls Sie Ihre Meinung doch noch ändern, rufen Sie mich jederzeit an. Einen fähigen Mann wie Sie könnten wir hier gut brauchen«

»Das werde ich tun. Vielen Dank.«

Konstantin verabschiedete sich und legte auf. Dann klappte er seinen Koffer zu und schloss den Reißverschluss. »Das war es jetzt also«, sagte er zu sich selbst.

Er ließ noch einen letzten Blick durch das Zimmer gleiten. Unweigerlich tauchten die Erinnerungen an Lissi vor seinem inneren Auge auf. Ehe er es sich anders überlegen konnte, ging er nach unten und verließ die Pension. Er hatte sich bereits gestern von Eva und Erik und vorhin von Georg, Johanna und Magda verabschiedet. Es war ihm schwerer gefallen, als er gedacht hatte, aber es musste sein.

Weil er ein Feigling war, machte er sich auf und davon, ohne Lissi noch einmal zu sehen. Er wusste, dass sie gerade in Bludenz beim Einkaufen war, das hatte ihm Magda erzählt. Ihm war klar, dass er nicht hätte gehen können, wenn er in ihre grünen Augen hätte blicken müssen. Er konnte es nicht. Es war besser so. Sie hasste ihn ohnehin schon.

Auch wenn der Gedanke, dass sie mit einem anderen zusammenkam, wehtat, so wünschte er ihr doch nur das Beste. Sie hatte jemanden verdient, der sie genauso lieben konnte wie sie ihn. Konstantin war dazu nicht in der Lage, er war innerlich zerrissen und leer.

Er lud seine Sachen in den BMW, wenn alles klappte, würde er in zweieinhalb Stunden in München sein. Dort warteten seine Eltern auf ihn. Auch wenn sie den ersten Mai vereinbart hatten und heute erst der dritte April war, so hatte er seine Entscheidung getroffen. Er musste ihnen endlich sagen, dass er niemals in die Fußstapfen seines Vaters treten würde. Sie mussten die Praxis verkaufen, er wollte sie nicht.

Konstantin war so in Gedanken versunken, dass er nicht mitbekommen hatte, wie ein Auto hinter ihm langsamer geworden war. Nun hupte es. Konstantin schreckte auf und drehte sich um. Er wollte gerade schimpfen, da sah er Franzi in einem schwarzen Golf sitzen. Sie stellte den Motor ab, stieg aus und kam auf ihn zu.

»Hallo Franzi«, grüßte er.

»Sag mal. Du wolltest doch nicht einfach so abhauen?«

Konstantin spürte, dass seine Wangen warm wurden. »So würde ich es nicht nennen. Aber wenn du hier parkst, kann ich nicht weg.«

Franzi wackelte mit den Augenbrauen. »Das nennt man eine Sperre.«

»Warum?« Obwohl er sich die Antwort denken konnte, erwiderte er nichts. Irgendwie hatte sie in den letzten Tagen immer wieder ein paar komische Bemerkungen über ihn und Lissi fallen gelassen. Vermutlich hatte sie ihr von ihnen erzählt. Klar, sie waren Freundinnen. Daher wunderte es ihn nicht, sie zu sehen.

»Weißt du, Lissi ist meine Freundin«, fing sie an. »Und es tut mir leid, wenn es ihr nicht gutgeht.«

Konstantin konnte darauf nichts erwidern, er starrte sie bloß an.

»Sie hat mir alles erzählt. Über deinen Bruder und so.«

Seine Knie wurden weich. »Und?«

»Ich hätte nie gedacht, dass ich das mal sagen würde …« Sie verzog ihren Mund. »Aber du bist jetzt nicht mehr mein Chef, und … ja, also. Starke Männer rennen nicht vor ihren Problemen davon!«

Konstantin atmete tief ein und langsam wieder aus. »Ich habe nie behauptet, stark zu sein.«

»Mach dich nicht kleiner, als du bist.«

»Egal was. Sie ist besser dran ohne mich.«

»Das glaubst du doch selbst nicht.« Franzi schnaubte.

»Ich mag dich echt gerne, Franzi. Versteh mich nicht falsch, aber bitte, kümmere dich um deinen eigenen Kram. Würdest du jetzt bitte deinen Wagen wegfahren?«

Sie schüttelte den Kopf. »Du machst einen großen Fehler, wenn du jetzt gehst.«

»Das kann sein. Aber es ist meine Entscheidung.«

Er stieg ein und schlug die Tür zu. Dann startete er den Motor.

Franzi riss die Tür wieder auf. »Liebst du sie denn?«

Mit dieser Frage hatte er nicht gerechnet. Grimmig schaute er zu ihr auf. »Liebe bringt uns am Ende um.«

»Was bist du bloß für ein Zyniker. Tut mir leid, aber vermutlich hat Lissi doch recht.«

»Was hat sie gesagt?«

»Dass du dich nur für dich interessierst. Wenn du einmal daran gedacht hättest, wie es ihr geht, würdest du nicht fahren.« Dann knallte sie die Tür zu, ging zu ihrem Golf, legte den Rückwärtsgang ein und brauste davon.

Konstantin saß einige Minuten regungslos in seinem Auto, dann setzte er zurück und ließ Lech und alles, was er hier erlebt hatte, hinter sich.

21

Er ist weg, dachte Lissi, als sie am Abend im Wohnzimmer ihrer Eltern saß und sich durch das Fernsehprogramm zappte. Sie konnte es kaum glauben. Tatsächlich hatte er es nicht nötig gehabt, sich zu verabschieden. Nach allem, was zwischen ihnen gewesen war, hatte er Lech ohne ein Wort des Abschieds verlassen.

Was für ein Arschloch.

Sie vermisste ihn.

Sie sollte nicht traurig sein. Trotzdem fühlte sie sich sehr einsam.

Georg war mit Johanna zum Stammtisch gegangen, sie war alleine zu Hause.

Irgendwann blieb sie an einer Serie hängen und ließ sich berieseln, die Füße hatte sie auf den Couchtisch gelegt.

Als sie das nächste Mal die Augen aufschlug, erschrak sie dermaßen, dass sie beinahe vom Sofa gefallen wäre. Sie schrie spitz auf und riss eine Hand vor den Mund.

»O Gott«, stieß sie hervor. »Was machst du denn hier?«

Auf dem Fernsehsessel neben dem Couchtisch saß Konstantin, er hatte ihn in ihre Richtung gedreht. »Hi Lissi«, sagte er mit rauer Stimme.

»Wie lange wartest du hier schon?«

»Keine Ahnung. Es ist sehr entspannend, dir beim Schlafen zuzusehen.«

Sie setzte sich auf, wusste noch immer nicht, ob sie wach war oder träumte. Ihr Herz hämmerte hart gegen ihre Rippen. »Wie bist du reingekommen?«

Er grinste. »Durch die Tür. Ich dachte, ich probiere es mal auf ganz normalem Weg.« Er ließ seinen Blick durch das Wohnzimmer gleiten. »Nett. Bis hierhin habe ich es nie geschafft.«

Beinahe hätte sie gesagt, *weil du nicht wolltest.* Aber das stimmte nicht ganz. Sie trug ihren Anteil daran, das hatte sie mittlerweile begriffen.

»Und jetzt schon?«

»Ja, ich bin ja hier.«

»Warum?«

Seine blauen Augen wirkten dunkler, intensiver. »Ich bin nicht perfekt, Lissi«, fing er an und atmete tief durch. »Aber heute ist mir eins klar geworden.«

Sie schwieg, ihre Kehle war staubtrocken.

»Franzi hat sich bei mir verabschiedet. Und sie ist sehr deutlich geworden.«

»O nein. Ich hoffe, sie war nicht unfreundlich. Ich habe ihr vielleicht nicht so nette Dinge über dich gesagt.« Lissi wurde warm.

»Schon gut. Es war genau richtig, was sie mir an den Kopf geworfen hat. Ich habe bisher immer nur an mich gedacht, und das war falsch.«

»Was meinst du?«

»Lissi, ich habe mich in dich verliebt.«

Ihr Magen vollführte eine nervöse Umdrehung.

»Nein, das ist nicht ganz korrekt«, fuhr er fort. »Ich liebe dich. Ich liebe dich aus ganzem Herzen.«

Lissis Mund stand offen. Hatte er ihr gerade wirklich eine Liebeserklärung gemacht?

»Warum bist du gefahren? Warum hast du mich so behandelt?«

Er griff nach ihrer Hand. »Ich war einfach dumm. Es, ich …«, seine Stimme brach. Konstantin räusperte sich. »Ich hatte einfach so große Angst, dich zu verlieren.«

Sie runzelte die Stirn. »Aber das ergibt doch gar keinen Sinn. Indem du mich von dir gestoßen hast, hast du alles kaputt gemacht.«

»Ich weiß. Und doch war es so. Ich habe gedacht, wenn ich jetzt gehe, würde es nicht so weh tun.« Er lächelte traurig. »Es stimmt nicht. Es tut wahnsinnig weh.«

»Und jetzt?«

»Ich würde lügen, wenn ich sagen würde, dass ich nicht immer noch halb gelähmt wäre vor Angst.«

»Aber?«

Konstantin stand auf und zog sie an sich. »Aber ich möchte versuchen mich darauf einzulassen, wenn du es auch willst.«

»Soll das wieder so ein unverbindliches Ding ohne Rahmen und Regeln werden?«

»Nein.« Er schüttelte den Kopf. »Auf keinen Fall. Siehst du, als erstes Zeichen bin ich durch die Tür und nicht über den Balkon gekommen.«

Sie lachte. Konstantin legte ihr eine Hand an die Wange. »Gott, ich habe dich so sehr vermisst. Du glaubst nicht, wie oft ich in den letzten Tagen in meinem Zimmer lag und so kurz davor war, zu dir zu gehen.«

»Warum hast du nie mit mir gesprochen?«

»Ich bin ein Mann, manchmal können wir Dinge nicht so gut ausdrücken wie ihr Frauen.«

»Das ist jetzt aber eine lahme Entschuldigung.«

»Leider stimmt es. Ich habe immer noch schreckliche Angst vor der Zukunft. Lissi, bitte glaub mir, wenn ich sage, dass ich dich liebe.«

Sie lächelte. »Es tut gut, das zu hören. Ich liebe dich nämlich auch.«

Konstantin stieß erleichtert die Luft aus, dann küsste er sie lange und zärtlich. »Muss ich jetzt um deine Hand anhalten, damit ich offiziell bei dir übernachten darf?«, murmelte er an ihren Lippen.

Lissi schmiegte sich an ihn. »Du willst also wirklich bleiben? Wie hast du dir das vorgestellt?«

»Also keine Verlobung?«

Sie schüttelte den Kopf. »Zumindest nicht sofort.«

»Na gut. Man muss auch Ziele haben.«

Sie lachte. »Ja. Schritt für Schritt.«

»Der erste Schritt war, mit Dr. Gruber zu sprechen. Er lag mir ja ohnehin schon ständig in den Ohren damit, dass ich bleiben sollte.«

»Und?«

»Ich habe ihm gesagt, dass ich überlege …«

»Du hast dir ein Hintertürchen offen gehalten?«

»Ich wollte erst sichergehen, dass du mich nicht rauswirfst.«

»Aber du bleibst nicht nur wegen mir?«

»Nicht nur, aber du bist der Grund, warum ich überhaupt erst darauf gekommen bin, dass ich mir ein Zuhause wünsche.«

»Was heißt das?«

»Zunächst einmal brauche ich ein Zimmer.«

Lissi grinste. »Die Pension hat geschlossen, die Saison ist beendet. Du musst dich wohl mit meinem Bett zufriedengeben.«

Er strich an ihrer Wirbelsäule auf und ab. »Damit könnte ich mich anfreunden.«

»Langfristig gesehen würde ich mir aber doch eine Wohnung suchen wollen und bei meinen Eltern ausziehen.«

Er atmete aus. »Gut, dass du das sagst.«

»Ich könnte mir vorstellen, dass es da noch einige Plätze gibt, an denen ich dich nackt haben möchte, was meine Eltern nicht so lustig fänden.«

»Ach ja?« Seine Augen funkelten.

»Ja.« Und dann küsste sie ihn.

»Ja, halleluja! Was ist denn hier los?«, hörte sie die Stimme ihres Vaters hinter sich.

Lissi und Konstantin fuhren auseinander. Zu ihrer Zufriedenheit bemerkte Lissi, dass Konstantin ihre Hand nahm und seine Finger mit ihren verschränkte. »Guten Abend. Ich hatte noch was vergessen«, sagte er ganz ruhig.

Johanna lächelte. »Du bist wieder da, Konstantin. Ja, Gott sei Dank!«

Konstantin nickte. »Um ehrlich zu sein: Ich hätte nie gehen dürfen.«

»Manchmal muss man erst einmal weg sein, um zu merken, was einem fehlt«, verkündete sie weise. »Dann seid ihr jetzt ein Paar?«

Lissi wunderte sich, dass ihre Eltern überhaupt nicht erstaunt waren. »Seid ihr nicht überrascht?«

Georg lachte. »Iwo. Des war uns gleich klar, was da gespielt wird. Und sagen wir es mal so: Ich krieg schon mit, wenn jemand dauernd über meine Balustrade klettert.«

Lissi schlug sich die Hand vor den Mund. Konstantin lachte. »Dann hätten wir das ja jetzt auch geklärt.«

»Willkommen in der Familie, mein Junge«, sagte Johanna und umarmte ihn. Georg klopfte ihm auf die Schulter.

»Ich kann das gar nicht fassen.« Lissi legte sich eine Hand an die Wange. »Ich brauche frische Luft, das ist ja zu peinlich.«

»Darf ich mit?«, fragte Konstantin.

»Ich bitte darum!«

Hand in Hand verließen sie die Pension und spazierten durch den Ort. Der Lech war vom vielen Tauwasser zu einem reißenden Bach angeschwollen. Vögel zwitscherten, es war ein kühler Abend. Lissi fröstelte.

Konstantin legte ihr einen Arm um die Schultern. »Du bist das Beste, was mir je passiert ist. Es tut mir leid, dass ich so lange gebraucht habe, um es zu begreifen.«

Sie blieb stehen und nahm sein Gesicht zwischen ihre Hände. »Du und ich, wir gehören zusammen. Ich bin froh, dass du das doch noch erkannt hast. Warte mal, wie hast du es erkannt?«

»Ich war schon durch den Tunnel, dann habe ich noch einmal an Franzis Frage gedacht.«

»Was hat sie gesagt?«

»So ungefähr, ob ich mich mehr lieben würde als dich. Denn wenn ich dich lieben würde, dann würde ich nicht so feige sein und abhauen.«

»Oh. Offenbar muss ich ihr danken.«

»Ich muss mich bedanken. Ich glaube nicht, dass ich es sonst wirklich begriffen hätte. Ich habe mir selbst so leidgetan, dass ich gar nicht kapiert habe, was ich dir antue. Trotzdem musste ich noch etwas regeln. Ich habe endlich mit meinen Eltern gesprochen und ihnen gesagt, dass ich nicht nach München zurückkehre.«

»Wie war es?«

»Es war schwer, aber jetzt ist es zumindest raus. Sie waren sauer, meine Mutter hat geweint. Aber es ist mein Leben, und das müssen sie verstehen.«

»Ich bin froh, dass du da bist.«

»Und ich geh auch nirgendwo mehr hin. Ohne dich jedenfalls nicht.«

Sie atmete hörbar aus und schüttelte ungläubig den Kopf. »Ich kann es noch gar nicht fassen.«

»Glaub es ruhig.«

»Zeig mir noch mal, wie sehr du mich liebst.«

»Das werde ich. Jeden einzelnen Tag für den Rest unseres Lebens.«

Konstantin verschloss ihren Mund mit einem langen Kuss. Sie hatte die Liebe ihres Lebens gefunden, ohne danach gesucht zu haben. Manche Dinge passierten, ob man wollte oder nicht. Sie war glücklich, dass es so gekommen war.

Epilog

Drei Monate später

Die Wiesen leuchteten in einem satten Grün, einige Schleierwölkchen zogen über den Himmel. Die Balkontür zu Franzis ehemaliger Wohnung stand auf. Franzi hatte sie ihnen überlassen, denn sie hatte für die Sommermonate auf einem Kreuzfahrtschiff angeheuert. Sie wolle endlich die Welt sehen, hatte sie verkündet und Lissi umarmt. Im Winter wäre sie wieder zurück, bis dahin wollte sie Sepp aus ihrem Kopf bekommen.

»Das könnte mal ein Kinderzimmer werden«, überlegte Konstantin und riss Lissi aus ihren Gedanken. »Sollten wir es nicht gleich in Blau streichen?«

»Blau?« Lissi runzelte die Stirn.

»Na klar. Unser Kind wird ein Junge.«

»Weißt du was, was ich nicht weiß?«

Er grinste und tippte mit einem Zeigefinger auf ihre Nase. »Ich weiß es halt.«

»O Gott. Ich ziehe mit einem Hellseher zusammen. Ich bin ja nicht mal schwanger. Ich meine, nicht dass ich jetzt ein Kind wollte, aber … hast du heimlich die Kondome eingerissen?«

»Noch nicht, aber ich habe schon mal daran gedacht.«

»Konstantin.«

»Was denn? Ich bin einfach so glücklich mit dir.«

Plötzlich trat er verlegen von einem Fuß auf den anderen.

»Was ist?«, fragte Lissi.

Und dann ging er vor ihr auf die Knie, er hatte Farbe überall, auf der Jeans, auf dem T-Shirt, ja sogar im Gesicht, aber das war nicht das, was ihr Herz schneller schlagen ließ.

»Lissi«, fing er an und kramte in der Hosentasche. »Seit ich dich kenne, hat sich für mich einiges verändert. Sehr viel.

Alles.« Er schloss die Augen, dann grinste er schief und blickte wieder zu ihr auf. »Entschuldige, das ist gerade sehr emotional für mich.«

»Gut, ich fange einfach noch mal an. Lissi Reisinger, ich liebe dich über alles, willst du Lissi Waichinger werden?«

»Äh, was?«

»Willst du meine Frau werden?«

»Ja, das habe ich gehört, aber das andere?«

»Du willst nicht meinen Namen annehmen?«

»Ich habe noch gar nicht Ja gesagt.«

»Ach, Mist. O Gott. Sagst du Nein?«

Lissi lachte. »Nein, äh, ich meine. Ja.«

Konstantin stöhnte. »Himmel. Weißt du eigentlich, wie schwer das hier für mich ist?«

Sie nahm seine Hand und zog ihn auf die Beine. »Ja, Konstantin. Ich will deine Frau werden. Welchen Namen wir tragen werden, das sehen wir dann.«

»Das war auch mehr als Scherz gemeint.«

»Ist nicht so angekommen.«

»Sieh es mir nach. Ich war noch nie im Leben so aufgeregt. Heißt das ja?«

»Ja, du Macho! Ich will!«

»O Gott«, stieß er hervor. »Wenn du wüsstest, wie glücklich du mich damit machst.«

»Ich liebe dich.«

»Ich liebe dich mehr.« Und dann küsste er sie.

Die Haustürklingel ließ sie auseinanderfahren. »Genau richtig«, schimpfte Konstantin. »Eigentlich wollte ich gerade mit meiner Zukünftigen zum ersten Mal in unserer Wohnung Liebe machen.«

»Wir haben noch nicht mal Möbel!«

Er wackelte mit den Augenbrauen. »Ich finde, die Dusche ist wunderbar, du bist nämlich überall voller Farbe.«

»Schon mal in den Spiegel geschaut?«

»Hier«, sagte er und steckte ihr einen Ring an den Finger. »Nicht vergessen. Du hast Ja gesagt.«

»O Mann. Der ist … Wow.« Sprachlos starrte sie auf den funkelnden Diamanten.

Im gleichen Moment ging die Tür auf, hereingestürmt kamen Lissis Eltern, Erik und Eva, sie hatten Geschenke, Pizza und ein paar Flaschen Sekt dabei.

»Und jetzt wird gefeiert! Herzlichen Glückwunsch!«, riefen sie wie im Chor und umarmten das glückliche Paar.

Es klopfte zaghaft an den Türrahmen, Lissi fuhr herum und erschrak sich, als sie Konstantins Eltern entdeckte. Maren Waichinger hatte gerötete Wangen, sein Vater trug einen riesigen Blumenstock im Arm. »Guten Tag, dürfen wir hereinkommen?«

Nach einer kurzen Begrüßung und Bekanntmachung untereinander nahm Maren Waichinger Konstantins Hand. »Es tut uns leid, dass wir es all die Jahre nicht begriffen haben, mein Junge. Wir haben doch nur noch dich.«

Lissi sah, wie Konstantin schluckte. Sie legte ihm eine Hand auf den Rücken.

»Mama …«, sagte er, aber seine Stimme versagte.

Dann umarmten sie sich.

Über Marens Wange liefen Tränen. »Und außerdem wollten wir doch deine Lissi endlich kennenlernen.« Sie löste sich von ihrem Sohn und trat zu ihr.

»Ich freue mich sehr, dass ihr so glücklich seid.« Dann drückte sie auch Lissi an sich, danach kam Konstantins Vater und schüttelte ihr etwas unbeholfen die Hand. »Es freut mich sehr«, sagte er.

Georg ließ die Korken knallen, Sekt floss über. Johanna versuchte die Sauerei mit Bechern einzudämmen, alle lachten.

Es wurde eine kleine, aber sehr harmonische Einweihungsfeier. Am Ende des Abends standen Konstantin und Lissi vor dem geöffneten Fenster und schauten in den Himmel. Es war eine sternenklare Nacht.

»Ich war nie glücklicher«, sagte er und küsste sie auf den Scheitel.

»Ich liebe dich, Konstantin«, erwiderte sie und schmiegte sich an ihn.

»Für immer«, versprach er.

»Für immer und einen Tag«, gab sie zurück. »Weil die Ewigkeit nicht genug ist.«

ENDE

DANKSAGUNG

Liebe Leserin! Lieber Leser!

Danke, dass ihr mich und meine Protagonisten bis hierhin begleitet habt. Ich hoffe, dass euch Lissis und Konstantins Geschichte gefällt und dass ich euch ein paar unterhaltsame Lesestunden bescheren konnte.

Ich möchte mich bei meiner Lektorin Dorothea Kenneweg für die wunderbare Zusammenarbeit bedanken. Vielen Dank auch an meine Testleser*innen, die mir beim letzten Feinschliff mit Rat und Tat zur Seite stehen. Danke an Dr. Andreas Fischer von BookRix für das Korrektorat und ihre hilfreichen Kommentare. Danke an das gesamte BookRix-Team, ihr seid wunderbar.

Last but not least würde ich mich freuen, wenn ihr auf meiner Facebookseite vorbeischaut und mir vielleicht ein Däumchen dalasst.

Wenn ihr sichergehen wollt, dass ihr keine Neuerscheinung mehr verpasst, dann tragt euch doch zu meinem kostenlosen Newsletter ein. Hier versende ich regelmäßig Bonuskapitel und informiere euch über Gewinnspiele und Aktuelles.

Bis bald, ich hoffe, wir lesen uns!

Alles Liebe
Karin Lindberg

Rezepte zum Nachkochen

Rezept für Vanillekipferln:

300g Mehl
100g geriebene Nüsse
70g Zucker
1 Pack. Vanillezucker
250g Butter
1 Prise Salz

Vanillezucker und Staubzucker

Zubereitung:

Mehl auf ein Brett sieben, Butterflocken und andere Zutaten beigeben und zu einen Teig verkneten.
2 Stunden rasten lassen, Kipferln formen und auf das Blech geben.
Bei 160 Grad ca. 20 min. backen. Noch heiß in Staubzucker/Vanillezuckergemisch wälzen.

Kässpätzle Rezept aus Vorarlberg

Zutaten für 4 Personen
5 Eier
500 g griffiges Mehl (Type 480)
1/8 l Wasser
Prise Salz, Muskatnuss
100 g Vorarlberger Bergkäse
100 g Vorarlberger Alpkäse (alternativ Emmentaler)
100g Vorarlberger Räßkäse
1 Gemüsezwiebel, geschält und in Scheiben geschnitten
150 g Butter
1/2 Bund Schnittlauch
Pfeffer aus der Mühle

Zubereitung:

Die Eier, das Mehl, Salz und Muskatnuss mit etwas lauwarmem Wasser zu einem glatten Teig verkneten. Der Teig sollte von der Konsistenz zwischen flüssig und fest sein. Mit einem Spätzlehobel den Teig in das kochende Salzwasser „spätzla". Sobald die Spätzle an der Wasserober fläche schwimmen, abseihen. Den Käse durchmischen und schichtweise Spätzle und Käse in die gebutterte Form schichten. Die Butter in einer kleinen Pfanne erhitzen. Die Zwiebelringe darin goldbraun braten. Bitte dabei beachten, dass die Zwiebeln enorm nachbräunen. Das heißt: hellbraun aus der Pfanne nehmen, auf einem Küchenpapier abtropfen lassen und mit etwas gehacktem Schnittlauch vor dem Servieren über die Kässpätzle geben. Mit Pfeffer nachwürzen.